PELA
NOITE ETERNA

VERONICA ROSSI

PELA NOITE ETERNA

TRILOGIA NEVER SKY

TRADUÇÃO DE
ALICE KLESCK

ROCCO
JOVENS LEITORES

Título Original
THROUGH THE EVER NIGHT

Copyright © 2012 *by* Veronica Rossi

Edição brasileira publicada mediante acordo com
Sandra Bruna Agencia Literaria, em conjunto com Adams Literary

Todos os direitos reservados.

Nenhuma parte desta obra pode ser reproduzida ou transmitida por qualquer forma ou meio eletrônico ou mecânico, inclusive fotocópia, gravação ou sistema de armazenagem e recuperação de informação, sem a permissão escrita do editor.

Direitos para a língua portuguesa reservados
com exclusividade para o Brasil à
EDITORA ROCCO LTDA.
Av. Presidente Wilson, 231 – 8º andar
20030-021 – Rio de Janeiro – RJ
Tel.: (21) 3525-2000 – Fax: (21) 3525-2001
rocco@rocco.com.br | www.rocco.com.br

Printed in Brazil/Impresso no Brasil

Preparação de originais
VIRGINIA BOECHAT

CIP-Brasil. Catalogação na fonte.
Sindicato Nacional dos Editores de Livros, RJ.

R741n Rossi, Veronica
Never sky: pela noite eterna / Veronica Rossi; tradução de Alice Klesck. – Rio de Janeiro: Rocco Jovens Leitores, 2016.
(Never sky; 2) – Primeira edição.
Tradução de: Through the ever night
ISBN 978-85-7980-235-5
1. Ficção norte-americana. I. Klesck, Alice. II. Título. III. Série.
14-17743   CDD – 028.5   CDU – 087.5

O texto deste livro obedece às normas
do Acordo Ortográfico da Língua Portuguesa.

Para Elisabeth e Flavio

Capítulo 1

PEREGRINE

Ária esteve aqui.

Perry seguiu seu aroma, que se deslocava rapidamente pela noite. Ele mantinha o ritmo, mesmo enquanto vasculhava a floresta escura, embora seu coração retumbasse no peito. Roar lhe dissera que ela estava de volta ao lado de fora, tinha até entregado uma violeta com uma mensagem – como prova –, mas Perry não acreditaria até que a visse.

Ele chegou ao topo de um punhado de rochas e soltou o arco, o estojo e a mochila. Depois pulou, saltando de pedra em pedra, até chegar ao topo. O céu estava encoberto por uma camada grossa de nuvens que emitiam um brilho suave com a luz do Éter. Seu olhar percorreu a cadeia montanhosa, parando numa extensão de terras áridas. Chamuscadas, de um tom meio prateado, eram uma marca deixada pelas tempestades de inverno. Boa parte de seu território, dois dias rumo ao oeste, estava com a mesma aparência.

Perry ficou tenso ao avistar a distância o rastro de uma fogueira de acampamento. Ele inalou, captando o cheiro de fumaça, numa rajada fresca de vento. Só podia ser ela e estava perto.

– Alguma coisa? – gritou Reef. Ele estava a cerca de seis metros abaixo. O suor reluzia em sua pele morena, escorrendo pela cicatriz que se estendia da base do nariz até a orelha, dividindo sua bochecha; estava ofegante. Apenas alguns meses antes, eles eram estranhos. Agora, Reef era o Chefe da guarda, raramente saindo de seu lado.

Perry foi descendo, aterrissando com um ruído abafado, num pedaço de neve derretida.

– Ela está ao leste. Uma milha, talvez menos.

Reef passou a manga sobre o rosto, afastando as tranças e limpando o suor. Ele geralmente acompanhava sem esforço, mas dois dias nesse ritmo tinham mostrado o intervalo de uma década de idade entre um e o outro.

– Você disse que ela nos ajudaria a encontrar o Azul Sereno.

– Ela vai ajudar – disse Perry. – Eu falei. Ela precisa encontrá-lo, assim como nós.

Reef se aproximou, apressado, parando a um palmo de Perry, estreitando os olhos.

– Você já me disse isso. – Ele inclinou a cabeça e inalou, com um gesto atrevido e animal. Ele não minimizava seu Sentido, como Perry fazia. – Mas não foi por isso que viemos atrás dela – acrescentou ele.

Perry não conseguia identificar seu próprio humor, mas podia imaginar os odores que Reef tinha inalado. Avidez, à flor da pele. Desejo, forte e pesado. Impossível passar despercebido. Reef também era um Olfativo. Ele sabia exatamente o que Perry sentia, neste momento, minutos antes de ver Ária. Os odores jamais mentiam.

– É um motivo – disse Perry, retraído. Ele pegou suas coisas e as pendurou no ombro num gesto impaciente. – Acampe aqui com os outros. Volto ao raiar do dia. – Ele se virou para partir.

– Raiar do dia, Perry? Acha que os Marés querem perder outro Soberano de Sangue?

Perry gelou e olhou-o novamente.

– Já estive aqui fora centenas de vezes. E sozinho.

Reef assentiu.

– Claro. Como caçador. – Ele pegou um cantil de seu saco, com movimentos casuais e lentos, embora ainda estivesse sem fôlego. – Agora, você é mais que isso.

Perry olhava a floresta. Twig e Gren estavam lá fora, vigiando, alertas. Eles o estavam protegendo desde que ele deixara seu território. Reef estava certo. Ali, nas terras fronteiriças, a sobrevivência era a única regra. Sem sua guarda, sua vida estaria em perigo. Perry exalou devagar, com a esperança de passar a noite em fuga com Ária.

Reef prendeu a rolha em seu cantil com uma batida firme.

– Então? Qual é a ordem do meu soberano?

Perry sacudiu a cabeça diante do tratamento formal – o jeito de Reef lembrá-lo de sua responsabilidade. Como se ele pudesse esquecer.

– Seu soberano ficará uma hora sozinho – disse ele, e saiu correndo.

– Peregrine, espere. Você precisa...

– Uma hora – gritou Perry por cima do ombro. O que quer que Reef quisesse, podia esperar.

Quando teve certeza de ter deixado Reef para trás, Perry segurou firme no arco e disparou. Os odores passavam voando enquanto ele caminhava por entre as árvores. O cheiro encorpado e promissor da terra molhada. A fumaça da fogueira de Ária. E o cheiro dela. Violetas adocicadas e raras.

Perry se deleitava com o ardor em suas pernas e o ar fresco fluindo em seus pulmões. O inverno era uma época para se manter no lugar ao passo que as tempestades de Éter descarregavam a destruição. Fazia muito tempo que ele não saía assim, a céu aberto, desde que levara Ária ao Núcleo dos Ocupantes para procurar sua mãe. Vinha dizendo a si mesmo que ela estava de volta onde era seu lugar, com seu povo, e ele tinha sua própria tribo para cuidar. Então, apenas alguns dias atrás, Roar tinha aparecido na aldeia com Cinder, e lhe dissera que Ária estava ali, do lado de fora.

A partir daquele instante, ele só conseguia pensar em estar com ela novamente.

Perry irrompeu colina abaixo, passando pelo gramado fresco da chuva recente, vasculhando a floresta. Era mais escuro abaixo das árvores, a suave luz do Éter infiltrando-se pela cobertura folhosa, mas cada galho e folha faziam um contraste profundo, graças aos seus olhos com Visão Noturna. A cada passo, o cheiro da fogueira do acampamento de Ária ficava mais forte. Num lampejo, ele se lembrou do joguinho dela, de chegar sorrateira, silenciosa como a sombra, e beijá-lo no rosto. Ele não pôde evitar que um sorriso se abrisse em seus lábios.

Mais adiante, avistou um movimento – um borrão entre as árvores. Ária surgiu à vista. Reluzente. Silenciosa. Alerta, ao vasculhar a área. Quando o viu, seus olhos se arregalaram de surpresa, mas ela não diminuiu o passo, nem ele. Ele soltou o que carregava, largando no chão, e disparou. De repente, ela bateu em seu peito, sólida e perfumada; estava em seus braços. Perry a segurou junto a ele.

– Senti sua falta – sussurrou ao seu ouvido. Ele a segurava apertado. – Eu nunca deveria tê-la deixado. Senti tanto sua falta.

As palavras escapavam de sua boca. Ele disse uma dúzia de coisas que não tinha a intenção de dizer, até que ela recuou e sorriu. Então, ele não conseguia dizer mais nada. Ficou olhando as sobrancelhas finas e arqueadas, negras como seus cabelos, e a esperteza em seus olhos cinzentos. Clara, belamente esculpida, ela era linda. Até mais do que ele se lembrava.

– Você está aqui – disse ela. – Eu não tinha certeza se você viria.

– Eu parti assim que...

Antes que Perry pudesse terminar, Ária passou os braços ao redor de seu pescoço e eles estavam se beijando – um beijo desajeitado, impaciente. Ambos ofegavam. Sorriam muito. Perry queria ir mais devagar e saborear tudo, mas não conseguia achar um pingo de paciência. Ele não tinha certeza sobre quem começou a rir primeiro, ele ou ela.

– Eu posso fazer bem melhor que isso – disse ele, ao mesmo tempo que ela falou:

– Você está mais alto. Eu juro que você cresceu.

– Mais alto? – disse ele. – Acho que não.

– Você está – insistiu ela, observando o rosto dele, como se quisesse saber tudo a seu respeito. E quase sabia. Durante o tempo em que passaram juntos, ele lhe contara coisas que jamais dissera a alguém. O sorriso de Ária sumiu quando seu olhar recaiu na corrente em volta do pescoço dele. – Ouvi falar no que aconteceu. – Ela levantou a mão e ergueu o cordão do pescoço dele. – Agora você é um Soberano de Sangue – falou baixinho, mais para si mesma do que para ele. – Isso é... é impressionante.

Ele olhou para baixo, observando os dedos dela passando pelos elos prateados.

– É pesado – observou ele. Esse era o melhor momento que desfrutava desde que recebera a corrente, meses antes.

Ária olhou nos olhos dele, e seu temperamento foi esfriando.

– Lamento sobre Vale.

Perry olhou a escuridão da floresta e engoliu em seco, tentando desfazer o aperto na garganta. A lembrança da morte do irmão o manteve acordado por muitas noites. Às vezes, quando estava sozinho, ele não conseguia respirar. Delicadamente tirou a mão de Ária do cordão e entrelaçou os dedos aos dela.

– Depois falamos – disse ele. Tinham meses para colocar em dia. Ele queria falar com Ária sobre a mãe dela. Queria confortá-la desde que soubera a notícia, dada por Roar. Mas não agora, quando tinha acabado de tê-la de volta. – Depois... está bem?

Ela concordou, os olhos ternos de compreensão.

– Depois. – Ela virou a mão dele para olhar as cicatrizes que Cinder tinha lhe deixado. Claras e grossas, como rastros de cera, formavam uma teia que ia dos nós de seus dedos até seu punho.

– Isso ainda o incomoda? – perguntou, tracejando as cicatrizes, com os dedos.

– Não, isso me lembra de você... de quando colocou a atadura. – Ele baixou a cabeça, levando o rosto junto ao dela. – Aquela foi a primeira vez que você me tocou sem odiar fazê-lo. – Assim tão perto, o cheiro dela estava por toda parte, envolvendo-o, de alguma forma remexendo e derretendo algo nele.

– Roar lhe disse para onde estou indo? – perguntou ela.

– Disse. – Perry se endireitou e olhou para cima. Ele não via as correntes de Éter, mas sabia que estavam ali, fluindo por entre as nuvens. A cada inverno, as tempestades de Éter iam ficando mais fortes, trazendo fogo e destruição. Perry sabia que só ficariam piores. A sobrevivência de sua tribo dependia de encontrar uma terra que diziam ser livre do Éter; a mesma coisa que Ária estava procurando. – Ele me disse que você está procurando pelo Azul Sereno.

– Você viu Nirvana.

Ele assentiu. Eles tinham ido ao Núcleo juntos, em busca da mãe dela, e encontraram o local destruído pelo Éter. Cúpulas do tamanho de colinas haviam desmoronado. Paredes de três metros de espessura tinham sido esmagadas como cascas de ovo.

– É só uma questão de tempo, até que isso aconteça com Quimera – prosseguiu ela. – O Azul Sereno é nossa única chance. Tudo que ouvi aponta para os Galhadas. Para Sable.

Ao ouvir o nome, o coração de Perry acelerou. Liv, sua irmã, deveria ter se casado com o Soberano de Sangue dos Galhadas na última primavera, mas ela se assustou e fugiu. Liv ainda não tinha aparecido. Ele logo teria que lidar com Sable.

– A cidade dos Galhadas ainda está isolada pelo gelo – contou ele. – Rim não estará acessível até que a neve do estreito ao norte derreta. Pode demorar algumas semanas.

– Eu sei – disse ela. – Achei que a essa altura já estivesse liberado. Assim que estiver, vou seguir ao norte.

Ela se afastou dele de um jeito brusco, olhando a floresta, inclinando a cabeça em ângulo. Ele estivera junto, quando ela descobriu que era uma Audi. Cada som tinha sido uma descoberta. Agora ele a observava enquanto ela desviava a atenção naturalmente, aos ruídos da noite.

– Tem alguém vindo – observou ela.

– Reef – disse Perry. – Ele é um dos meus homens. – De jeito nenhum já tinha passado uma hora. Nem perto. – Há mais deles por perto.

Perry captou o declínio de seu humor numa corrente fria. No instante seguinte, o coração dele falhou. Fazia meses que não se sentia atado às emoções de outra pessoa. Desde a última vez que estivera com ela.

– Quando você vai voltar? – perguntou ela.

– Logo. Pela manhã.

– Eu entendo. – Ela desviou dos olhos dele para a corrente, e sua expressão ficou distante. – Os Marés precisam de você.

Perry sacudiu a cabeça. Ela não entendia.

– Eu não vim até aqui para passar uma noite com você, Ária. Volte para os Marés comigo. Não é seguro aqui fora e...

– Não preciso de ajuda, Perry.

– Não foi isso que eu quis dizer. – Ele estava agitado demais para ordenar seus pensamentos. Antes que pudesse dizer mais alguma coisa, ela deu mais um passo, se afastando, e suas mãos passaram sobre as facas de seu cinto. Segundos depois, Reef surgiu da mata, de ombros curvos, caminhando até eles. Perry xingou baixinho. Ele precisava de mais tempo com ela. Sozinho.

Reef mudou o passo quando viu Ária alerta e armada. Provavelmente não era o que ele esperava de uma Ocupante. Perry notou que a expressão dela também era de cautela. Com a cicatriz no rosto e o olhar desafiador, Reef parecia alguém a ser evitado.

Perry limpou a garganta.

– Ária, esse é Reef, chefe da minha guarda. – Era esquisito apresentar duas pessoas que significavam tanto pra ele. Como se eles já devessem se conhecer.

Reef assentiu rapidamente, sem se dirigir a ninguém, depois lançou um olhar duro a Perry.

– Quero dar uma palavra – disse de um jeito seco, antes de sair marchando.

A raiva percorreu Perry, por ele lhe falar desse modo, mas confiava em Reef. Ele olhou para Ária.

– Já volto.

Ele não tinha ido longe quando Reef girou de volta, as tranças balançando.

– Não preciso lhe dizer como está seu temperamento, nesse instante, preciso? É o cheiro da estupidez. Você nos trouxe aqui fora, procurando uma garota que o deixou tão...

– Ela é uma Audi – interrompeu Perry. – Ela pode ouvi-lo.

Reef apontou um dedo no ar.

– Eu quero que *você* me ouça, Peregrine. Você tem uma tribo em que pensar. Não pode se dar ao luxo de perder a cabeça por uma garota. *Principalmente*, uma Ocupante. Você esqueceu o que aconteceu? Porque eu juro que a tribo não esqueceu.

– Os sequestros não foram culpa dela. Ela não teve nada a ver com isso. E é apenas metade Ocupante.

– Ela é um *Tatu*, Perry! É um *deles*. Isso é tudo que os outros irão ver.

– Eles farão o que eu disser.

– Ou talvez se voltem contra você, pelas suas costas. Como acha que vão encarar o fato de vê-lo com ela? Vale pode ter se vendido aos Ocupantes, mas nunca levou uma deles para cama.

Perry voou à frente agarrando Reef pelo colete. Eles ficaram ali em pé, travados, a centímetros de distância. O temperamento de Reef provocou um ardor gélido na língua de Perry.

– Você já disse o que queria. – Perry soltou Reef e deu um passo atrás, respirando fundo. O silêncio se estendeu entre eles, forte demais, depois da discussão.

Ele viu o problema de levar Ária de volta aos Marés. A tribo a culparia pelas crianças desaparecidas, apesar de sua inocência, por ela ser uma Ocupante. Ele sabia que não seria fácil – não no começo – mas encontraria um jeito de fazer dar certo. Independentemente do que fosse feito a seguir, ele a queria ao seu lado, e essa era sua decisão como Soberano de Sangue.

Perry deu uma olhada para onde Ária esperava, depois olhou de volta para Reef.

– Sabe de uma coisa?

– O quê? – estrilou Reef.

– Você é péssimo para cronometrar o tempo.

Reef deu um sorriso malicioso. Ele passou a mão na cabeça e suspirou.

– Pois é, eu sou. – Quando falou novamente, sua voz não estava mais zangada. – Perry, eu não quero vê-lo cometer esse erro. – Ele assentiu para o colar. – Eu sei o que isso lhe custou. Não quero que o perca.

– Eu sei o que estou fazendo. – Perry segurou o metal frio nas mãos. – Eu tenho isso.

Capítulo 2
ÁRIA

Ária olhava as árvores, ouvindo os passos de Perry ficando mais ruidosos conforme ele voltava. Ela viu primeiro o brilho do colar em seu pescoço, depois seus olhos, reluzindo na escuridão. Antes, eles se encontraram com tanta pressa. Agora, enquanto ele caminhava em sua direção, ela o olhava direito pela primeira vez.

Ele era impressionante. Muito mais do que se lembrava. Estava mais alto, como ela tinha achado, e mais musculoso nos ombros, acrescentando volume à sua estrutura esguia. Sob a luz fraca, ela viu um casaco escuro e a calça bem ajustada, não a roupa surrada e remendada de caçador, com a qual ela o conhecera no outono. Seus cabelos louros estavam mais curtos, caindo em camadas que emolduravam seu rosto, bem diferentes das ondas longas e cachos que ela conhecera antes.

Ele tinha dezenove anos, mas parecia mais velho que seus amigos, de Quimera. Quantos de seus amigos já teriam passado pelo que ele passou? Quantos tinham centenas de pessoas para cuidar? Nenhum. Eles vinham de mundos totalmente diferentes. O *Éter*, pensou ela. Isso era tudo que os Ocupantes e os Forasteiros tinham em comum. Pois ameaçava os dois.

Perry parou a alguns palmos de distância. Uma luz clara refletiu nos traços fortes de seu rosto, e ela notou as olheiras sob seus olhos. Ele passou a mão na barba por fazer. O som parecia tão familiar, Ária podia quase sentir os pelos dourados sob seus dedos.

— Eu lamento por Reef.

— Tudo bem – disse ela, mas não estava. As palavras de Reef ecoavam em sua cabeça. *Ocupante*, ele a chamara. *Tatu*. Insultos amargos. Palavras que ela não ouvia há meses. Na casa de Marron, ela se entrosara, como se fosse dali.

Seu olhar desceu ao chão entre eles. Três passos para ela, dois para ele. Momentos antes, eles estavam grudados. Agora estavam distantes como estranhos. Como se tudo tivesse acabado de mudar.

Um erro. Reef também dissera isso.

— Talvez eu devesse ir.

— Não... fique. – Perry deu um passo à frente e pegou a mão dela. – Esqueça o que ele disse. Reef tem um temperamento difícil... mais ainda que o meu.

Ela ergueu os olhos para ele.

— *Pior?*

Os lábios de Perry formaram o sorriso torto do qual ela sentira tanta falta.

— Quase pior. – Ele se aproximou, ficando sério. – Não vim até aqui para passar uma noite, nem para lhe oferecer ajuda. Estou aqui porque quero estar com você. Pode levar semanas até que a neve da passagem derreta. Vamos esperar até que derreta, depois vamos procurar pelo Azul Sereno, juntos. – Ele parou, concentrando o olhar nela. – Venha comigo, Ária. Fique comigo.

Algo radiante se abriu dentro dela, ao som dessas palavras. Ela as memorizou como se fosse uma canção: cada nota dita em seu timbre suave e profundo, sem pressa. Não importava o que acontecesse, ela guardaria essas palavras. Tudo que Ária queria era dizer sim, mas não podia evitar a ansiedade que revolvia seu estômago.

— Eu quero – disse. – Mas agora não somos só nós dois. – Perry tinha sua responsabilidade com os Marés, e ela tinha suas próprias pressões. O Cônsul Hess, Diretor de Segurança de Quimera, tinha ameaçado Talon, sobrinho de Perry, se Ária não lhe trouxesse a localização do Azul Sereno. Essa era a razão; uma das razões para que estivesse de volta ao lado de fora.

Ária olhou nos olhos de Perry e não conseguiu contar sobre a chantagem de Hess. Não havia nada que ele pudesse fazer. Contar só o deixaria preocupado.

– Reef disse que a tribo vai se voltar contra você – disse ela.

– Reef está errado. – O olhar de Perry se voltou para a floresta irritado. – Eles podem levar um tempo para se adaptarem, mas farão o que eu disser. – Ele apertou as mãos dela, com um sorriso acendendo em seus olhos. – Diga sim. Eu sei que você quer. Roar vai me bater se eu aparecer sem você, e tem outro motivo para que você venha. Talvez isso a ajude a decidir.

Ele deslizou a mão pelo braço dela e passou o polegar em seu bíceps. A sensação da mão calejada e também macia provocou uma onda de sensações nela. Ela ouviu o farfalhar das árvores com a brisa e sentiu o vento fresco em seu rosto. Ninguém tocava sua pele com tanta firmeza quanto ele. Perry estava falando. Ela precisou rebobinar seus pensamentos para acompanhar.

– Você precisa das Marcas. É perigoso não as ter. Esconder um Sentido é traiçoeiro, Ária. As pessoas são mortas por causa disso.

– Roar me disse – respondeu ela. Estivera se escondendo na mata, desde que deixara a casa de Marron, então, sua falta de Marcas ainda não tinha sido um problema. Mas, quando seguisse ao norte, cruzaria com outras pessoas. Ela não podia negar que estaria bem mais segura com as tatuagens de Auditiva.

– Somente um Soberano de Sangue pode garanti-las – disse Perry. – Eu por acaso conheço um.

– Você apoiaria que eu obtivesse Marcas? Mesmo sendo apenas metade Forasteira?

Ele inclinou a cabeça para o lado, com as ondas louras caindo em seus olhos.

— Sim, quero muito isso.

— Perry, e quanto... — A voz de Ária foi sumindo, pela incerteza se queria verbalizar a pergunta que a atormentara durante meses, mas ela precisava saber. Mesmo se isso significasse saber algo que a esmagaria. — Você me disse que só ficaria com outra Olfativa, eu não sou... — Ela mordeu o lábio e terminou a frase na segurança de seus pensamentos. *Não sou como você. Não sou o que você disse que queria.*

O rosto dela aqueceu enquanto ele a observava. Não importava o que ela dissesse, ou deixasse de dizer, ele sentiria a profundidade de sua insegurança.

Perry se aproximou mais, tracejando a linha de seu maxilar.

— Você mudou minha maneira de pensar sobre muitas coisas. Essa é apenas uma delas.

Ela subitamente não conseguia pensar em deixá-lo. Precisava encontrar um jeito de fazer isso dar certo. A tribo a detestaria por ser uma Ocupante — disso, tinha certeza. E se ela e Perry chegassem à aldeia de mãos dadas, os Marés perderiam a confiança no discernimento dele. Mas e se ela e Perry transferissem o foco para outra coisa? Algo de que ambos precisassem? Uma ideia se formou em sua cabeça.

— Você disse algo a meu respeito aos Marés? — perguntou ela.

Ele franziu o rosto. A pergunta pareceu pegá-lo desprevenido.

— Eu disse a algumas pessoas que você ajudaria a encontrar o Azul Sereno.

— Só isso?

— Não falei sobre *nós*, com ninguém, se é isso que você quer dizer. — Ele sacudiu os ombros. — É particular... Entre nós dois.

— Devemos manter isso assim. Volto com você, como aliada, e mantemos *nós* fora disso.

Ele riu com um som seco e sem humor.

— Está falando sério? Você quer dizer *mentir*?

— Não seria mentir. Não é diferente do que você acabou de dizer: manter em particular. Dessa forma, podemos convencer a tribo calmamente. Não falaremos de nós até termos uma ideia melhor de como eles vão encarar. Roar ficaria quieto se pedirmos. Será que Reef faria o mesmo?

Perry assentiu com o maxilar contraído.

— Ele fez um juramento pra mim. Fará o que eu lhe pedir.

O som de um galho estalando chamou a atenção dela à mata escura. O som de três passadas diferentes tomou forma, sendo um mais pesado que os outros. O restante da guarda de Perry estava a caminho. Eles falavam baixinho, mas cada voz era distinta aos ouvidos dela, como as feições únicas do rosto de uma pessoa.

— Os outros estão vindo.

— Deixe que venham – disse Perry. – São meus homens, Ária. Não preciso esconder nada deles.

Ela queria acreditar nele, mas eles tinham de ser espertos. Como um novo líder, ele precisava do apoio de sua tribo. Mas ela não podia negar que ser Marcada aumentaria as chances de encontrar o Azul Sereno, sem contar a vantagem que Perry daria à sua jornada até Rim. Ele era um caçador, um guerreiro. Um sobrevivente. Mais à vontade nas terras fronteiriças do que qualquer pessoa que ela conhecesse. Todas essas eram boas razões para ir até os Marés e passar algumas semanas antes de procurar pelo Azul Sereno. Ela e Perry conseguiriam tudo o que queriam se demonstrassem um pouquinho de cautela.

Os guardas de Perry estavam chegando, os passos iam ficando mais ruidosos a cada segundo. Ária ficou nas pontas dos pés, pousando as mãos no peito dele.

— Essa é a melhor forma, a mais segura – sussurrou. – Confie em mim.

Ela rapidamente pressionou os lábios nos dele, mas não chegou nem perto de ser o suficiente. Pegou o rosto dele com as duas mãos, sentindo a maciez da barba por fazer, de que ela tanto sentira falta, voltou a beijá-lo firmemente, vorazmente, antes de recuar.

Quando Reef e outros dois homens apareceram, ela e Perry já estavam a vários palmos de distância. A distância entre estranhos.

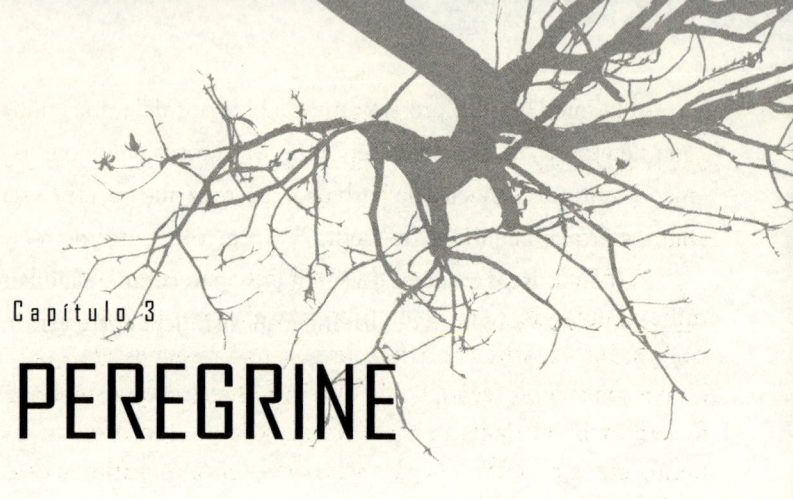

Capítulo 3

PEREGRINE

Dois dias depois, Perry passou por um punhado de carvalhos, e a aldeia dos Marés surgiu à vista, coroando o alto de um morro, com o céu de nuvens espessas ao fundo. Os campos se estendiam em ambos os lados da estrada de terra, chegando às colinas que emolduravam o vale.

Na infância, várias vezes ele imaginou ser Soberano de Sangue, mas nada se comparava à sensação que tinha agora. Essa era a primeira vez que voltava pra casa, para o *seu* território. Da terra ao céu, cada pessoa, árvore e rocha lhe pertenciam.

Ária surgiu ao seu lado.

– Essa é a aldeia?

Perry remexeu o estojo de flechas e o arco em suas costas, disfarçando sua surpresa. No regresso, ela não lhe dera mais atenção do que a Reef, que nem olhara para ela, ou a Gren e Twig, que não paravam de encará-la. À noite, eles dormiam em lados opostos da fogueira e mal se falavam durante o dia. E, quando o faziam, eram palavras rápidas e frias. Perry detestava fingir, mas, se isso ajudasse a deixá-la confortável ao seu lado, ele concordaria, por enquanto.

– É bem ali – disse, assentindo. A chuva tinha ameaçado cair o dia todo e agora começava uma garoa fina. Ele desejava que as nuvens se abrissem para mostrar o sol ou o Éter, qualquer luz, mas o céu estivera carregado há dias. – Meu pai mandou construir em círculo. É mais fácil para defender. Nós temos paredes de madeira que se fecham entre as casas durante as invasões. A estrutura mais alta... está vendo o telhado, lá? – Ele apontou. – É o refeitório. O coração da tribo.

Perry parou conforme Twig e Gren passaram por eles. Ele tinha mandando Reef na frente, naquela manhã, para fazer um comunicado aos Marés a fim de que todos soubessem que Ária estava sob sua proteção, como aliada. Ele queria que sua chegada fosse a mais tranquila possível. Com Twig e Gren disparando na frente, ele se permitiu chegar mais perto dela e assentiu na direção do facho de terra queimada, ao sul.

– Uma tempestade de Éter passou por dentro daquela mata no inverno. Levou parte de nossa melhor lavoura. – Um pequeno arrepio percorreu os ombros dele, ao captar o temperamento dela. Tinha uma energia verde, um cheiro de menta. Ela estava alerta e ligeiramente agitada, nervosa. Ele tinha esquecido como era render-se a outra pessoa, não apenas sentir o odor de seu temperamento, mas ter a sensação em si. Ária não sabia da existência desse laço entre eles. Perry não havia contado no outono, quando achou que nunca mais a veria, mas quando ficassem sozinhos contaria.

– Mas o estrago poderia ter sido pior – prosseguiu. – Nós evitamos que o fogo se espalhasse, e a aldeia não foi atingida.

Ele a observava enquanto ela olhava o horizonte. O Vale dos Marés não era um território vasto, mas era fértil, perto do mar e bem posicionado para se defender. Será que ela conseguia ver isso? Era uma terra boa quando o Éter a deixava em paz. Ele não sabia por quanto tempo mais ainda seria. Mais um ano? Dois, no máximo, antes que se tornasse nada além de terra chamuscada?

– É muito mais bonito do que imaginei – disse ela.

Ele exalou o ar, aliviado.

– É?

Ária olhou pra ele, sorrindo.

– É. – Ela se virou e Perry imaginou se eles não estariam perto demais. Será que não podiam conversar se estavam fingindo serem aliados? Será que um sorriso era demais? Então, ele viu o que ela havia escutado.

Willow veio em disparada, na direção deles, correndo pela estrada de terra, com Flea galopando a seu lado. O cachorro chegou primeiro, baixando as orelhas e mostrando os dentes para Ária.

– Tudo bem – disse Perry. – Ele é amistoso.

Ária se manteve firme, pronta para se mover rapidamente.

– Não parece – disse ela.

Roar contara que ela se tornara uma lutadora habilidosa nos últimos meses. Agora Perry via a diferença. Ela parecia mais forte, veloz. Mais à vontade com o medo.

Desviando os olhos dela, ele ajoelhou.

– Vem cá, Flea. Dê espaço a ela. – Flea inclinou-se à frente e fungou as botas de Ária, abanando o rabo lentamente, antes de se empinar. Perry afagou seu pelo espetado, uma mistura de pelos marrons e pretos. – Ele é o cachorro de Willow. Você jamais verá os dois separados.

– Então, imagino que essa seja Willow – disse ela.

Perry se endireitou a tempo de ver Willow passando por Gren e Twig, cumprimentando-os rapidamente. Depois pulou nos braços dele, como fazia desde que tinha três anos. Aos treze, ela estava ficando grande demais para isso, mas o fazia rir, então, Willow não abandonou o hábito.

– Você me disse que só ia demorar alguns dias – disse assim que Perry a colocou no chão. Ela vestia seu traje habitual: calças e botas empoeiradas, camisa empoeirada e retalhos vermelhos de tecido trançados em seus cabelos escuros, feitos de pedaços de uma saia que a mãe havia costurado para ela, no inverno, mas ela desmanchara.

Perry sorriu.

– Foram apenas alguns dias.

– Pareceu uma eternidade – comentou Willow, depois olhou para Ária, com os olhos castanhos desconfiados.

Logo que foi expulsa de Quimera, era fácil notar que Ária era uma Ocupante. Ela falava com sons pontuados, sua pele era branca como leite, e seu cheiro era meio rançoso. Essas diferenças tinham sumido. Agora, ela chamava atenção por outro motivo – o mesmo motivo pelo qual Twig e Gren a encaravam, nos dois últimos dias, quando ela não estava olhando.

– Roar me disse que uma Ocupante estava chegando – disse Willow finalmente. – Ele falou que eu ia gostar de você.

– Tomara que ele esteja certo – comentou Ária, afagando a cabeça de Flea. Agora o cão estava recostado em sua perna, ofegante e contente.

Willow ergueu o queixo.

– Bem, Flea gosta, então, talvez eu vá gostar também. – Ela olhou para Perry, franzindo o rosto, e ele sentiu o odor de seu temperamento. Geralmente tinha um cheiro vivo e cítrico, mas agora uma cor sombria borrava a margem de sua visão, dizendo-lhe que havia algo errado.

– O que aconteceu, Will? – perguntou.

– Só sei que o Bear e o Wylan estão esperando você e não parecem contentes. Achei que você ia querer saber. – Willow sacudiu os ombros estreitos, depois saiu correndo, com Flea pulando a seu lado.

Perry seguiu à aldeia, imaginando o que encontraria. Bear, um homem que era uma parede, de coração bondoso e mãos sempre manchadas pelo trabalho na terra, era o líder em qualquer coisa relativa à agricultura. Delgado e carrancudo, Wylan era o líder dos pescadores dos Marés. Os dois estavam sempre se bicando sobre o destino dos recursos dos Marés, numa batalha sem fim, entre terra e mar. Perry torcia para que não fosse nada de mais.

Ária se manteve confiante ao lado dele conforme passaram pelos portões principais e entraram na clareira, no meio da aldeia, mas ele farejou o tom frio do medo dela. Ele viu a própria casa através dos olhos dela, depois, um círculo de casinhas de madeira e pedra, desgastadas pela maresia, e novamente ficou imaginando o que ela estaria achando. Nem de longe era confortável como a casa de Marron, e não tinha comparação ao que ela estaria acostumada, nos Núcleos.

Eles tinham chegado pouco antes do jantar, um horário infeliz. Dúzias de pessoas circulavam, esperando pelo chamado da refeição. Outras estavam nas janelas e portas, observando de olhos arregalados. Um dos garotos de Gray apontou enquanto o outro dava uma risadinha, ao seu lado. Brooke levantou de um banco, na frente de sua casa, desviando o olhar para Ária e de volta para ele. Num lampejo de culpa, Perry se lembrou da conversa que tivera com ela durante o inverno. Perry dissera a Brooke que não podiam ficar juntos porque estava com a cabeça cheia. Estava cheia com Ária, a garota que, à época, ele achou que nunca mais veria.

Ali perto, Bear e Wylan estava conversando com Reef. Eles olharam e caíram em silêncio. Um instinto fez com que Perry prosseguisse, rumo a sua casa. Logo lidaria com eles. Ele não estava vendo a pessoa cuja ajuda seria útil agora: Roar.

Perry parou diante da porta e afastou um cesto de gravetos, com o pé. Ele olhou para Ária ao seu lado e sentiu que deveria dizer algo. *Bem-vinda? Você ficará segura aqui?* Tudo parecia formal demais.

Ele entrou, se retraindo, quando viu os cobertores espalhados pelo chão e as canecas sujas na mesa. Tinha roupa amontoada num canto e uma pilha de livros despencada, junto à parede dos fundos. O mar ficava a meia hora de distância, mas havia uma camada de areia nas tábuas corridas, sob seus pés. Ele imaginou que poderia estar pior, para uma casa compartilhada por meia dúzia de homens.

– Os seis dormem aqui – explicou ele. – Eu os conheci depois que você... – Ele não conseguiu dizer "partiu". Não sabia por que, mas não conseguiu dizer a palavra. – Agora eles são a minha guarda. Todos marcados. Você já conheceu Reef, Twig e Gren. Os outros são irmãos; Hyde, Hayden e Straggler. Videntes, os três. O nome de Strag, na verdade, é Haven, mas... você vai ver. Combina com ele. – Ele esfregou o queixo, forçando-se a calar a boca.

– Você tem uma vela, ou lamparina? – perguntou ela.

Só então, ele notou a pouca luz. Para ele, as formas ali dentro eram perfeitamente visíveis. Ária ou qualquer outra pessoa estaria perdida. Perry estava sempre ciente de ser um Olfativo, mas se esquecia de sua visão, até em momentos assim. Ele era um Vidente, mas o verdadeiro poder de seus olhos estava na visão aguçada na escuridão. Ária uma vez chamou de mutação: um efeito do Éter que havia acentuado seu Sentido mais que os dos outros. Ele via mais como uma maldição, um lembrete da mãe Vidente que havia morrido ao lhe dar a vida.

Perry abriu as cortinas, deixando entrar a luz da tarde sombria. Lá fora, a clareira fervilhava com fofocas conforme a notícia da chegada de Ária se espalhava. Não havia nada que ele pudesse fazer a respeito. Então, cruzou os braços, com um nó no estômago, enquanto a observava assimilando o local. Não podia acreditar que ela estava ali, em sua casa.

Ária veio até a janela ao lado dele, para olhar a coleção de falcões entalhados que estava no parapeito. Perry sabia que precisava ver Bear e Wylan, mas não conseguia se mexer.

Ele limpou a garganta.

– Talon e eu fizemos esses. Os dele são os bons. O meu é esse que parece uma tartaruga.

Ela o pegou e o virou em sua mão. Seus olhos cinzentos eram ternos quando ele ergueu o olhar e disse:

– É o meu favorito.

O olhar de Perry desceu aos lábios dela. Eles estavam sozinhos. Essa era a maior proximidade que tiveram desde que ele a segurou nos braços.

Ela pousou o entalhe e se afastou.

– Tem certeza de que posso ficar aqui?

– Sim. Pode ficar com o quarto. – De onde ele estava, dava pra ver a beirada da cama do irmão, forrada com um cobertor vermelho desbotado. Ele preferia que ela não ficasse ali, mas não havia opção melhor. – Eu durmo lá em cima – disse ele, indicando com a cabeça para o sótão.

Ária soltou o saco junto à parede e deu uma olhada para a porta da frente, sorrindo para o som que não alcançava os ouvidos dele. Um segundo depois, Roar irrompeu na casa, como um raio.

– Finalmente! – berrou e abraçou Ária, tirando-a do chão. – Por que demorou tanto? Não responda. – Ele deu uma olhada em Perry. – Acho que eu já sei. – Colocou-a no chão e agarrou a mão do outro. – Que bom tê-lo de volta, Per.

– O que aconteceu na minha ausência? – perguntou Perry, sorrindo.

Antes que Roar pudesse responder, Wylan, Bear e Reef chegaram, lotando a casa, que caiu em silêncio. Eles ficaram olhando por um longo instante, todos os olhos fixos na única estranha entre eles. Os temperamentos na sala se aguçaram, aquecendo e provocando um borrão vermelho na visão de Perry. Eles não a queriam ali. Ele já sabia que reagiriam dessa forma, mas fechou os punhos, mesmo assim.

– Essa é Ária – disse ele, lutando contra o ímpeto de ir até ela. – Ária é metade Ocupante, como Reef lhes disse. Ela vai nos ajudar a encontrar o Azul Sereno, em troca de abrigo. Enquanto estiver aqui, ela será Marcada como uma Auditiva.

As palavras pareciam pedrinhas saindo de sua boca. Eram verdade, mas uma verdade parcial, que mais parecia mentira. Perry viu a expressão interrogativa nos olhos de Roar.

Bear se aproximou, remexendo as mãos grandes.

– Desculpe-me perguntar, Perry, mas como é que um Tatu vai nos ajudar?

Wylan murmurou algo baixinho. Os olhos de Ária desviaram para ele, e Roar ficou tenso. Ambos eram Audis e o ouviram perfeitamente.

Perry sentiu uma onda de calor e o ímpeto verdadeiro de dar um soco em Wylan. Ele percebeu que o que sentia – o que o invadia – era o temperamento de Ária. Respirou fundo, buscando o controle.

– Você tem algo a dizer, Wylan?

– Não – respondeu ele. – Nada a dizer. Só estava checando se os ouvidos dela funcionam. – E deu um sorriso malicioso. – Funcionam.

Reef pousou uma das mãos no ombro de Wylan, com força suficiente para fazer o menor se retrair.

– Bear e Wylan estavam me dizendo o que aconteceu quando nós estávamos fora.

Perry se preparou para a nova discussão.

– Vamos ouvir.

Bear cruzou os braços sobre o peito largo, franzindo as sobrancelhas grossas.

– Tivemos um incêndio no depósito, ontem à noite. Achamos que foi o menino que voltou com Roar. Cinder.

Perry olhou para Roar e Ária, alarmado. Eram os únicos que sabiam sobre a habilidade ímpar de Cinder, de canalizar o Éter. Eles resguardaram o segredo de Cinder com um acordo silencioso.

– Ninguém o viu fazer – disse Roar, lendo seus pensamentos. – Ele fugiu antes que alguém pudesse pegá-lo.

– Ele foi embora? – perguntou Perry.

Roar revirou os olhos.

– Você sabe como ele é. Vai voltar. Sempre volta.

Perry flexionou a mão com a cicatriz. Se não tivesse visto, com os próprios olhos, quando Cinder detonou um bando da tribo dos Corvos, não acreditaria.

– E o estrago?

Bear sacudiu a cabeça para a porta.

– Talvez seja mais fácil se eu lhe mostrar – disse, indo para fora.

Perry parou no portal e olhou de volta pra Ária. Ela sacudiu ligeiramente os ombros, compreensiva. Eles estavam ali havia menos de dez minutos, e ele já tinha que deixá-la. Perry detestava ter de fazer isso, mas não tinha escolha.

O depósito de alimentos ficava nos fundos do refeitório e era uma sala comprida de pedras, perfilada de prateleiras de madeira, abastecidas de embalagens de grãos, vidros de temperos e ervas, bem como cestos de legumes do começo da primavera. Geralmente, o ar fresco era tomado pelo cheiro de comida, mas, quando Perry entrou, o odor de madeira queimada era pesado. Por baixo, captou um traço do cheiro do Éter, cheiro que também era de Cinder.

O estrago tinha sido feito num dos lados da sala. Parte da prateleira tinha sido perdida, toda queimada.

– Ele deve ter derrubado a lamparina, ou algo assim – disse Bear, coçando a barba grossa. – Chegamos logo, mesmo assim, perdemos muita coisa. Tivemos que jogar fora duas caixas de grãos.

Perry assentiu. Era um alimento que não podiam perder. Os Marés já estavam com um racionamento apertado.

– O garoto está roubando de você – disse Wylan. – Está roubando de nós. Da próxima vez que eu o vir, vou colocá-lo para correr do território.

– Não – disse Perry. – Mande-o pra mim.

Capítulo 4

ÁRIA

– Você está bem? – sussurrou Roar quando a casa esvaziou.

Ária exalou o ar e assentiu, embora não tivesse certeza. Fora ele e Perry, todos que estiveram naquela sala a desprezavam por conta de quem ela era. Por aquilo que era.

Uma Ocupante. Uma garota que morava numa cidade encapsulada. Uma *Tatu vagabunda*, conforme Wylan tinha murmurado baixinho. Ária se preparara para isso, principalmente depois dos dias de olhares frios de Reef, mas, mesmo assim, se sentia abalada. Ela percebeu que seria a mesma coisa se Perry tivesse entrado em Quimera. Pior. Os Guardiões de Quimera matariam um Forasteiro na hora.

Ela desviou os olhos da porta, percorrendo a casinha bagunçada e aconchegante. De um lado, uma mesa com cadeiras pintadas. Logo atrás, prateleiras com vasilhas e panelas de todas as cores. Duas poltronas de couro diante da lareira, gastas, mas com aparência confortável. Junto à parede dos fundos, ela via cestos perfilados com livros e brinquedos de madeira. Era fresco e silencioso, e tinha um leve cheiro de fumaça e madeira antiga.

– Esse é um lar, Roar.

– Sim. É.

– Não posso acreditar que estou aqui. É bem mais aquecido do que eu imaginava.

— E era mais ainda.

Um ano antes, a casa era lotada com os familiares de Perry. Agora só restava ele. Ária ficou imaginando se esse era o motivo para que os Seis dormissem ali. Certamente havia outras casas que podiam ocupar. Talvez a casa cheia ajudasse Perry a não sentir tanta falta de sua família. Ela duvidava. Ninguém jamais poderia preencher o vazio que sua mãe deixara. As pessoas não podiam ser substituídas.

Ela ficou imaginando seu quarto, em Quimera. Um lugar pequeno, vazio e arrumado, com paredes cinzentas e uma cômoda embutida. Seu quarto um dia fora seu lar. Ela não sentia mais falta dele. Agora parecia tão convidativo quanto uma caixa de aço. O que lhe fazia falta era a forma como se sentia lá. Segura. Amada. Cercada de gente que a aceitava. Que não murmurava *Tatu vagabunda* para ela.

Agora percebia que não tinha seu canto. Não tinha *coisas*, como as estatuetas de falcões no parapeito da janela. Nenhum objeto que provasse que ela existia. Todos os seus pertences eram virtuais, mantidos nos Reinos. Não eram reais. Ela nem tinha mais mãe.

Ária foi tomada por uma sensação de leveza, como se fosse um balão que tivesse se soltado, flutuando, feita de nada além de ar.

— Está com fome? — perguntou Roar por trás dela, distraído, com seu tom leve e alegre, como sempre. — Nós geralmente comemos no refeitório, mas eu posso trazer algo pra gente.

Ela se virou. Roar estava com o quadril recostado à mesa, de braços cruzados. Ele estava vestindo preto dos pés à cabeça, como ela. Ele sorriu.

— Não é tão confortável como no Marron, não é?

Eles tinham passado os últimos meses juntos, enquanto ele sarava de um ferimento na perna. Já ela tratava de ferimentos mais profundos. Aos pouquinhos, dia após dia, foram ajudando um ao outro a se recuperar. O sorriso de Roar aumentou.

– Já sei. Você sentiu minha falta.

Ela revirou os olhos.

– Não faz nem três semanas que eu te vi.

– Um período infeliz – disse ele. – Então, e a comida?

Ária deu uma olhada para a porta. Se quisesse que os Marés a aceitassem, ela não podia se esconder. Precisava enfrentá-los diretamente.

– Vá na frente.

– A pele dela é lisa... como uma enguia.

A voz, cheia de malícia, veio até os ouvidos de Ária.

A tribo tinha começado a fofocar sobre ela, mesmo antes que ela se sentasse com Roar, numa das mesas. Ela pegou a colher pesada e mexeu a tigela de ensopado à sua frente, tentando focar em outras coisas.

O refeitório era uma estrutura de madeira rústica, meio salão medieval, meio estalagem estilo de caça. Estava apinhado com longas mesas em cavaletes e velas. Duas lareiras gigantescas crepitavam, em ambos os lados. Crianças corriam ao redor, umas atrás das outras, suas vozes se misturando ao gorgolejo da água fervente e o estalido do fogo. Com o tilintar das colheres, o ruído das pessoas falando, comendo, bebendo. Um arroto. Riso. O latido de um cão. Tudo amplificado pelas paredes grossas de pedra. Apesar da algazarra, ela não conseguia evitar as vozes sussurrantes e cruéis.

Duas jovens conversavam numa mesa adiante. Uma delas era uma bela loura de olhos azuis. A mesma garota que a estava observando quando Ária entrou na casa de Perry. Aquela tinha de ser Brooke. Clara, sua irmã caçula, também estava em Quimera. Vale a vendera como fizeram com Talon, em troca de alimento para os Marés.

– Achei que Ocupantes morressem quando respirassem o ar de fora – disse Brooke.

– Eles morrem – retrucou a outra garota –, mas eu ouvi dizer que ela é só metade Tatu.

— Alguém de fato acasalou com uma Ocupante?

Ária segurou a colher com mais força. Elas estavam difamando sua mãe, que estava morta, e seu pai, que era um mistério. Então, caiu a ficha. Os Marés diriam a mesma coisa sobre ela e Perry se soubessem a verdade. Diriam que estavam *acasalando*.

— Perry disse que ela vai ser Marcada.

— Uma Tatu com um Sentido — disse Brooke. — Inacreditável. O que ela é?

— Uma Audi, eu acho.

— Isso quer dizer que ela consegue nos ouvir.

Riso.

Ária cerrou os dentes diante do som. Roar, que estava silenciosamente sentado ao seu lado, se inclinou em sua direção.

— Ouça atentamente — murmurou ele em seu ouvido. — Essa é a coisa mais importante que você tem de saber enquanto estiver aqui. — Ela ficou olhando a tigela de ensopado à sua frente, o coração estrondando no peito.

— *Não* coma o hadoque. Ultimamente, eles têm cozinhado demais e está horrível.

Ela deu-lhe uma cotovelada nas costelas.

— *Roar*.

— Estou falando sério. Está duro que nem couro. — Roar olhou o outro lado da mesa. — Não é verdade, Velho Will? — disse ele a um homem grisalho com uma barba incrivelmente branca.

Embora Ária estivesse do lado de fora havia meses, ela ainda ficava maravilhada com as rugas, cicatrizes e sinais da idade. Houve uma época em que ela os achava repulsivos. Agora, o rosto sulcado do homem quase a fez sorrir. Do lado de fora, esses corpos eram usados como suvenires.

Willow, a garota que Ária conhecera mais cedo, estava sentada ao lado dele. Ária sentiu um peso sobre sua bota, olhou para baixo e viu Flea.

— Vovô, Roar lhe fez uma pergunta — disse Willow.

O homem mais velho ergueu o ouvido na direção de Roar.
– O que foi, bonito?
Roar elevou a voz para responder.
– Eu estava aqui avisando a *Ária* para não comer o *hadoque*.

O velho Will a observava com os lábios apertados numa expressão amarga. O rosto de Ária esquentou enquanto esperava por sua reação. Uma coisa era ouvir cochichos, mas encarar uma rejeição era outra.

– Tenho setenta anos – disse ele finalmente. – Setenta e ainda forte.

– O Velho Will não é Audi – sussurrou Roar.
– Eu notei, obrigada. Ele acabou de chamá-lo de bonito?
Roar assentiu, mastigando.
– Não dá para condená-lo, não é?
Os olhos dela percorreram suas feições harmoniosas.
– Não. Realmente, não dá – disse ela, embora bonito não combinasse muito com o visual sombrio de Roar.

– Então, você vai receber Marcas – disse ele. – Que tal se eu lhe der o aval?

– Achei que Perry... Peregrine fosse fazer isso, não? – perguntou Ária.

– Perry vai garantir suas Marcas e vai presidir a cerimônia, mas isso é só uma parte. A parte que somente um Soberano de Sangue pode realizar.

A mulher atarracada, sentada do outro lado de Roar, se inclinou à frente.

– Alguém que tenha o mesmo Sentido que você precisa fazer um juramento de que sua audição é verdadeira. Se você for uma Audi, somente outro Audi pode fazer isso.

Ária sorriu, notando a ênfase que a mulher colocou no *se*.
– Eu sou uma Audi, então, esse é o caso.

A mulher observou-a com seus olhos cor de mel. Ela pareceu concluir algo, pois a expressão inflexível de seus lábios se abrandou.

— Eu sou Molly.

— Molly é nossa curandeira e esposa de Bear — disse Roar. — Mas muito mais braba que o grandalhão, não é, Molly? — Ele se virou de volta para Ária. — Então, eu que devo fazer o juramento, não acha? Sou perfeito para isso. Eu lhe ensinei tudo.

Ária sacudiu a cabeça, tentando não sorrir. Realmente, Roar era a escolha perfeita. Ele tinha, mesmo, ensinado tudo que ela sabia sobre sons e facas.

— Tudo, menos modéstia.

Ele fez uma careta.

— Quem precisa disso?

— Ah, eu não sei. Talvez, você precise, bonito.

— Bobagem — disse ele, voltando a atacar o prato.

Ária se forçou a fazer o mesmo. O ensopado era uma mistura saborosa de cevada e peixe fresco, mas ela não conseguiu dar mais que algumas colheradas. A tribo não estava apenas cochichando sobre ela, mas Ária os sentia encarando, observando cada um de seus movimentos.

Ela pousou a colher e esticou o braço por baixo da mesa, afagando a cabeça de Flea. Ele ficou olhando para ela e se aproximou mais. Flea tinha uma expressão inteligente, ausente nos cães dos Reinos. Ela nunca tinha percebido que os animais possuíam personalidades tão notáveis. Era apenas mais uma das infinitas diferenças entre sua antiga vida e sua vida nova. Ficou imaginando se os Marés mudariam de ideia sobre ela, como Flea tinha mudado.

Ária ergueu os olhos conforme o falatório se aquietou no refeitório. Perry entrou pela porta, com três jovens rapazes. Altos e louros, dois deles lembravam Perry, no porte físico musculoso. Hyde e Hayden, ela supôs. O terceiro, logo atrás deles, era um palmo mais baixo, só podia ser Straggler. Todos pareciam Videntes, carregando seus arcos nas costas, de postura ereta e olhos investigativos.

Perry imediatamente a avistou. Ele balançou a cabeça, um cumprimento seguro entre aliados, mas isso a deixou na expectativa, querendo mais. Então, ele sentou numa mesa junto à porta, com os irmãos, sumindo num mar de cabeças. Instantes depois, as vozes cruéis voltaram aos seus ouvidos.

– Ela não parece real. Aposto que nem sangraria se você a cortasse.

– Vamos tentar. Só um pequeno talho, para ver se é verdade.

Ária seguiu a voz. Os olhos azuis de Brooke a fulminavam. Ária pousou a mão sobre o punho de Roar, grata por sua habilidade ímpar. Ele conseguia ler pensamentos através do toque. Ela nem se intimidou quando descobriu isso sobre ele. Não era uma sensação muito diferente do Olho Mágico que usara a vida toda, que funcionava com um processo semelhante: ouvindo padrões de pensamento através do contato físico.

Aquela é a garota do Perry – pensou ela para ele –, *não é?*

Roar parou com a colher a caminho da boca.

– Não... estou bem certo que essa seria *você*.

Ela é perversa. Talvez eu queira machucá-la.

Roar sorriu.

– Isso eu vou querer ver.

– Olhe para ela. – Era novamente a voz de Brooke. – Eu sei que você pode me ouvir, Tatu. Está perdendo seu tempo com ele. Ele é da Liv.

Ária logo afastou a mão do punho de Roar, que suspirou e olhou para ela. Ele pousou a colher e afastou a tigela.

– Venha. Vamos dar o fora daqui. Quero lhe mostrar uma coisa.

Então, ela o seguiu, mantendo o foco nas costas de Roar. Ao passar por Perry, ela desacelerou, permitindo-se uma olhada. Ele estava ouvindo Reef, sentado à sua frente, mas seu olhar se ergueu por um instante, encontrando o dela.

Ela gostaria de dizer o quanto sentira sua falta. O quanto queria que fosse ela a estar sentada com ele. Então, percebeu que, através de seu temperamento, tinha dito.

Roar seguiu na frente, numa trilha sinuosa, entre as dunas. A luz do Éter se infiltrava por entre as nuvens, lançando um brilho sobre a trilha de capim alto. Enquanto eles caminhavam, um som remexido se misturava ao uivo do vento. Passando através dela; um chiado, um sussurro e um rugido, ficando cada vez mais altos e claros, a cada passo que ela dava.

Ária parou, conforme eles passavam por cima da última duna. O mar se abria à sua frente, vivo, se estendendo até o fim de tudo. Ela ouvia um milhão de ondas, cada uma delas era única, feroz, mas com um coro sereno e grandioso, maior que qualquer coisa que ela já conhecera. Ela vira o mar muitas vezes, nos Reinos, mas não estava preparada para o mar verdadeiro.

— Se a beleza tivesse um som, seria esse.

— Eu sabia que ajudaria — disse Roar, abrindo um sorriso, os dentes brancos fazendo um flash na escuridão. — Os Audis dizem que o mar detém todos os sons que já se ouviu. Só é preciso escutar.

— Eu não sabia disso. — Ela fechou os olhos, deixando que o som a varresse, ouvindo a voz de sua mãe. Onde estava o consolo tranquilizador de Lumina, dizendo que a paciência e a lógica resolveriam qualquer problema? Ela não ouvia, mas acreditava que estava ali. Ária deu uma olhada para Roar, afastando a tristeza.

— Está vendo? Você não me ensinou tudo.

— Verdade — disse Roar. — Não posso correr o risco de entediá-la.

Eles se aproximaram da água juntos. Então, Roar sentou, apoiando-se nos cotovelos.

— Então, qual é a jogada da encenação?

Ária sentou ao lado dele.

— É melhor assim — disse ela, afundando os dedos na areia. A camada de cima ainda estava morna do dia, mas abaixo era fresca e úmida. Ela salpicou areia por cima do joelho de Roar. — Você ouviu como eles me odeiam. Imagine se soubessem que eu e Perry estamos juntos. — Ela sacudiu a cabeça. — Eu não sei.

— O quê? — Roar sorriu, como se estivesse prestes a provocá-la. O momento pareceu profundamente familiar, embora eles nunca tivessem estado ali, antes. Quantas vezes tinham falado sobre Perry e Liv ao longo do inverno?

Ária despejou mais um punhado de areia no joelho dele, ouvindo o ruído delicado sob a arrebentação das ondas.

— Foi ideia minha. Assim é mais seguro, mas é estranho fingir ser algo diferente. É como se houvesse uma parede de vidro entre nós. Como se eu não pudesse tocá-lo, ou... alcançá-lo. Não gosto da sensação.

Roar sacudiu o joelho, derrubando o montinho de areia.

— A voz dele ainda parece fumaça e fogo?

Ária revirou os olhos.

— Não sei para que fui lhe dizer isso.

Ele inclinou a cabeça para o lado, num gesto que era igualzinho ao de Perry, pousando a mão sobre o coração, que já não era igual.

— Ária, seu cheiro... é como um botão em flor. — Ele modulou a voz perfeitamente para soar como a voz arrastada e profunda de Perry. — Vem cá, minha doce rosa.

Ária lhe deu um tapa no ombro, que só o fez rir.

— É *violeta*. E você vai pagar quando eu conhecer Liv.

O sorriso de Roar desapareceu. Ele passou a mão pelos cabelos escuros e sentou, se aquietando, enquanto olhava as ondas batendo.

— Nenhuma notícia, ainda? — perguntou ela baixinho. Quando a irmã de Perry desapareceu, na última primavera, ela deixou Roar de coração partido.

Ele sacudiu a cabeça.

— Nada.

Ária se endireitou, batendo a areia das mãos.

— Logo haverá. Liv vai aparecer. — Ela gostaria de não ter mencionado nada. Roar devia sentir sua falta mais que nunca, ali, no lugar onde os dois tinham crescido.

Ela olhou o mar. Lá longe, as nuvens pulsavam com a luz radiante. As espirais de Éter estavam estrondando. Ária nem podia imaginar estar lá. Perry uma vez lhe dissera que as tempestades traiçoeiras eram um perigo no mar. Ela não sabia como os pescadores dos Marés encontravam coragem para sair todos os dias.

— Sabe, o vidro é bem fácil de quebrar, Ária. — Roar a observava com o olhar pensativo.

— Você está certo. — Como ela podia reclamar? As coisas estavam bem mais fáceis para ela do que pra ele. Pelo menos, ela e Perry estavam no mesmo lugar. — Você me convenceu. Eu vou quebrar o gelo, Roar. Na próxima chance que eu tiver.

— Que bom. Manda ver, estilhaça.

— Farei isso. E você também quando encontrar Liv. — Ela esperou que ele concordasse, queria que ele o fizesse. Mas Roar mudou de assunto.

— Hess sabe que você veio pra cá?

— Não — disse ela. Ária tirou o Olho Mágico de dentro de um bolsinho, no forro de sua sacola. — Mas eu preciso entrar em contato com ele. — Ela deveria ter feito isso no dia anterior, no dia planejado para o encontro, mas não tinha encontrado uma chance durante a jornada até os Marés. — Farei isso agora.

O tapa-olho macio, transparente como uma água-viva e quase tão flexível, agora lhe parecia algo de outro mundo, depois de todas as cercanias ensolaradas e cheias de vento da aldeia. *Era* de outro mundo: o mundo dela. Ela usara o dispositivo quase a vida inteira, sem praticamente pensar a respeito. Todos os Ocupantes o faziam. Era como eles se deslocavam entre os Reinos. Só recentemente ela passara a ter horror a ele. Graças ao Cônsul Hess.

Ária ergueu o Olho Mágico, posicionando-o sobre o olho esquerdo. O dispositivo grudou na pele ao redor do globo ocular, fazendo uma pressão firme e conhecida, e o plástico biotécnico do centro amoleceu, ficando líquido. Ela piscou algumas vezes, ajustando a visão através da interface translúcida. Letras vermelhas surgiram, flutuando diante do mar, quando o Olho ligou.

BEM-VINDA AOS REINOS! MELHOR QUE O REAL!

As palavras sumiram, e surgiu AUTENTICANDO.

Ela virou a cabeça, olhando as letras em movimento.

ACEITO piscou na tela, e uma sensação conhecida de formigamento se espalhou por seu couro cabeludo e pela coluna abaixo. Somente um ícone genérico, intitulado HESS, surgiu, em contraste à escuridão. Quando ela tinha seu próprio Olho Mágico, a tela era repleta de ícones, com seus Reinos favoritos, rodapé com notícias e mensagens de seus amigos. Mas Hess havia programado seu Olho para ter contato apenas com ele.

– Você já entrou? – perguntou Roar.

– Estou dentro.

Ele deitou, recostando a cabeça no próprio braço.

– Me acorde quando você voltar. – Para ele, ela surgiria silenciosamente sentada na praia. Ele não tinha as janelas que o Olho Mágico abria para ela, para dentro dos Reinos.

– Ainda estou aqui, você sabe.

Roar fechou os olhos.

– Não, não está, não. De verdade, não.

Com um pensamento deliberado, escolheu um ícone, deixando que Hess soubesse que ela estava ali. Instantes depois, fracionou, com a consciência partindo, dividindo. A sensação era irritante, mas indolor, como acordar subitamente num lugar estranho. Num instante, ela existia em dois lugares de uma só vez: na praia, com Roar, e na construção virtual do Reino, onde Hess a levara. Ela mudou o foco para o Reino e ficou imóvel, por um instante ofuscada pela luz radiante. Então, olhou em volta, para um mundo que ficara cor-de-rosa.

Cerejeiras se espalhavam ao seu redor, em todas as direções. Galhos carregados de flores também cobriam o chão, como um forro de neve rosada. Um sussurro chegava aos seus ouvidos, depois uma chuva de pétalas caía como uma nevasca cor-de-rosa.

Ela achou que a paisagem era de tirar o fôlego, até notar a simetria dos galhos e o espaçamento perfeito entre as árvores. Então, percebeu que não tinha ouvido as pétalas caindo, nem o rangido dos galhos. A brisa detinha um som vazio, monótono. Agressivo demais para aquilo que ela sabia ser o certo. *Melhor que o real*, eles diziam sobre os Reinos. Um dia, ela também achou isso. Durante anos, tinha percorrido locais como esse, na segurança do lado interno das paredes de Quimera, sem saber de nada.

Ou pior, pensou subitamente, lembrando-se de Paisley. Sua melhor amiga só vira as partes terríveis do mundo real. Fogo. Dor. Violência. Ária ainda não conseguia acreditar que ela se fora. Assim como quase todas as lembranças que tinha de Paisley e seu irmão. Os três sempre andavam juntos.

Como será que Caleb estava indo lá em Quimera? Será que ainda percorria os Reinos de arte? Será que tinha seguido em frente? Ela engoliu o aperto na garganta pela falta que sentia dele. Sentia falta dos outros amigos, Rune e Pixie, e de como a vida era leve. Concertos submersos e festas nas nuvens. Reinos ridículos como o Dinossauro de Raio Laser ou o Surfe nas Nuvens e o Namore um Deus Grego. Sua vida tinha mudado tanto. Agora, quando dormia, ela mantinha suas facas à mão.

Ária olhou para cima, e o ar falhou. Através dos galhos rosados, viu um céu azul-claro, sem qualquer raio de Éter, nada de nuvens espessas cintilando. Assim era o céu, havia 300 anos, antes da União. Antes que uma gigantesca labareda solar danificasse a esfera magnética terrestre, abrindo caminho para tempestades cósmicas. Para uma atmosfera alienígena, isso era incrivelmente devastador. Éter. Era o céu imaginado acima do Azul Sereno; radiante, aberto e calmo.

Ela baixou o olhar e encontrou o Cônsul Hess sentado numa mesa, a vinte passos de distância. A pequena mesa de tampo de mármore, com duas cadeiras de ferro, pertencia a um bistrô, numa praça europeia. Independentemente do cenário escolhido por Hess, esse detalhe nunca mudava.

Ária olhou abaixo, para si mesma. Um quimono havia substituído sua camisa, calça e botas pretas. Esse traje era feito de um brocado bege grosso, estampado com flores vermelhas e cor-de-rosa. Era lindo e apertado demais.

– Isso é necessário? – perguntou ela, como sempre.

Hess ficou observando em silêncio, enquanto ela se aproximava. Ele tinha um rosto severo, moldado, com olhos grandes e uma boca fina que lhe davam uma aparência de lagarto.

– É compatível com o Reino – disse ele, olhando-a de cima a baixo. – E eu achei seu traje de Forasteira um tanto desagradável.

Ária sentou de frente para ele, remexendo-se desconfortavelmente na cadeira. Ela mal conseguia cruzar as pernas dentro do vestido, e o que era essa camada de cera em seus lábios? Ela tocou com o dedo, que ficou vermelho escarlate. *Francamente*. Isso era demais.

– Seus trajes não são compatíveis com o Reino – comentou ela. Hess estava com o traje cinzento de Ocupante, como de costume, roupas semelhantes às que ela usara em Quimera, por toda sua vida, a única diferença era que sua roupa tinha listras na gola e punhos, para demonstrar sua posição como Cônsul. – Nem essa mesa, ou o café.

Hess ignorou-a e serviu café em duas xícaras delicadas enquanto pétalas cor-de-rosa salpicavam a mesa. Ária observou o som gorjeado, claro e estranhamente sem forma. O cheiro encorpado lhe deu água na boca. Tudo era da forma como havia sido nos últimos meses. Um Reino elegante. Essa mesa e cadeiras. Café forte e escuro. Só que as mãos de Hess estavam trêmulas.

Ele deu um gole. Quando pousou a xícara, ela bateu com um tinido. Ele ergueu os olhos para ela.

— Estou decepcionado, Ária. Você está atrasada. Achei que tivesse expressado a urgência da tarefa que lhe cabe. Eu me pergunto se você precisa ser lembrada dos riscos que vai correr caso fracasse.

— Eu sei o que está em risco — disse ela, retraída. *Talon. Quimera. Tudo.*

— Ainda assim, você fez um pequeno desvio. Acha que não sei onde você está? Você foi ver o tio do garoto, não foi? Peregrine?

Hess estava rastreando seus passos através do Olho Mágico. Isso não surpreendeu Ária; mesmo assim, sentiu o pulso acelerar. Não queria que ele soubesse nada sobre Perry.

— Ainda não posso seguir ao norte, Hess. A passagem até os Galhadas está congelada.

Ele se inclinou à frente.

— Eu poderia levá-la até lá amanhã com uma aeronave.

— Eles nos odeiam — disse ela. — Não se esqueceram da União. Não posso irromper como uma Ocupante.

— Eles são selvagens — comentou ele, abanando a mão para descartar. — Não me importo com o que pensam.

Ária percebeu como estava respirando depressa. Roar sentou. Ele a observava atentamente no real, sentindo sua tensão. Selvagens. Um dia, ela também pensou assim. Agora, a presença de Roar a acalmava.

— Você precisa me deixar fazer isso do meu jeito — disse a Hess.

— Não gosto do seu jeito. Você está atrasada para se apresentar. Está desperdiçando tempo com um Forasteiro qualquer. Eu quero aquela informação, Ária. Arranje-me as coordenadas. Uma direção. Um mapa. Qualquer coisa.

Enquanto ele falava, ela notou seus pequenos olhos inquietos e o rubor emergindo de seu colarinho. Em todos os encontros que tiveram, ao longo do inverno, ele nunca estivera tão nervoso e combativo. Algo o preocupava.

– Quero ver Talon – disse ela.

– Não, até que me arranje o que preciso.

– Não – falou ela. – Eu quero vê-lo...

Tudo parou. Os galhos floridos congelaram, suspensos em pleno ar, ao redor dela. O som do vento sumiu e um silêncio mortal recaiu sobre o Reino. Depois de um instante, as pétalas se ergueram em movimento inverso, depois pareceram tremular abaixo mais uma vez, normalmente, flutuando até o chão, enquanto os sons voltavam.

Ária viu a expressão de choque no rosto de Hess.

– O que foi isso? – perguntou ela. – O que acabou de acontecer?

– Volte em três dias – estrilou ele. – Não se atrase, e é melhor que até lá já esteja a caminho do norte. – Ele fracionou, desaparecendo.

– Hess! – gritou ela.

– Ária, o que houve?

A voz de Roar. Ela mudou seu foco. Ele franzia as sobrancelhas, preocupado.

– Estou bem – disse ela, repassando depressa os comandos na mente, para retirar o Olho Mágico. Ária o segurou firme na mão, com a ira embaçando sua visão.

Roar se aproximou.

– O que aconteceu? – perguntou ele.

Ela sacudiu a cabeça porque não tinha certeza. Algo tinha dado errado. Ela nunca vira um Reino congelar. Será que Hess havia feito isso de propósito, para assustá-la? Mas ele também estava nervoso. O que estava escondendo? Por que a urgência súbita para que ela seguisse aos Galhadas?

— Ária — disse Roar. — Fale comigo.

— Ele sabe que estou aqui. E quer que eu siga ao norte imediatamente — disse ela, escolhendo as palavras com cuidado, sem mencionar Talon. — Ele não se importa que a passagem esteja congelada.

— Ele é um idiota, esse Hess. — O olhar de Roar desviou além dela, para a praia. — Mas eu tenho boas notícias para você. Aí vem sua chance de quebrar o vidro.

Capítulo 5

PEREGRINE

Perry caminhava em direção à praia, cauteloso com cada passo. Eles só teriam alguns minutos juntos, na melhor das hipóteses, e ele tinha pressa em chegar a ela. Encontrou Roar na metade do caminho.

– Toma conta? – pediu Perry.

– Claro – disse Roar, apertando seu ombro, ao passar.

Ária levantou quando ele se aproximou. Puxou os cabelos escuros por cima de um dos ombros.

– Tem certeza de que isso não tem problema? – perguntou ela, olhando além dele.

– Só por um tempinho – disse ele. – Roar está ouvindo. Reef está mais adiante, na trilha. – Parecia errado ter homens de sua própria tribo o protegendo, mas ele estava desesperado para ficar sozinho com ela.

– Você encontrou Cinder?

Ele sacudiu a cabeça.

– Ainda não. Mas vou encontrar. – Ele queria esticar o braço e tocá-la, mas estava sentindo seu temperamento. Ela estava nervosa com alguma coisa. Ele tinha ideia do que seria. – Twig, ele é Audi e me contou o que aconteceu no refeitório. O que as pessoas estavam dizendo.

– Não é nada, Perry. Só fofoca.

– Dê-lhes uma semana – disse ele. – Vai ficar mais fácil.

Ela desviou o olhar e não respondeu.

Perry passou a mão no queixo, sem saber por que ainda parecia que estavam fingindo um para o outro.

– Ária, o que está havendo? – perguntou ele.

Ela cruzou os braços, e seu temperamento foi esfriando, até ficar gélido. Perry lutou contra o peso que se abatia sobre ele.

– Hess sabe que estou aqui – disse ela por fim. – Ele está me obrigando a partir. Preciso ir em alguns dias.

Ele se lembrou do nome. Hess era o Ocupante que a jogara pra fora do Núcleo.

– Ele sabe que ainda não é seguro ir ao norte?

– Sim – disse ela. – Ele não liga.

O medo dela subitamente o arrebatou.

– Ele a ameaçou? – perguntou Perry com a mente revolvendo.

Ária sacudiu a cabeça e ele entendeu.

– Ele está com Talon. Ele está usando Talon, não é?

Ela assentiu.

– Eu lamento. Esse é um momento em que eu realmente gostaria de poder mentir pra você. Eu não queria sobrecarregá-lo.

Perry fechou os punhos, apertando até os nós dos dedos doerem. Vale planejara o sequestro, mas ele ainda se sentia responsável. Isso não passaria até que Talon estivesse em casa, seguro. Ele desviou o olhar para a praia.

– Daqui que ele foi levado – disse ele. – Bem daqui. Eu assisti aos Ocupantes lhe darem um chute na barriga e arrastá-lo para uma espaçonave, no alto daquela duna.

Ária se aproximou dele e pegou suas mãos. Ela tinha os dedos frescos e macios, mas a pegada era firme.

– Hess não vai machucá-lo – assegurou ela. – Ele quer o Azul Sereno. Ele nos dará Talon em troca.

Perry não podia acreditar que precisava *comprar* o sobrinho. Ele percebeu que isso não era muito diferente do que teria de fazer para trazer Liv de volta pra casa. Vale trocara ambos por comida. Tudo apontava para que Perry fosse aos Galhadas. Ele precisava do Azul Sereno, para sua tribo, e por Talon. E ele tinha que saldar uma dívida com Sable, por Liv não ter aparecido. Talvez sua irmã fosse enfim voltar para casa.

– É mais cedo do que eu imaginei – disse ele –, mas vou com você. Vamos partir em alguns dias e torcer para que a passagem esteja liberada até lá.

– E se não estiver?

Ele sacudiu os ombros.

– Vamos lutar contra o gelo. Levaríamos o dobro do tempo, mas podemos fazê-lo. Eu posso fazer com que cheguemos até lá.

Ária sorriu do que ele disse. Perry não sabia o motivo, mas não importava. Ela estava sorrindo.

– Tudo bem – disse ela, enlaçando-o com os braços e encostando a cabeça sobre seu peito. Perry afastou-lhe os cabelos do ombro e inalou, deixando que a força de seu temperamento o trouxesse de volta. Respirando devagar, sua raiva foi se transformando em desejo.

Ele tracejou a linha de sua coluna com o polegar. Tudo nela era gracioso e forte. Ela recuou e olhou-o nos olhos.

– Assim... – Ia dizer que era assim que eles deveriam ter ficado juntos, na mata, dias atrás. Era nisso que ele pensara durante todo o inverno, disso que sentira falta. Mas ele não conseguia passar da forma como ela se sentia, do jeito que o olhava.

– Sim – disse ela. – Isso.

Perry curvou-se e beijou-a nos lábios. Ela se curvou junto dele e suspirou em seu rosto, então nada mais existia além de seus lábios e sua pele e a sensação de tê-la. Eles não tinham muito tempo. As pessoas estavam próximas. Ele mal conseguia manter os pensamentos dentro da cabeça. Ela era tudo, e ele queria mais.

Ao som do assovio de Roar, ele congelou, com os lábios no pescoço dela.

— Diga que você não ouviu isso.

— Eu ouvi.

Novamente ele ouviu o sinal de Roar, dessa vez, mais alto, insistente. Perry se retraiu e se endireitou, pegando as mãos dela. O cheiro dela estava impregnado nele. A última coisa que queria era deixá-la.

— Vamos fazer suas Marcas antes de partirmos. E quanto a escondermos as coisas entre nós... vamos parar. Está me matando não poder tocá-la.

Ária sorriu pra ele.

— Vamos partir em breve. Não podemos manter isso só até irmos?

— Você gosta de me ver sofrer?

Ela riu baixinho.

— A espera vai valer a pena, prometo. Agora, *vá*.

Ele a beijou mais uma vez, depois se afastou e saiu correndo, subindo a praia, flutuando pela areia.

Roar o observava lá de cima, com um sorriso.

— Isso foi lindo, Per. Também estava me matando.

Perry riu ao dar-lhe um peteleco na cabeça enquanto passava correndo.

— Nem tudo é para os seus ouvidos.

Na trilha, ele encontrou Reef enrolando Bear e Wylan, que tinham vindo procurá-lo. Enquanto eles voltavam à aldeia, Bear falou dos problemas que estava tendo com um par de agricultores, Gray e Rowan. Wylan interferia, a cada doze passos, com reclamações triviais, na voz zangada de sempre. Independentemente do que Perry fizesse ou dissesse, nunca era bom o suficiente para Wylan, que tinha sido um dos seguidores mais dedicados de Vale.

Perry ouvia prestando pouca atenção, esforçando-se para não sorrir.

Uma hora depois, ele estava sentado no telhado de sua casa, sozinho, pela primeira vez, em dias. Soltou os braços sobre os joelhos e fechou os olhos, saboreando a névoa fresca na pele. Quando a brisa parou e ele respirou profundamente, sentiu traços do cheiro de Ária. Agora ela estava no quarto de Vale, dentro da casa. O riso passou pela fresta do telhado, a seu lado. Os Seis estavam jogando dados. Dava pra ouvir a arenga habitual entre Twig e Gren. Ambos Audis, eles estavam sempre falando, discutindo, competindo em tudo.

As lamparinas foram se acendendo ao redor da aldeia, e a fumaça se erguia das chaminés, fundindo-se à maresia. A essa hora, tarde da noite, havia pouca gente circulando. Perry recostou, observando a luz do Éter passando pelas finas camadas de nuvens, ouvindo as vozes, do outro lado da clareira.

– Como está a febre do bebê? – perguntou Molly a alguém.

– Baixando, graças aos céus – Foi a resposta. – Ele está dormindo agora.

– Bom. Deixe-o descansar. Eu vou levá-lo até o mar, pela manhã. Vai abrir seus pulmões.

Perry inalou, deixando que o ar marinho abrisse seus pulmões. Ele crescera sob os cuidados de muita gente, bem parecido com o bebê de que falavam. Quando criança, subia no colo de quem estivesse mais perto, para dormir. Quando tinha febre, ou um corte que precisasse de pontos, Molly o deixava saudável novamente. Os Marés eram uma tribo pequena, mas uma grande família.

Perry ficou imaginando onde Cinder estaria, mas sabia que ele voltaria sozinho, exatamente como Roar dissera. Quando Perry o visse, lhe daria uma bronca por ter fugido, depois descobriria o que aconteceu no refeitório.

— Perry!

Ele sentou a tempo de pegar um cobertor dobrado, arremessado lá de baixo.

— Obrigado, Molly.

— Não sei por que você está aí em cima e todos eles estão aquecidos, em sua casa — disse ela, saindo apressada.

Mas Molly sabia, sim. Havia poucos segredos numa tribo tão pequena. Todos sabiam sobre seus pesadelos. Pelo menos, ali em cima, ele podia passar um tempo sem dormir, captando os aromas na brisa e olhando a brincadeira da luz por entre as nuvens. Uma primavera bem estranha, sempre com uma espessa camada de nuvens acima. Por mais que temesse o Éter, parte dele se sentiria melhor se pudesse vê-lo agora.

Brooke surgiu caminhando ao seu lado, com o arco e estojo pendurados no ombro enquanto ele deixava a aldeia, ao amanhecer.

— Para onde está indo?

— Para o mesmo lugar que você — disse ele. Ela era vidente e uma das melhores arqueiras da tribo, então Perry lhe dera a tarefa de ensinar a todos os Marés a atirar com o arco e a flecha. Suas aulas eram perto do mesmo campo onde ele ia encontrar Bear.

A caminhada foi estranha e silenciosa. Ele notou que ela ainda usava uma de suas ponteiras de flecha pendurada num fio de couro, em volta do pescoço, e tentou não pensar no dia em que lhe dera, ou o que tinha significado para ambos. Ele se importava com ela, e isso nunca iria mudar. Mas tinha acabado tudo entre eles. Ele lhe dissera isso no inverno com o máximo de delicadeza que pôde e torcia para que ela também visse isso logo.

Ao chegarem ao campo, ele encontrou uma discussão já inflamada: dois agricultores, Rowan e Gray, que queriam mais ajuda no campo do que Perry podia lhes dar. Bear estava entre eles, gigante, no entanto, bondoso como um gatinho.

— Olhe pra isso — disse Rowan, o fazendeiro mais jovem, cujo filho tivera febre na noite anterior. Ele ergueu uma bota enlameada. — Eu preciso de um muro de escora. Algo que impeça os detritos de descerem a colina. E preciso de mais escoamento.

O olhar de Perry desviou à lateral da colina, a uma milha de distância. As tempestades de Éter tinham devastado a parte baixa, deixando apenas cinzas. Quando as chuvas de primavera começassem, ondas de lama e entulho desceriam morro abaixo. Todo o formato da colina estava mudando, sem as árvores para ampararem a firmeza da terra.

— Isso não é nada — disse Gray. Ele era um palmo menor que Perry e Bear. — Metade da minha terra está debaixo d'água. Eu preciso de gente. Preciso usar o carrinho de bois. Preciso de ambos, mais do que ele precisa.

Gray tinha um rosto bondoso e um jeito brando, mas Perry frequentemente farejava ódio nele. Gray não possuía um Sentido, ele não era Marcado, como a maioria das pessoas, e desprezava isso. Quando jovem, ele queria ser um sentinela, ou um guarda, mas esses postos eram para os Audis ou Videntes, cujos Sentidos lhes davam uma vantagem clara. Como suas possibilidades eram limitadas, Gray foi deixado com as plantações.

Perry já tinha ouvido tudo isso de Gray e Rowan, mas precisava dos recursos que eles queriam: mão de obra, cavalos, carro de boi, para tarefas mais importantes. Perry tinha ordenado a construção de uma trincheira de defesa ao redor da aldeia e um segundo fosso perto do refeitório. Ele estava mandando reforçar os muros e as provisões de armas estavam abarrotadas. E ordenara que todos os Marés — de seis a sessenta anos — aprendessem ao menos o uso básico do arco e das facas.

Aos dezenove anos, Perry era jovem para um Soberano de Sangue. Ele sabia que seria visto como inexperiente. Um alvo fácil.

Tinha certeza de que os Marés seriam atacados até a primavera por bandos e tribos que tivessem perdido seus lares para o Éter.

Conforme Gray e Rowan prosseguiam com seus pedidos, Perry arqueou as costas, sentindo a noite maldormida. Ele tinha se tornado um Soberano de Sangue pra isso? Ficar perambulando por campos enlameados para ouvir picuinhas? Ali perto, Brooke dava aula de arco e flecha aos meninos de Gray, de sete e nove anos. Bem mais divertido do que ficar ouvindo brigas.

Ele nunca quisera essa parte do papel de Soberano de Sangue. Nunca tinha pensado em como alimentar quase quatrocentas pessoas quando esvaziassem os depósitos no inverno antes que a primavera chegasse. Ele nunca tinha imaginado garantir o casamento de um casal mais velho que ele. Ou ter voltado para si os olhos de uma mãe com uma criança febril, buscando uma resposta. Quando as curas de Molly falhavam, eles vinham a ele. Sempre vinham até ele quando as coisas davam errado.

A voz de Bear o tirou de seus devaneios.

– O que você diz, Perry?

– Vocês dois precisam de ajuda. Eu sei disso. Mas terão que esperar.

– Eu sou um lavrador, Perry – disse Rowan. – Não tenho nada a ver com arco e flecha.

– Aprenda, mesmo assim – insistiu Perry. – Isso pode salvar a sua vida, ou mais.

– Vale nunca nos obrigou a isso, e nós ficamos bem.

Perry não podia acreditar em seus ouvidos.

– Agora as coisas são diferentes, Rowan.

Gray se aproximou.

– Vamos passar fome no próximo inverno se não semearmos logo. – O tom da voz dele, certeiro e exigente, atingiu Perry.

– Talvez não estejamos aqui no próximo inverno.

Rowan hesitou, franzindo as sobrancelhas.

– Onde estaremos? – perguntou ele, elevando ligeiramente o tom de voz. Ele e Gray trocaram olhares.

– Você não está falando sério quanto a mudarmos para o Azul Sereno, não é? – disse Gray.

– Talvez não tenhamos escolha – afirmou Perry. Ele se lembrou do irmão dando ordens a esses mesmos homens, sem argumentos. Sem ter que convencer. Quando Vale falava, eles obedeciam.

– A viagem até os Galhadas vai levar semanas – disse Bear. – Você vai deixar os Marés por todo esse tempo?

Brooke se aproximou, limpando o suor da sobrancelha.

– Perry, o que houve? – perguntou ela.

Ele percebeu que estava apertando o osso do nariz. Uma sensação de ardor penetrou o fundo de suas narinas. Olhou para cima, um palavrão escapou de seus lábios.

As nuvens finalmente se abriram. Lá no alto, ele viu o Éter. Não estava revolvendo preguiçoso, em correntes brilhantes, como era normal para essa época do ano. Em vez disso, rios grossos fluíam acima dele, reluzentes, cintilantes. Em alguns lugares o Éter se retorcia como serpentes, formando espirais que atingiriam a terra, espalhando as chamas.

– Esse é um céu de inverno – disse Rowan com a voz repleta de confusão.

– Pai, o que está havendo? – perguntaram os filhos de Gray.

Perry sabia exatamente o que estava acontecendo. Ele não podia negar o que via, nem o ardor no fundo de seu nariz.

– Vão pra casa, agora! – disse-lhes ele, depois disparou para a aldeia. Onde a tempestade cairia? Oeste, acima do mar? Ou diretamente sobre eles? Então, ouviu o estrondo do sinal de corneta, depois outros, mais distantes, alertando os lavradores para buscarem abrigo. Ele precisava chegar aos pescadores, a quem seria mais difícil alertar, e trazê-los à segurança.

Ele disparou pelo portão principal da aldeia, adentrando a clareira. As pessoas corriam para suas casas, gritando, umas com as outras, em pânico. Ele observou seus rostos.

Roar correu até ele.

– O que você precisa?

– Encontre Ária.

Capítulo 6

ÁRIA

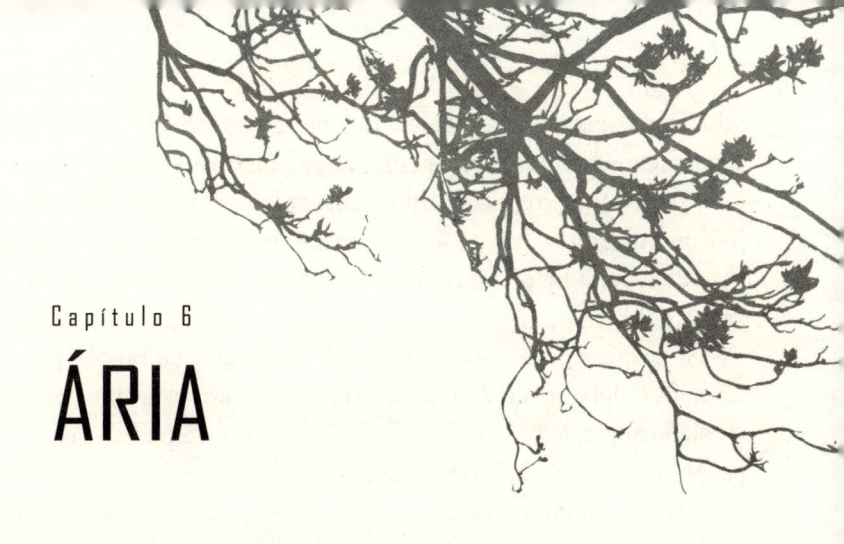

A chuva começou de repente, lançando uma rajada de vento que Ária sentiu como um tapa gelado. Ela disparou de volta à aldeia, pela trilha em que passeara durante toda a manhã, perdida em pensamentos dos Reinos, que subitamente congelaram. Suas facas tilintavam num ritmo tranquilizador enquanto ela seguia seu caminho pela floresta, o vento castigando ao seu redor.

Ao som de uma trombeta, ela freou deslizando e olhou para cima. Através dos vãos nas nuvens de chuva, ela viu as correntes grossas de Éter. Segundos depois, ouviu um uivo característico de uma espiral: um som esganiçado e agudo que gelou suas veias. Uma tempestade? As tempestades já deveriam ter acabado este ano.

Ela correu novamente, aumentando o ritmo. Meses antes, estivera numa tempestade junto com Perry. Ela nunca mais esqueceria do ardor em sua pele, quando as espirais batiam perto, nem como seu corpo sacudiu.

– River! – gritou uma voz ao longe. – Onde está você?

Ela parou e ficou ouvindo os sons através do chiado da chuva. Todos gritavam a mesma coisa, os gritos de angústia ressonando em seus ouvidos. Ela fechou os punhos. A quem deveria ajudar? Os Marés a odiavam. Então, outra voz ecoou, dessa vez, mais perto, um som tão desesperado e temeroso que ela seguiu sem pensar. Ela sabia como era procurar alguém que tinha partido. Eles talvez não aceitassem sua ajuda, mas ela tinha que tentar.

Ária saiu correndo da trilha, entrando num terreno lamacento e escorregadio. Os sons a guiavam até uma dúzia de pessoas que vasculhavam a mata. Seus joelhos travaram quando ela reconheceu Brooke.

– O que está fazendo aqui, Tatu? – Encharcada, Brooke parecia mais cruel que o habitual. Seus cabelos louros estavam escuros e colados na cabeça, os olhos frios como bolas de gude. – Você o pegou, não foi, sua ladra de crianças?

Ária sacudiu a cabeça.

– Não! Por que eu faria isso? – Os olhos dela desviaram para a arma no ombro de Brooke.

Molly, a mulher mais velha que Ária tinha conhecido no refeitório, chegou apressada.

– Você está perdendo tempo, Brooke. Continue procurando! – Ela esperou até que Brooke seguisse adiante. Depois pegou Ária pelo braço e falou baixo e de perto enquanto a chuva escorria por suas bochechas fartas. – Fomos pegos de surpresa. Ninguém esperava uma tempestade.

– Quem sumiu? – perguntou Ária.

– Meu neto. Ele mal fez dois anos. O nome dele é River.

Ária assentiu.

– Eu vou encontrá-lo.

Os outros procuravam distantes da trilha, seguindo mais para dentro da floresta, mas o instinto de Ária lhe dizia para procurar por perto. Seguindo lentamente, ela se manteve próxima à trilha. Ela não chamou. Em vez disso, esforçava-se para ouvir os sons mais leves, através do vento e da chuva. O tempo passava sem nada além dos passos encharcados e o fluxo de água escorrendo morro abaixo. Agora os uivos do Éter eram mais ruidosos e sua cabeça começou a latejar, o ruído da tempestade era esmagador em seus ouvidos. Um zunido a fez parar de repente. Ela seguiu em sua direção, escorregando ao descer a colina. Ária agachou diante de um arbusto folhoso, afastou os galhos lentamente e não viu nada além de folhas. A pele atrás de seu pescoço pinicava. Girando, ela sacou as facas. Viu-se sozinha com as árvores balançando.

– Relaxe – disse a si mesma, tirando as lâminas dos estojos.

Ela ouviu o zunido mais uma vez, fraco, mas inequívoco, contornou o arbusto e olhou do lado de dentro.

Um par de olhos piscou, a menos de um palmo. O menino parecia pequeno, sentado com os joelhos dobrados. Ele estava com as mãozinhas sobre os ouvidos e entoava uma melodia, perdido em seu próprio mundo. Ela notou que ele tinha as bochechas redondas da avó, bem como os olhos cor de mel. Ela olhou por cima do ombro. De onde estava ajoelhada, Ária podia ver a trilha de volta para a aldeia, a menos de vinte passos. Ele não estava perdido. Estava aterrorizado.

– Oi, River – disse ela, sorrindo. – Eu sou Ária. Aposto que você é um Audi, como eu. Cantar ajuda a afastar o som do Éter, não é?

Ele ficou olhando diretamente pra ela e continuou entoando a melodia.

– Essa é uma boa canção. É a Canção do Caçador, não é? – perguntou ela, embora logo tivesse reconhecido como a predileta de Perry. Ele a cantara uma vez, no outono, depois de muita persuasão, com o rosto vermelho de constrangimento.

River ficou em silêncio. Seu lábio inferior tremeu, como se ele fosse chorar.

– Meus ouvidos também doem quando fica barulhento assim. – Ária lembrou-se de seu chapéu de Audi e enfiou a mão em seu saquinho. – Quer usar isso?

As mãos de River se fecharam enquanto ele lentamente as afastou dos ouvidos e concordou. Ela colocou o chapéu sobre a cabeça dele e puxou os protetores sobre as orelhas, amarrando embaixo de seu queixo. Era grande demais pra ele, mas abafaria o ruído da tempestade.

– Nós precisamos ir pra casa, está bem? Vou levá-lo.

Ela estendeu a mão para ajudá-lo a sair. River a pegou, depois pulou em seus braços, se agarrando a ela, como se fosse um colete. Segurando seu corpinho trêmulo, Ária apressou-se, procurando Molly e os outros ao longo da trilha. Eles chegaram em bando até ela, encharcados e enfurecidos.

– Não toque nele! – estrilou Brooke, arrancando River dela. O frio percorreu o peito de Ária, e ela se desequilibrou, com a súbita falta do peso dele. Brooke arrancou o chapéu da cabeça dele e o atirou na lama.

– Fique longe dele! – berrou ela. – Nunca mais toque nele.

– Eu estava levando ele *de volta*! – gritou Ária, mas Brooke já tinha disparado rumo à aldeia, com River, que tinha começado a chorar. Os outros seguiram atrás de Brooke, alguns lançando olhares acusadores para Ária, como se fosse culpa dela que River tivesse se perdido.

– Como você o encontrou, Ocupante? – perguntou um homem parrudo, que tinha ficado pra trás. A desconfiança estampada em seus olhos. Dois garotos que Ária imaginou serem seus filhos estavam perto, de ombros curvos, batendo os dentes.

– Ela é uma Audi, Gray – disse Molly, surgindo ao lado dela. – Agora vá. Leve seus meninos para casa.

Com um último olhar para Ária, o homem partiu, apressando-se para encontrar abrigo com os filhos.

Ária pegou seu chapéu de Audi e espanou a lama.

– Brooke não é sua parenta, é?

Molly sacudiu a cabeça, com um sorriso surgindo nos lábios.

– Não, não é.

Ária enfiou o chapéu de volta no saco.

– Que bom.

Enquanto elas corriam juntas de volta à aldeia, Ária notou que Molly estava mancando.

– Minhas juntas – explicou Molly, elevando a voz para ser ouvida. Os sons agudos das espirais do Éter estavam ficando mais altos. – Elas doem mais quando está frio e chuvoso.

– Aqui, pegue meu braço – disse Ária. Ela amparou o peso da mulher mais velha. Juntas, elas seguiam mais depressa rumo à aldeia.

Alguns minutos se passaram antes que Molly voltasse a falar.

– Obrigada. Por encontrar River.

– De nada. – Mesmo com o corpo anestesiado até os ossos e os ouvidos retumbando, Ária sentiu-se estranhamente contente em caminhar ao lado de sua primeira amiga dos Marés, depois de Flea.

Capítulo 7
PEREGRINE

Depois que Perry deixou Roar, ele pegou a trilha até a enseada, o mais depressa que já correra na vida, até chegar ao ancoradouro. Ali, Wylan e Gren gritavam um com o outro enquanto amarravam um barco de pesca, com a roupa sacudindo ao vento. O barco bateu na doca sobre a água encrespada, sacudindo a plataforma sob os pés de Perry. Seu coração apertou quando ele só viu dois barcos. A maioria dos pescadores ainda estava no mar.

– Os outros estão perto? – berrou Perry.

Wylan lançou um olhar sombrio.

– *Você* que é o vidente, não?

Perry correu ao longo da costa até o rochedo que se estendia como um braço, protegendo a enseada. Ele saltou para cima do granito, depois pulou de uma rocha para outra. As ondas batiam por entre os vãos, encharcando suas pernas. No alto do quebra-mar, ele parou e olhou o mar aberto. Ondas imensas entravam, com cristas de espuma branca. Uma visão aterrorizante, mas ele também viu o que esperava. Cinco barcos se aproximavam da enseada, sacudindo como rolhas nas águas brutais.

– Perry, pare! – Reef subiu até o alto das rochas. Gren e Wylan o seguiram, ambos com cordas nos ombros.

– Eles estão chegando! – gritou Perry. Quem teria sobrado lá fora? Os respingos das ondas embaçavam tudo. Mesmo com sua visão, ele não conseguiu enxergar os pescadores, até que o primeiro barco se aproximou, passando o quebra-mar. Perry avistou as expressões aterrorizadas dos homens cujas vidas jurou proteger. Eles ainda não estavam seguros, mas o mar não era tão bravo dentro da enseada. Quando o segundo e o terceiro barco chegaram, ele voltou a respirar. Estava mais perto de saber que não tinha perdido ninguém.

Então, veio o quarto barco, deixando só mais um ao mar. Perry esperou, xingando, quando viu claramente: Willow e seu avô estavam sentados, pálidos, agarrados ao mastro. Entre eles, de orelhas para trás, estava Flea.

Perry pulou na lateral do quebra-mar, aproximando-se da arrebentação, enquanto os clarões relampeavam no horizonte, paralisando o momento na luz resplandecente. A tempestade tinha chegado. As espirais despencavam no mar, rasgando linhas azuis radiantes, riscando o céu de nuvens escuras. Estavam a milhas de distância, mas ele ficou instintivamente tenso e escorregou, ralando o queixo.

— Perry, volte aqui! — gritou Reef. As ondas colidiam nas rochas ao redor deles, numa investida violenta que vinha de todas as direções.

— Ainda não! — Perry mal ouvia a própria voz, acima do barulho da arrebentação estrondosa.

O barco de Willow tinha saído de seu rumo. Estava desviando à direita, na direção do quebra-mar. Ela gritou algo, colocando as mãos em concha, em volta da boca. Gren surgiu, se equilibrando ao lado de Perry.

— Eles perderam o leme. Não conseguem manobrar.

Perry sabia exatamente o que ia acontecer, e os outros, também.

— Abandonem o barco! — gritou Wylan de perto. — Saiam!

O Velho Will já tinha puxado Willow para que ela ficasse de pé. Segurou o rosto dela nas mãos, dizendo algo que Perry não pôde ouvir. Depois, ajudou-a a pular da proa, para dentro das ondas.

Flea pulou logo atrás dela, e o Velho Will pulou por último, surpreendentemente calmo.

Os segundos passaram num instante. A maré pegou o barco e o levou na correnteza. Ele veio saindo de traseira, virando para trás, no último instante, e a popa bateu nas rochas, a apenas dez metros de Perry. O barco dobrou, partindo, lançando pedaços pelo ar. Perry ergueu os braços para se proteger, enquanto os estilhaços voavam com a espuma que batia em seus antebraços.

Ele piscava com força, limpando os olhos, e avistou Willow seguindo à direita, em direção à mistura de madeira quebrada e à água espumante.

– Peguem uma corda *agora!* – berrou Reef.

Ali perto, Wylan jogou uma corda num arremesso perfeito de quem nasceu pescador. Sem a corda, Willow se espatifaria contra as rochas, repetidamente, esmagada na espuma. Com a corda, eles tinham chance de puxá-la em segurança.

– Willow, pegue a corda! – gritou Perry.

Ele a observou procurar pelo avô com movimentos espasmódicos e frenéticos, depois viu o terror no rosto dela ao avistar o Velho Will mais longe, lá fora. Uma onda a encobriu, e o coração de Perry parou. Willow ressurgiu, tossindo água e tentando puxar o ar. Ela nadou desesperada até a corda e por fim a pegou.

Perry desceu o máximo que pôde sobre as pedras, firmando as pernas, preparando-se para pegá-la.

Quando a onda veio, Wylan e Gren puxaram a corda. Willow veio veloz em direção a Perry, como uma flecha. Ela o derrubou para trás quando ele a pegou, sua testa batendo no queixo dele. A dor irrompeu nas costelas dele, conforme ele caiu sobre as pedras. Ele a segurou por um instante, antes que Reef a pegasse de seus braços.

– Saia daí, Peregrine! – gritou ele, carregando Willow para cima do quebra-mar.

Dessa vez, Perry não respondeu. Ele não podia sair até que pegasse o Velho Will.

Wylan jogou outra corda. Ela caiu perto do Velho Will, mas o pescador relutava, nadando sem sair do lugar com a cabeça esticada, pouco acima da água.

– Ande, Will! Nade! – exclamou Perry.

As espirais caíam violentamente, agora mais próximas, e as ondas que minutos antes batiam com dois metros, agora dobraram de tamanho, em formações monstruosas que encobriam o quebra-mar.

– Vovô! – gritou Willow subitamente, como se soubesse. Como se tivesse alguma sensação do que estava para acontecer.

O Velho Will desapareceu na água.

Perry cobriu a distância entre ele e Wylan em quatro saltos e pegou a corda. Atrás dele, as vozes de Gren e Reef ecoaram *Não!* no mesmo instante em que ele se afastou das pedras e mergulhou.

O silêncio embaixo d'água o deixou chocado. Perry agarrou a corda, segurando firme, e se impulsionou, afastando-se do quebra-mar. Seu pé bateu em algo duro. Uma tábua? Uma pedra? Quando ele subiu, as ondas se erguiam imensas, levantando paredes à sua volta. Ele só conseguia ver água, até que uma onda o ergueu bem alto. Seu estômago sentiu um vácuo, quando subiu até a crista da onda, e pôde ver as rochas onde ele estivera havia poucos instantes. Depois de apenas alguns segundos, estava num lugar completamente diferente de onde achou que estaria.

Perry nadou em direção ao local onde vira o Velho Will pela última vez. A corrente era brutalmente forte e o puxava de volta, na direção do quebra-mar. Ele avistou movimentos na água. Flea batia as patinhas a uns vinte metros de distância. Ali perto, o Velho Will se debatia, os cabelos grisalhos misturando-se à espuma branca do mar.

A pele do pescador estava pálida como papel quando Perry chegou até ele.

– Aguente firme, Will! – Perry amarrou a corda em volta dele. – Vai! – gritou na direção da margem, abanando os braços.

Alguns segundos se passaram antes que a corda esticasse em suas mãos. Ele foi puxado à frente, mas pouco. Mais um puxão, porém não podia negar que juntos, eles eram pesados demais para Wylan. Perry teve mais um vislumbre do quebra-mar, vendo as rochas negras num lampejo branco. A tempestade de Éter estava se aproximando deles.

Perry soltou a corda, e o Velho Will foi puxado para longe dele. Ele foi nadando atrás, exigindo mais de seus músculos cansados. Cada braçada parecia ter o peso de seu corpo. Dava para ouvir os gritos de Reef e Gren conforme se aproximava do quebra-mar e se forçava a seguir. Olhava para cima, por entre a espuma. Mais alguns metros.

Subitamente, uma corrente o pegou como um gancho e o puxou para longe, de volta ao mar revolto. Com a mesma rapidez, a maré mudou, e ele viu o quebra-mar se aproximando veloz. Então, cobriu a cabeça e puxou as pernas para cima. Seus pés bateram com força; e ele foi lançado de lado e colidiu nas rochas.

A dor irrompeu em seu corpo. A sensação de ossos quebrando nas costas inteiras. A dor se solidificou em seu ombro direito. Ele pôs a mão, sem reconhecer sua própria forma. Seu ombro estava projetado na direção errada, desencaixado da articulação.

Isso não podia estar acontecendo. Ele nadou com seu braço bom, implorando mais das pernas, mas cada movimento provocava uma dor lancinante em seu ombro. Em meio à arrebentação, teve outro vislumbre do quebra-mar. Bear e Wylan puxavam a corda, tirando o Velho Will. Willow e Flea estavam ali perto, tremendo e encharcados. Reef e Gren estavam nas rochas, gritando para ele, prontos para tirá-lo da água. Perry batia as pernas com mais força, mas elas não reagiam. Não se moviam da forma como queria. Ele estava tossindo água salgada e não conseguia recuperar o fôlego.

Só havia uma forma de sair disso. Ele parou de nadar e mergulhou embaixo d'água. Segurou o punho e parou um instante para juntar coragem. Então, puxou o braço para o outro lado do corpo. Pontos vermelhos surgiram em sua visão. Parecia que ele estava rasgando os próprios músculos, a dor em seu ombro era excruciante, mas a junta não voltava ao lugar. Ele soltou o braço. Não podia tentar de novo. Tinha certeza de que iria desmaiar.

Ele se forçou a subir, passando pela água revolvente, já ficando sem fôlego. Batia as pernas com mais força, procurando a superfície. Procurando.

Procurando.

Subitamente, não sabia para que lado era para cima. O medo ameaçava se apoderar dele, que se forçava a nadar com braçadas calmas. O pânico seria o fim. Longos momentos depois, seus pulmões gritavam por oxigênio, e o pânico veio. Mesmo assim, conforme ele se sentia arremessado pela água, seu corpo se movia fora de seu controle.

Perry sabia que não podia respirar. Não puxaria ar. Por mais que lutasse, não conseguia se deter. A dor em seus pulmões e em sua cabeça era maior que no ombro. Maior que tudo. Ele abriu a boca e inalou. Uma explosão fria desceu por sua garganta. No instante seguinte, ele pôs para fora. Os pontos vermelhos voltaram e seu peito convulsionava, inspirando, expirando. Precisando, rejeitando.

Ele deslizou para a água ainda mais fria, onde estava ainda mais escuro e quieto. Sentiu seus membros relaxarem, então, uma tristeza dolorida se espalhou por ele, substituindo a dor.

Ária. Ele tinha acabado de consegui-la de volta. Não queria magoá-la. Não queria...

Algo bateu em sua garganta. A corrente do Soberano de Sangue... o estrangulava. Ele agarrou-a, então percebeu que alguém o puxava para cima. A corrente afrouxou, mas agora Perry sentia um braço ao redor de seu peito, e ele estava se movendo, sendo puxado.

Perry irrompeu na superfície e tossiu água salgada. Seu corpo todo convulsionava. Ele sentiu uma corda sendo amarrada em volta de suas costelas, então Gren e Wylan o rebocavam para cima, sobre as rochas, enquanto alguém o empurrava por trás. Só podia ser Reef.

Bear o agarrou pelo braço, xingando, quando quase caiu na água.

– Ombro! – gritou Perry, através dos dentes cerrados.

Bear entendeu, passando o braço em volta da cintura de Perry e carregou-o além do local onde as ondas batiam. Perry continuou andando, depois de ser colocado no chão. Ele cambaleou atravessando o quebra-mar, desesperado, até chegar à areia. Então, desmoronou e se dobrou de dor, nas vísceras, no ombro, na garganta. Seus pulmões davam a sensação de que ele tinha tomado uma surra.

Um círculo se formou à sua volta, mas ele continuou tossindo, relutando para recuperar o fôlego. Finalmente, limpou a água salgada dos olhos.

Nesse momento, foi tomado de vergonha. Estava deitado de barriga para cima, devastado, diante de sua gente.

Gren sacudiu a cabeça, como se não pudesse acreditar no que tinha acabado de acontecer. O Velho Will estava com Willow ao seu lado. Reef respirava ofegante, com uma cicatriz vermelho-vivo no rosto. Acima, o Éter tomava vulto, em rodamoinhos vingativos.

– O ombro dele está deslocado – disse Bear.

– Puxe o braço para cima e em diagonal – orientou Reef. – Devagar e firme, sem parar. E seja breve. Precisamos entrar.

Perry cerrou os olhos. Mãos imensas se fecharam em seu punho; então, ele ouviu a voz profunda de Bear acima dele.

– Você não vai gostar disso, Perry.

Ele não gostou.

Com o corpo trêmulo de nervoso e frio, Perry subiu para o sótão, segurando o braço. Desajeitado, chiando com a dor no ombro, puxou a camisa ensopada pela cabeça e jogou na sala abaixo. Ela aterrissou na pedra da lareira e ficou pendurada ali. Ele recostou e ficou respirando, puxando o ar para dentro de seus pulmões esgotados, enquanto observava o Éter através de uma fresta no telhado. A chuva que dali pingava batia em seu peito. Escorrendo para o colchão embaixo dele.

Apenas alguns minutos. Ele precisava de um tempo sozinho antes de encarar a tribo.

Ele fechou os olhos. Só via Vale, fazendo discursos. Vale, sentado à cabeceira de uma mesa no refeitório, calmamente supervisionando tudo. Seu irmão nunca tinha sequer tropeçado diante dos Marés. E o que Perry tinha acabado de fazer?

Foi a coisa certa a fazer, ir atrás do Velho Will. Então, por que ele não conseguia desacelerar sua respiração? Por que estava com vontade de socar alguma coisa?

A porta foi escancarada e bateu na parede de pedra, deixando entrar uma rajada de vento.

– Perry? – disse alguém lá de baixo.

Perry se retraiu, decepcionado. Não era a voz que queria ouvir. A única que ouviria agora. Será que Roar a encontrara?

– Agora não, Cinder. – Perry ficou ouvindo, esperando o som da porta fechando. Os segundos se passaram e nada. Ele tentou novamente, com mais vigor. – Cinder, vá.

– Eu queria explicar o que aconteceu.

Perry sentou. Cinder estava lá embaixo, ensopado. Ele estava segurando seu boné preto nas mãos. Parecia decidido e calmo.

– Agora você quer falar? – Perry ouviu o tom de voz zangado de seu pai em sua própria voz. Ele sabia que deveria se conter, mas não conseguiu. – Você aparece quando quer e foge quando não quer? O que vai ser? Se você vai ficar, eu agradeceria se não queimasse nossa comida.

– Eu estava tentando ajudar...

– Você quer *ajudar*? – Perry pulou do sótão, contendo um palavrão, conforme a dor irrompeu em seu braço. Ele caminhou depressa até Cinder, que o encarava de olhos arregalados e fixos. Ele acenou em direção à porta. – Então, por que não faz algo a respeito *daquilo*?

Cinder deu uma olhada para fora, depois olhou de volta para ele.

– Por isso me quer aqui? Acha que posso impedir o Éter?

Perry parou de repente. Ele não estava pensando direito. Não sabia o que estava dizendo. Ele sacudiu a cabeça.

– Não, não é por isso.

– Esqueça! – Cinder recuou em direção à porta. As veias de seu pescoço começaram a reluzir, azul brilhante, como o Éter. Pareciam galhos sob a pele, se espalhando por seu maxilar, bochechas e testa.

Perry já o vira assim duas vezes. Uma no dia em que Cinder tinha queimado sua mão e quando ele chamuscou uma tribo inteira de Corvos, mas novamente o deixou perplexo.

– Eu nunca deveria ter confiado em você! – gritou Cinder.

– Espere – disse Perry. – Eu não deveria ter dito isso.

Era tarde demais. Cinder girou e disparou porta afora.

Capítulo 8

ÁRIA

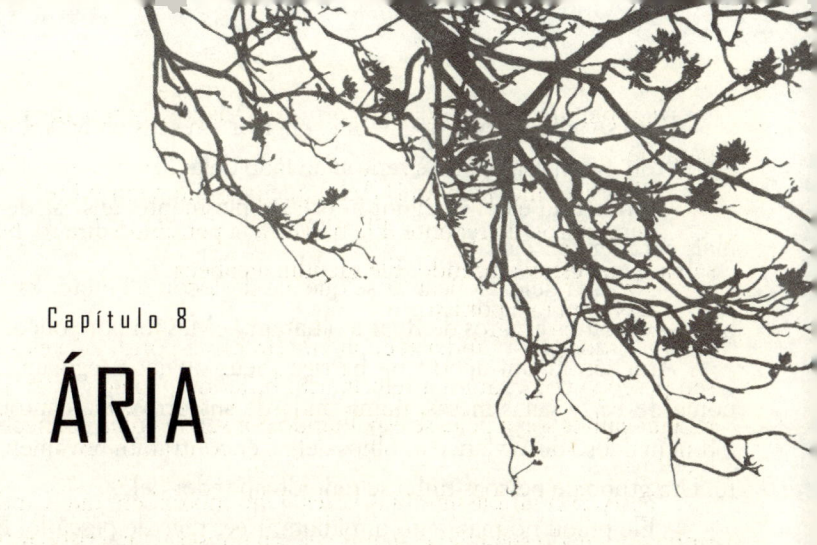

Roar vinha correndo, pouco tempo depois, conforme Ária se aproximava da aldeia, com Molly.

– Estive procurando você por toda parte – disse ele, dando um rápido abraço em Ária. – Você me deixou preocupado.

– Eu lamento por isso, bonito.

– É bom lamentar, mesmo. Detesto me preocupar. – Ele pegou o braço livre de Molly e eles a puxaram para o refeitório, o mais depressa que ela conseguia.

Lá dentro, a tribo estava toda reunida, lotando as mesas e perfilando as paredes. Molly saiu para ir ver River, e Roar foi ver Bear. Ária avistou Twig, o Audi magricela que tinha estado com ela na jornada até ali. Ela sentou no banco ao lado dele e observou o salão movimentado. As pessoas estavam em pânico por causa da tempestade, falando umas com as outras com vozes frágeis, os rostos tensos de medo.

Ela não se surpreendeu ao ver Brooke, algumas mesas adiante, com Wylan, o pescador com olhos escuros e ariscos que a xingara baixinho na casa de Perry. Ela viu Willow aconchegada entre os pais e o Velho Will e Flea pertinho, e o restante dos Seis, que nunca se distanciavam de Perry. Conforme seu olhar passava de uma pessoa para outra, ela teve uma sensação de pavor que deixou as pontas de seus dedos formigando. Ela não via Perry.

Roar se aproximou e jogou um cobertor em seus ombros. Ele empurrou Twig para o lado e sentou ao lado dela.

– Onde está ele? – perguntou ela, simplesmente, ansiosa demais para ser cautelosa.

– Na casa dele. O Bear disse que ele deslocou o ombro. Está bem. – Os olhos escuros de Roar a olharam. – Mas foi por pouco.

Ária sentiu um aperto na barriga. Seus ouvidos seguiam o nome de Perry pelas mesas, numa onda de sussurros. Ela captou o tom maldoso de Wylan, e os olhos dela o encontraram novamente. Um grupo de pessoas tinha se reunido ao redor dele.

– Ele pulou no mar, feito um idiota. Reef teve de pescá-lo. E quase não conseguiu também.

– Ouvi dizer que ele salvou o Velho Will – disse outra pessoa. Novamente a voz de Wylan:

– O Velho Will não teria se afogado! Ele conhece o mar melhor que qualquer um de nós. Eu ia puxá-lo com a corda no próximo arremesso. Nesse momento, eu estaria me sentindo melhor se o Flea estivesse usando aquele maldito colar.

Ária tocou o braço de Roar. *Está ouvindo, Wylan? Ele é horrível.* Roar assentiu.

– Ele é um fanfarrão. Você é a única pessoa que está prestando atenção nele, pode acreditar.

Ária não estava muito certa disso. Ela entrelaçou as mãos, balançando a perna por baixo da mesa. As duas lareiras estavam em pleno vapor, aquecendo o salão. Cheirava a lã molhada, lama e suor de muitos corpos. As pessoas tinham trazido de casa os seus pertences de estimação. Ela viu uma boneca. Uma colcha. Cestos entupidos de coisas menores. Em sua mente, surgiu a imagem dos falcões entalhados no parapeito da janela de Perry. Depois Perry lá, sozinho. Ela deveria estar com ele.

As espirais de Éter estrondavam lá fora. Os uivos distantes ecoavam em seus ouvidos. Leves tremores vibravam nas solas de suas botas. Ela ficou imaginando se Cinder estaria lá fora, na tempestade, mas sabia que, se havia alguém a salvo, ele estaria seguro sob o Éter.

– Vamos apenas ficar sentados aqui? – perguntou ela.

Roar passou a mão nos cabelos molhados, deixando-os espetados. Ele assentiu.

– Com uma tempestade tão próxima, esse é o lugar mais seguro para estar.

Na aldeia de Marron, as tempestades não eram, nem de perto, tão assustadoras. Todos se recolhiam no subsolo das antigas cavernas de mineração de Delphi. Lá, Marron tinha provisões preparadas. Até diversões, como música e jogos.

Outro trovão profundo reverberou nas tábuas do chão. Ária ergueu os olhos conforme a poeira se soltou das vigas, salpicando a mesa à sua frente. Na área da cozinha, as panelas sacudiram levemente. Ali perto, Willow estava abraçada com Flea, de olhos fechados, bem apertados. Agora, Ária não ouvia praticamente ninguém falando. Ela procurou Roar mais uma vez.

– Você precisa fazer alguma coisa. Eles estão petrificados.

– *Eu* preciso? – respondeu Roar erguendo uma das sobrancelhas.

Sim, você. Perry não está aqui, e eu não posso fazer nada. Sou uma Tatu, lembra? Não, espere, sou uma Tatu vagabunda.

Roar ficou olhando pra ela, parecendo avaliar suas opções.

– Tudo bem. Mas você me deve. – Ele atravessou a sala até um jovem com uma tatuagem de cobra que enroscava em seu pescoço e assentiu para o violão recostado na parede. – Posso pegar emprestado?

Depois de um instante de surpresa, o jovem entregou o instrumento. Roar voltou e sentou na mesa, apoiando os pés no banco comprido. Começou a testar as cordas, estreitando os olhos, enquanto afinava. Ele era tão meticuloso quanto ela teria sido. Ambos ouviam a entonação perfeita. Qualquer coisa menos que isso daria nos nervos.

– Então – disse ele, satisfeito. – O que nós vamos cantar?

— O que quer dizer com *nós*, Roar? Você que vai cantar.

— Mas é um dueto. — Ele sorriu e tocou as notas de abertura de uma canção da banda favorita dela, Tilted Green Bottles. Ao longo do inverno, ele cantava a música sem parar. "Gatinha Ártica", uma balada, que deveria ser cantada em tom romântico, o que tornava a letra ainda mais ridícula do que já era.

Roar tinha domínio da parte romântica. Ele deu os primeiros acordes, com os olhos castanhos fixos nela, os lábios num sorriso sutil e sedutor. Ele estava brincando, mas foi quase o suficiente para deixá-la vermelha. Agora Ária sentiu que todos olhavam para eles.

Quando ele cantou, sua voz saiu suave e entoada de humor.

— Venha derreter meu coração gelado, minha gatinha ártica danada.

Sem conseguir resistir, Ária entrou com a frase seguinte:

— Sem chance, homem de gelo, prefiro morrer congelada.

— Deixe-me ser seu boneco de neve, em meu iglu venha morar.

— Eu prefiro morrer congelada, em vez de contigo hibernar.

Ária não podia acreditar que eles estavam cantando uma música tão tola para pessoas que estavam molhadas e mortas de medo, com espirais de Éter estrondando ao redor delas. Roar entrou no clima, as mãos tirando um ritmo alegre das cordas. Ela se forçou a equiparar seu entusiasmo, seguindo em frente, cada um cantando uma frase.

Ela achou que, a qualquer momento, os Marés fossem atirar canecas ou sapatos nela. Em vez disso, ouviu uma fungada abafada, depois, de canto de olho, viu alguns sorrisos. Quando eles cantavam o refrão juntos, que era como um ronronado romântico, algumas pessoas riram abertamente, e ela enfim relaxou, se deixando aproveitar algo que fazia bem. *Muito* bem. Ela cantara a vida inteira. Nada lhe parecia mais natural.

Depois que Roar entoou as últimas notas, houve um momento de silêncio perfeito, antes que os ruídos da tempestade voltassem e o burburinho das conversas retomasse o salão. Ária olhou os rostos ao seu redor, captando pedaços de conversa.

– Que música boba, eu ouvi isso a vida inteira.
– Mas é engraçada.
– Ela disse homem de gelo?
– Não faço ideia, mas a Tatu canta como um anjo.
– Ouvi dizer que foi ela quem achou River.
– Acha que ela vai cantar mais alguma coisa?
– Então? Será que ela vai cantar de novo? – Roar bateu no ombro dela e ergueu uma das sobrancelhas.

Ária endireitou a coluna e encheu os pulmões de ar. Eles acharam "Gatinha Ártica" especial? Ainda não tinham ouvido nada.

– Sim. Ela vai – disse, sorrindo.

Capítulo 9
PEREGRINE

Pela primeira vez, em meses, ninguém notou Perry quando ele entrou no refeitório. Todos os olhos estavam fixos em Ária e Roar. Ele se manteve na sombra, recostado à parede, de dentes cerrados pela dor que sentia no braço.

Roar estava sentado em cima de uma das mesas compridas, no meio do salão, tocando o violão. Ao seu lado, Ária cantava, com um sorriso tranquilo nos lábios e a cabeça inclinada para o lado. Seus cabelos negros pendiam em mechas molhadas espalhadas por cima do ombro.

Perry não reconheceu a canção, mas dava para ver que ela e Roar já tinham cantado antes, pela forma como cantavam juntos em algumas partes, em outras, separados, como dois passarinhos voando. Ele não se surpreendeu ao vê-los cantando. Quando era mais novo, Roar sempre transformava coisas improváveis em canções, para fazer Liv rir. Os sons ligavam Roar e Ária, da mesma forma que os aromas ligavam os Olfativos. Porém, outra parte dele não suportava vê-los se divertindo, depois que ele quase se afogou.

Do outro lado do salão, Reef e Gren o viram e se aproximaram, chamando a atenção de Ária. A voz dela falhou, e ela deu um sorriso hesitante a Perry. As mãos de Roar pararam no violão, e uma expressão ansiosa surgiu em seu rosto. Agora o salão inteiro olhava Perry, e uma agitação percorreu as mesas lotadas.

A pulsação acelerou, e ele sentiu o rosto quente. Perry não tinha dúvida de que eles sabiam o que havia acontecido no quebra-mar. De que todos sabiam. Viu a decepção e a preocupação nos rostos deles. Farejou isso nos temperamentos rançosos que preenchiam o salão. Os Marés sempre o chamaram de precipitado. Seu mergulho atrás do Velho Will só reforçaria isso. Ele cruzou os braços com uma dor aguda na articulação do ombro.

– Não precisam parar. – Ele detestava o tom rouco de sua voz, com a garganta sensível, depois de ter golfado água salgada. – Você poderia cantar outra?

– Sim – respondeu Ária de pronto, sem tirar os olhos dele.

Dessa vez, ela cantou uma música que ele conhecia, uma canção que ela cantara para ele quando estavam juntos na casa de Marron. Era uma mensagem dela. Um lembrete, ali, em meio à centenas de pessoas, de um momento que havia sido só deles.

Ele recostou a cabeça na parede. Fechou os olhos e ficou ouvindo, afastando o ímpeto de ir até ela. De trazê-la para perto. Ele a imaginou em seus braços, sob seu ombro. Imaginou as dores sumindo, junto com a vergonha de ter sido tirado do mar, despedaçado diante de sua tribo. Ele ficou imaginando até ficarem somente os dois novamente, sozinhos, em cima de um telhado.

Horas mais tarde, Perry levantou de seu lugar no refeitório. Esticou as costas e girou o ombro, testando. Engoliu, confirmando que seu corpo inteiro ainda doía.

A luz matinal entrava pelas portas e janelas abertas, lançando fachos dourados no salão. As pessoas estavam deitadas por toda parte, em grupos perfilando as paredes, embaixo das mesas, nos corredores. A quietude parecia impossível para essa multidão. Seu olhar recaiu sobre Ária, pela milésima vez. Ela dormia ao lado de Willow, com Flea encolhido no meio das duas.

Roar acordou, esfregou os olhos, depois Reef ficou de pé, ali perto, afastando as tranças para trás. O restante dos Seis se remexeu, sentindo que Perry precisava deles. Twig cutucou Gren, que lhe deu um safanão, ainda meio dormindo. Hyde e Hayden levantaram, pendurando os arcos nas costas e abandonando Straggler, que ainda estava calçando as botas. Eles se moveram silenciosamente, passando pela tribo adormecida, e seguiram Perry para fora.

Fora as poças, os galhos e as telhas espalhadas pela clareira, a aldeia parecia a mesma. Perry olhou as colinas. Ele não via nenhum fogo, mas o cheiro forte de fumaça ainda pairava no ar úmido. Ele tinha certeza de que havia perdido mais terra. Só torcia para que não fossem mais plantações, nem pastos, e que a chuva tivesse contido o estrago.

Straggler foi abrindo caminho e enrugou o nariz, olhando para cima.

– Eu sonhei ontem à noite?

O Éter fluía calmamente, em camadas azuladas, por entre as nuvens finas. Um céu normal de primavera. Nada de manto de nuvens fluorescentes. Nada de carretéis de Éter revolvendo acima.

– O sonho era sobre Brooke? – disse Gren. – Porque a resposta é sim. E eu também.

Straggler lhe deu um solavanco no ombro.

– Idiota. Ela é garota do Perry.

Gren sacudiu a cabeça.

– Desculpe, Per. Eu não sabia.

Perry limpou a garganta.

– Tudo bem, ela não é mais.

– Agora chega, vocês dois – disse Reef, fulminando Strag e Gren. – Onde quer que a gente comece, Perry?

Mais gente ia saindo do refeitório. Gray e Wylan. Rowan, Molly e Bear. Conforme eles olhavam ao redor da aldeia e ao alto, para o céu, Perry via a expressão preocupada em seus rostos. Estariam seguros agora ou logo veriam outra tempestade? Seria esse o princípio de uma temporada do Éter o ano todo? Ele sabia que as perguntas estavam nas cabeças de todos.

Primeiro Perry os levou pela aldeia, observando os danos nos telhados, checando os animais vivos nos estábulos, depois seguindo ao campo. Ele mandou Willow e Flea procurarem Cinder, lamentando pela noite anterior. Ele estava fora de si e precisava encontrar Cinder para se desculpar. Então, seguiu a nordeste, com Roar. Uma hora depois, estavam diante de um campo queimado.

– Isso não vai ajudar – disse Roar.

– É apenas terra de caça. Não é a melhor que tínhamos.

– Que otimismo seu, Per.

– Obrigado. Estou me esforçando. – Perry assentiu.

Roar desviou o olhar para a margem do campo.

– Olhe, lá vem a alegria em pessoa.

Perry avistou Reef e sorriu. Só Roar conseguia animá-lo, num momento como esse.

Reef fez um relato sobre o restante do prejuízo. Eles tinham perdido uma área florestal ao sul, adjacente às áreas varridas pelos incêndios que tiveram ao longo do inverno.

– Agora só parece uma extensão maior de cinzas – disse Reef. Todas as colmeias dos Marés haviam sido destruídas, e a água dos poços da aldeia tinham sido atingidas e agora estavam com gosto de cinza.

Com o relato de Reef concluído, Perry não pôde mais evitar o que havia acontecido no quebra-mar. Roar estava girando a faca na mão, algo que fazia quando ficava entediado. Perry sabia que podia dizer qualquer coisa na sua frente; mesmo assim, teve que forçar as palavras.

– Você salvou minha vida, Reef. Eu lhe devo...

– Você não me deve nada – interrompeu Reef. – Um juramento é um juramento. Algo que você pode viver para aprender.

Roar guardou a faca no cinto.

– O que quer dizer com isso?

Reef o ignorou.

– Você jurou proteger os Marés.

Perry sacudiu a cabeça. O Velho Will não é parte da tribo?

– Foi o que eu fiz.

— Não. Você quase se matou.

— Eu deveria deixá-lo morrer?

— Sim — disse Reef secamente. — Ou ter deixado que eu fosse atrás dele.

— Mas você não foi.

— Porque era suicídio! Tente entender algo, Peregrine. Sua vida vale mais que a de um velho. Mais que a minha também. Você não pode simplesmente ir mergulhando, como fez.

— Você não o conhece mesmo, não é? — Roar riu.

Reef girou, apontando um dedo pra ele.

— Você deveria tentar ensiná-lo um pouco de discernimento.

— Estou esperando para ver se algum dia você vai calar a boca — disse Roar.

Perry entrou no meio dos dois, empurrando Reef pra trás.

— Vá. — A fúria em seu temperamento manchava sua visão de vermelho. — Dê uma volta. Esfrie a cabeça. — Perry ficou olhando enquanto ele saiu marchando. Ao seu lado, Roar xingou baixinho.

Se isso estava acontecendo entre as duas pessoas que lhe eram mais leais, o que estaria havendo com o restante dos Marés?

No caminho de volta, Perry avistou Cinder à margem da floresta. Ele estava remexendo o boné.

Roar revirou os olhos assim que o viu.

— Eu te vejo mais tarde, Per. Para mim, chega — disse, e saiu correndo.

Cinder estava chutando a grama quando Perry se aproximou.

— Estou contente que tenha voltado — falou Perry.

— Está? — disse Cinder, amargo, sem olhar para cima.

Perry nem se incomodou em responder. Ele cruzou os braços, notando que seu ombro estava melhor do que de manhã.

— Eu não devia ter gritado com você. Não vai acontecer novamente.

Cinder assentiu.

– Eu não sabia o que tinha acontecido quando fui vê-lo. A garota, Willow, me contou essa manhã. Ela ficou com muito medo. Por ela e pelo avô. E por você.

– Eu também fiquei com medo. – Perry assentiu. Agora parecia quase inacreditável para ele. Um dia antes, estava embaixo d'água, a segundos da morte. – Não foi meu melhor dia. Mas ainda estou aqui, então não foi o pior.

– Certo. – Cinder deu um sorriso.

Com o temperamento de Cinder mais calmo, Perry viu sua chance.

– O que aconteceu no depósito?

– Eu só fiquei com fome.

– No meio da noite?

– Não gosto de comer durante o jantar. Não conheço ninguém.

– Você passou o inverno com Roar – disse Perry.

– Roar só liga para você e para Ária. – Cinder fez uma cara feia.

E Liv, pensou Perry. Era verdade que Roar tinha poucas lealdades, mas eram inquebráveis.

– Então, você entrou escondido no depósito.

Cinder concordou.

– Estava escuro lá dentro, muito quieto. Então, subitamente, eu vi uma fera de olhos amarelos. Levei um susto tão grande que derrubei a lamparina. Tentei apagar, mas só piorou, então fugi.

Perry ficou perplexo com a primeira parte da história.

– Você viu uma *fera*?

– Bem, eu achei que fosse. Mas era só aquele cachorro imbecil, Flea. No escuro, ele parece um demônio.

Os lábios de Perry se curvaram.

– Você viu Flea.

– Não tem graça – disse Cinder, mas ele também estava lutando contra um sorriso.

– Então, Flea, o cão demônio, o assustou e a lamparina foi o que causou o incêndio? Não foi... o que você faz com o Éter?

– Não. – Cinder sacudiu a cabeça.

Perry esperou que ele dissesse mais. Havia centenas de coisas que ele queria saber sobre a habilidade de Cinder. Mas Cinder diria quando estivesse pronto.

– Você vai me fazer ir embora?

Perry sacudiu a cabeça.

– Não. Quero você aqui. Mas, se você vai participar das coisas, tem que participar de *tudo*. Não pode sair correndo quando algo dá errado nem pegar comida no meio da noite. E precisa ganhar sua vida, como todos fazem.

– Não sei como – disse Cinder.

– Como, o quê?

– Ganhar minha vida. Não sei fazer nada.

Perry o observava. Ele não sabia fazer *nada*? Não era a primeira vez que dizia algo estranho assim.

– Então, temos muito a fazer. Vou pedir para Brooke lhe arranjar um arco e começar a lhe dar aulas. E vou falar com Bear amanhã. Ele precisa de toda ajuda possível. Uma última coisa, Cinder. Quando você estiver pronto, eu quero ouvir tudo que você tiver a dizer.

Cinder franziu o rosto.

– Tudo que eu tiver a dizer sobre o quê?

– Você – disse Perry.

Capítulo 10
ÁRIA

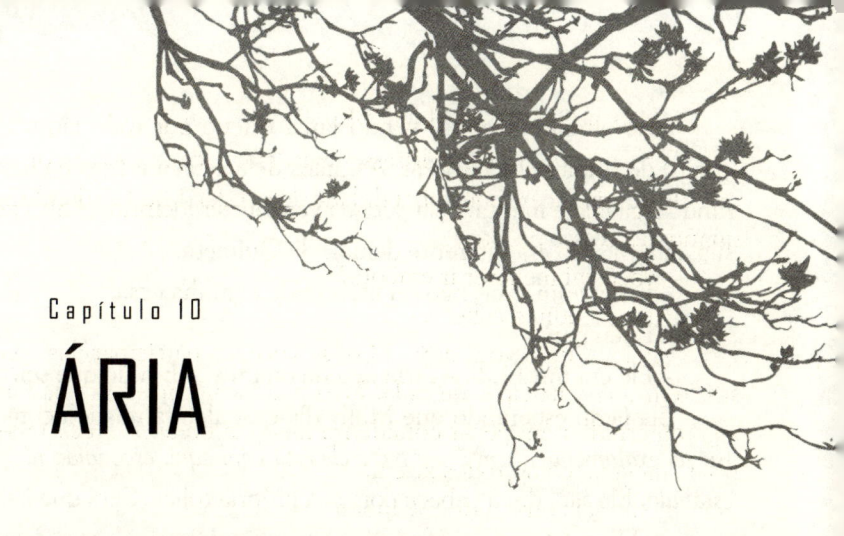

– Você leva jeito com a dor – disse Molly.
Ária ergueu os olhos da atadura que tinha nas mãos.
– Obrigada. Butter é uma boa paciente.
A égua piscava lentamente, em resposta ao seu nome. A tempestade da noite anterior atiçara seu instinto voador. Em pânico, Butter tinha dado coices em seu estábulo e ferido a pata da frente. Para ajudar Molly, cujas mãos estavam incomodando, Ária já tinha limpado o ferimento e aplicado uma pomada antisséptica que cheirava a menta.
Ária recomeçou a enrolar a bandagem ao redor da pata de Butter.
– Minha mãe era médica. Na verdade, pesquisadora. Ela não trabalhava com pessoas. Nem com cavalos.
Molly afagou a estrela branca na frente da crina de Butter, com dedos nodosos como raízes. Ária não pôde deixar de pensar em Quimera, onde doenças como artrite tinham sido curadas havia muito tempo por meio da genética. Ela desejou poder fazer algo.
– Era? – disse Molly, olhando para baixo.
– Sim... ela morreu há cinco meses.
Molly concordou pensativa, observando-a com olhos ternos, da mesma cor que o pelo castanho de Butter.
– E agora você está aqui, longe de sua casa.

Ária olhou em volta, vendo lama e feno por todo lado. O cheiro de urina pairava no ar. As mãos dela estavam frias e cheirando a cavalo e menta. Pela décima vez, Butter focinhou o alto de sua cabeça. Isso era diferente demais de Quimera.

— Estou aqui. Mas não sei mais onde é minha casa.

— E seu pai?

— Ele era um Audi. — Ária deu de ombros. — É tudo que sei.

Ela ficou esperando que Molly dissesse algo fantástico como *Eu sei exatamente quem é seu pai e ele está bem aqui, escondido neste estábulo.* Ela sacudiu a cabeça com sua própria tolice. Será que isso ajudaria? Encontrar o pai afastaria a sensação de vazio dentro dela?

— É uma pena você não ter nenhum familiar em sua Cerimônia de Marcação esta noite — falou Molly.

— Essa noite? — perguntou Ária, olhando para cima. Ela ficou surpresa que Perry tivesse programado logo após a tempestade.

Butter deu uma fungada irritada quando Wylan entrou no estábulo.

— Olhe isso. Molly e a Tatu — disse ele, recostando no estábulo. — Você fez um bom espetáculo ontem à noite, Ocupante.

— O que você precisa, Wylan? — perguntou Molly.

Ele a ignorou, olhando fixamente para Ária.

— Está perdendo seu tempo seguindo ao norte, Ocupante. O Azul Sereno não passa de um boato espalhado por gente desesperada. Mas é melhor se cuidar. O Sable é um bastardo malvado. Traiçoeiro como uma raposa. Ele não vai dividir o Azul Sereno com ninguém, muito menos com uma Tatu. Ele *detesta* Tatus.

— Como sabe disso... pelos boatos espalhados por gente desesperada? — disse Ária, levantando-se.

Wylan se aproximou.

— Na verdade, sim. Dizem que isso vem desde a União. Os ancestrais de Sable foram escolhidos. Foram chamados para dentro de um dos Núcleos, mas foram traídos e deixados de fora.

No colégio, Ária havia estudado a história da União, o período após a grande Chama Solar que tinha corroído a esfera magnética terrestre, espalhando o Éter ao redor do globo. Nos primeiros anos, a devastação tinha sido catastrófica. A polaridade da Terra tinha sido revertida, repetidas vezes. O mundo foi consumido por incêndios. Inundações. Rebeliões. Doenças. Os governos se apressaram em construir os Núcleos, conforme o Éter se intensificava, assolando constantemente. *Outra*, era como os cientistas chamavam a atmosfera alienígena, logo que esta surgiu, pois desafiava qualquer explicação científica, um campo eletromagnético de composição química desconhecida que parecia água e golpeava com uma potência jamais vista. O termo evoluiu para Éter, palavra que pegaram emprestada dos filósofos antigos que falavam de um elemento semelhante.

Ária tinha visto filmagens de famílias sorridentes, caminhando por Núcleos como Quimera, admirando seus novos lares. Ela tinha visto suas expressões extasiadas quando usavam os Olhos Mágicos pela primeira vez e passavam pela experiência dos Reinos. Mas ela nunca tinha visto uma filmagem do que tinha acontecido do lado de fora. Até alguns meses antes, o Éter era algo estranho para ela, tão estranho quanto o mundo além da segurança das paredes de Quimera.

— Está dizendo que Sable odeia os Ocupantes por algo que aconteceu há trezentos anos? — perguntou ela. — Não dava pra colocar todo mundo nos Núcleos. A Loteria era a única forma de fazer justiça.

Wylan fungou.

— Não foi justo. As pessoas foram abandonadas para morrerem, Tatu. Você acredita mesmo em justiça quando o mundo está acabando?

Ária hesitou. Agora já vira o suficiente do instinto de sobrevivência e ela própria o sentira. Uma força que a levara a matar, algo que jamais pensou fazer. Ela se lembrou de Hess lançando-a para fora do Núcleo para morrer, para proteger Soren, filho dele.

Ela podia imaginar que na União a justiça não contaria muito. Ela percebeu que não havia sido justo o que lhe acontecera, mas ainda acreditava na justiça. Acreditava que a justiça era algo pelo qual valia a pena lutar.

– Você veio até aqui para incomodar, Wylan? – perguntou Molly.

Wylan lambeu os lábios.

– Eu só estava tentando alertar a Tatu...

– Obrigada – interrompeu Ária. – Vou me assegurar de não perguntar a Sable sobre seus tatatatataravós.

Ele saiu com um sorriso torto e amarelo. Molly voltou a afagar a estrela branca da égua.

– Eu gosto dela, Butter. E você?

No fim da tarde, Ária foi até a casa de Perry, querendo alguns momentos a sós, antes da Cerimônia da Marcação. O quarto de Vale, onde ela passara sua primeira noite, estava bem mais arrumado que o restante da casa. Um cobertor vermelho tinha sido estendido sobre a cama, havia um baú e uma cômoda, e nada mais. Ela não conhecera o irmão de Perry, mas sentia sua presença no quarto. A intensidade que ela imaginava que ele possuía a deixava inquieta.

Ela pegou o falcão tartaruga de Perry do parapeito da janela do outro quarto e o colocou na mesinha de cabeceira, sorrindo com a solução simples. Depois, se trocou, colocando uma blusa branca de alcinhas, sentou na beirada da cama e olhou seus braços. De certa maneira, receber as Marcações seria como uma aceitação, uma aceitação *oficial* dela mesma como uma Forasteira. Uma Auditiva. Como filha de seu pai. Será que ele partira o coração de sua mãe? Ou eles teriam se separado por outro motivo? Será que algum dia ela saberia a resposta?

Lá fora, na clareira, as pessoas iam se juntando. As vozes animadas entravam pela janela. Um tambor retumbava numa batida profunda. Agora, ela já estava na aldeia dos Marés havia dois dias.

No primeiro, ela lhes serviu como um tipo de fonte de fofoca. Na noite passada, ela os divertiu. O que essa noite traria?

Ária encontrou seu Olho Mágico na sacola e segurou-o na palma da mão. Ela gostaria de poder usá-lo para entrar em contato com seus amigos. O que Caleb acharia da cerimônia das Marcas?

A porta da frente se abriu, depois fechou com uma batida seca. Ária enfiou o Olho Mágico de volta no saco e levantou da cama, ouvindo o rangido das tábuas do chão conforme alguém se aproximava. Perry surgiu na porta, seus olhos verdes intensos e sérios. Eles ficaram se olhando, a expressão dele abrandando e a pulsação dela aumentando.

O olhar de Perry desviou para a miniatura na mesinha de cabeceira, observando a pequena mudança no quarto.

– Eu vou colocar de volta – disse ela.

Ele se aproximou e pegou.

– Não. Pode ficar. É seu.

– Obrigada. – Ária deu uma olhada na porta atrás dele, para a outra sala. Ela voltou a sentir aquela distância inquietante entre eles, a parede de vidro que os mantinha separados, caso alguém entrasse na casa.

Ele pousou o falcão e assentiu para a sacola.

– Achei que partiríamos amanhã, ao amanhecer.

– Você tem certeza de que deve partir? Quer dizer, depois do que aconteceu?

– Sim, tenho certeza – disse ele, direto. Perry se retraiu. Então, exalou o ar lentamente, e passou a mão no rosto. – Desculpe. Reef tem sido... Deixa pra lá. Desculpe.

As olheiras sob os olhos dele pareciam mais escuras, e seus ombros largos pareciam cansados.

– Você dormiu um pouco? – perguntou ela.

– Não... não consigo.

– Você quer dizer que não pôde?

– Não. – Ele sorriu levemente, sem humor. – Quero dizer que não consigo.

– Há quanto tempo? – perguntou ela.

– Que não tenho uma noite inteira de sono? – Ele ergueu os ombros. – Desde Vale.

Ela não pôde acreditar. Ele não tinha uma noite decente de sono havia meses?

– Ária, esse quarto... – Perry parou subitamente. Ele virou e fechou a porta. Então, recostou nela, pendurando os polegares no cinto, esperando, como se esperasse que ela fosse se opor.

Ela deveria tê-lo feito. Ela tinha ouvido fofocas o dia todo. Os **Marés** estavam inquietos por conta da tempestade e pelo que quase tinha acontecido com Perry. Ela não queria piorar as coisas. Podia até imaginar Wylan ou Brooke chamando-a de Tatu vagabunda que havia seduzido o Soberano de Sangue deles. Mas agora ela não ligava para nada disso. Só queria ficar com ele.

– Esse quarto? – disse ela, incitando-o.

Ele relaxou junto à porta, mas seus olhos eram intensos, brilhando como a corrente ao redor de seu pescoço. A noite caía lá fora, e a luz azul-escura entrava pela cortina meio aberta.

– Era do meu pai – disse Perry, retomando de onde havia parado –, embora ele raramente estivesse aqui. Ele partia antes de amanhecer e passava o dia nos campos ou na enseada. Às vezes, quando podia, ia caçar. Ele gostava de estar sempre em movimento. Acho que isso é algo que temos de parecido. No jantar, ele conversava com a tribo. Ele sempre tinha o cuidado de dar o mesmo tempo a todos. Eu gostava disso... Era algo que Vale nunca fazia. Depois, ele vinha para casa conosco e já não era mais Jodan, o Soberano de Sangue. Ele era nosso. Ele nos ouvia, lia para nós, nós brincávamos de brigar. – Seus lábios se curvaram, num sorriso torto. – Ele era imenso. Alto como eu, mas forte como um touro. Mesmo com três de nós tentando, nunca conseguíamos derrubá-lo. – Seu sorriso sumiu. – Mas tinha outros momentos... quando ele aparecia aqui com uma garrafa. – Ele entortou a cabeça. – Você já sabe um pouco sobre isso.

Ária concordou. Ela mal conseguia respirar. O pai de Perry o culpara pela morte da mãe durante o parto. Perry só falara com ela uma vez sobre isso, com lágrimas nos olhos. Agora ela estava na casa onde ele havia sido surrado por algo que não era culpa dele.

– Nessas noites, ele geralmente já estava gritando nas primeiras horas. Depois disso piorava. Vale se escondia no sótão. Liv entrava debaixo da mesa. Eu aturava. E assim ia. Todos sabiam, mas ninguém fazia nada. Quando eu estava todo machucado, eles aceitavam. *Eu* aceitava. Eu dizia a mim mesmo que não havia opção. Nós precisávamos dele como Soberano de Sangue. E só tínhamos a ele. Sem ele, não teríamos nada.

Ária sabia muito bem qual era a sensação. Desde que a mãe morrera, todos os dias ela relutava com a ideia de que não tinha nada.

Perry sacudiu a cabeça.

– Talvez isso não faça sentido, mas eu sinto que o Éter é a mesma coisa. Nós achamos que precisamos disso, desta terra. Desta casa. Desta sala... Mas esta não é a maneira certa de viver. Ontem à noite, nós perdemos acres para o fogo, e um homem que conheço a vida toda quase morreu. Eu quase morri.

Num impulso veloz, ela fechou o espaço entre os dois e pegou as mãos dele, segurando com toda força que pôde. Com a força que teria segurado se estivesse no quebra-mar. Ele exalou o ar, olhando nos olhos dela, segurando com força igual.

– Nós perdemos e perdemos, mas ainda estamos aqui. Tremendo, com medo de fazer algo. Estou cansado de me contentar com isso porque não sei se existe algo melhor. Tem de haver. De outro modo, qual é o sentido? Posso fazer algo a respeito agora. E farei.

Ele piscou, com a intensidade sumindo de seus olhos, enquanto voltava ao presente. Ele riu de si mesmo.

– Isso foi bastante coisa. De qualquer forma... – Ele ergueu uma das sobrancelhas. – Você está bem quieta.

Ela passou os braços ao redor da cintura dele, abraçando-o.

– Porque não há palavras para dizer o quanto foi perfeito.

Perry aproximou-a ainda mais, moldando os ombros ao seu redor. Eles ficaram abraçados, o peito rijo dele, e o peito aquecido dela. Depois de um instante, ele chegou perto do ouvido dela e sussurrou.

– Foi campeão?

Era uma palavra do mundo dela e deu para sentir que ele estava sorrindo.

– Muito. Muito campeão. – Ela recuou e olhou nos olhos dele. Por mais que guardasse para si, ele se preocupava profundamente com os outros. Ele era uma força. Era *bom*. – Você me surpreende.

– Não sei por quê. Você está trazendo Talon de volta. E está ajudando sua gente. Não é diferente do que estou fazendo.

– É diferente. Hess está...

Ele sacudiu a cabeça.

– Você estaria fazendo as mesmas coisas se ele não a estivesse chantageando. Talvez você não tenha certeza disso, mas eu tenho. – Ele passou a mão no rosto dela e desceu pelos cabelos. – Somos a mesma coisa, Ária.

– Essa é a melhor coisa que alguém já me disse.

Ele sorriu e se inclinou para baixo, beijando-a suavemente, com carinho. Ela sabia que deveria se afastar. Isso era um risco, mas, naquele momento, ela não ligava para nada, exceto para ele. Ela passou os braços ao redor do pescoço dele e abriu-lhe os lábios com os seus, roubando um gostinho dele. Esse carinho não podia ficar para outra hora.

Perry ficou imóvel por um instante; depois a apertou, batendo na porta atrás dele. Trazendo-a para junto do corpo, ele grudou na porta, beijando-a com uma urgência súbita. Com uma fome que se igualava à dela. Os lábios desceram ao pescoço dela, subiram por sua orelha e o mundo desapareceu. Ela resfolegou e afundou os dedos nos ombros dele, puxando-o para perto...

O *ombro* dele.

Ela se lembrou e relaxou as mãos.

— Que ombro foi, Perry?

Um sorriso surgiu nos lábios dele.

— Nesse momento, eu não faço a menor ideia.

Os olhos dele estavam pesados de desejo, mas ela via outra coisa. Um brilho que a deixava desconfiada.

— O quê? — perguntou Ária.

As mãos dele desceram aos quadris dela.

— Você é incrível.

— Não é isso que você estava pensando.

— Era sim. Sempre penso isso. — Ele se inclinou à frente, enroscando uma mecha de seu cabelo ao redor do dedo enquanto beijava seu lábio inferior. — Mas também fiquei imaginando o que você estava fazendo perto de Butter hoje.

Ária riu. Mas que sedutor. Ela estava com cheiro de cavalo.

— Você não deixa escapar nada, hein?

Perry sorriu.

— Nem vou deixar você escapar.

Capítulo 11
PEREGRINE

Perry passou a faca na palma da mão, cortando a pele. Fechando o punho acima de uma vasilha de cobre, sobre a mesa, deixou que pingassem algumas gotas de sangue.

— Por meu sangue, como Soberano de Sangue dos Marés, eu a reconheço como uma Auditiva e garanto que você deve ser Marcada.

Perry não reconhecia o som da própria voz, determinada e formal, e tampouco as palavras que dizia, que sempre pertenceram a Vale, ou ao seu pai. Ele ergueu o olhar e percorreu o salão lotado. Contrariando o conselho de Reef, ele havia solicitado todos os enfeites habituais de uma Cerimônia de Marcação. Incenso em cada mesa exalando aroma de cedro para representar os Olfativos. Tochas e velas acesas, banhando o refeitório de luz, em homenagem aos Videntes. Para os Audis, tambores ecoando um ritmo constante, ao fundo. Ao contrário do frio, do molhado e do medo da noite anterior, o salão estava repleto do conforto da tradição. Ele estava certo em fazer isso. Os Marés precisavam disso, tanto quanto ele e Ária.

Ária estava a poucos passos a sua frente. Ela tinha prendido os cabelos negros e seu pescoço parecia mais fino e delicado. Seu rosto estava rosado, de nervoso ou pelo calor do salão, Perry não tinha certeza.

Será que ela achava esse ritual selvagem? Será que ela queria as Marcas ou era apenas uma necessidade para chegar à localização do Azul Sereno? Ele não tivera a chance de lhe perguntar antes, e agora era tarde demais. Não dava pra identificar como ela se sentia. Com o cedro, a fumaça e centenas de pessoas, o cheiro dela se perdia para ele.

Perry entregou a faca a Roar, que fez um giro rápido e exibido com a lâmina antes de dizer seu próprio juramento, reconhecendo Ária como uma Auditiva. Como uma de sua própria tribo.

– Que os sons a guiem para casa – concluiu ele, acrescentando seu sangue à tigela.

A tatuagem de tinta viria a seguir. Quando Ária recebesse suas Marcas, ela receberia parte dele e também de Roar, com o sangue deles selando as promessas de abrigá-la e protegê-la caso um dia ela viesse a precisar. A cerimônia terminaria com ele e Roar fazendo o juramento para ela. Perry mal podia esperar. Ele já se sentia assim e queria que ela soubesse.

– Agora, Bear fará as Marcas – disse ele. Durante anos, essa tinha sido a função de Mila. Sua cunhada tinha feito o falcão em suas costas e suas duas Marcas: de Auditivo e de Vidente. Molly era sua escolha seguinte, mas suas mãos a incomodavam. A única pessoa, entre as que restara e já as fizera, era Bear.

Perry esperou mais um momento, lutando contra o ímpeto de beijar o rosto de Ária. Por mais que quisesse contar sobre eles à tribo, parecia errado demonstrar seus sentimentos agora. Com uma última olhada para a pele perfeita dos braços dela, ele seguiu à cabeceira da mesa, ao fundo do salão. As Marcas levariam horas, e ele não queria rodeios. Ser pintada não era terrível, mas ele sabia que qualquer desconforto que ela sentisse, doeria nele.

Perry sentou no antigo lugar de Vale, na mesa principal, numa plataforma no fundo do salão. Com Roar e Cinder em suas laterais, e os Seis ocupando os espaços ao redor deles, ele tinha a percepção clara do tipo de Soberano de Sangue que seu irmão havia sido, perfeito para cerimônias e aparências. Mas essa noite *era* de cerimônia.

Do outro lado da mesa, um homem de cabelos embaraçados sorria, mostrando mais falhas do que dentes.

– Ora, ora... mas que figura você é, Peregrine.

O comerciante, que chegara mais cedo, no começo da tarde, vinha sempre na primavera para vender suas bugigangas. Moedas, colheres, anéis e pulseiras, que trazia penduradas em seu colar e casaco bagunçado como algas marinhas. Provavelmente pesavam o mesmo que ele. Mas as mercadorias eram só um disfarce para seu verdadeiro comércio: a fofoca.

Perry assentiu.

– Shade. – Com a Marcação em andamento e tempo para matar, essa era uma boa oportunidade para saber das novidades antes que ele partisse com Ária, na manhã seguinte.

– Você se transformou em um jovem Soberano brilhante – disse Shade. Ele se demorou na palavra, entoando o som como se sugasse o tutano de um osso. De canto de olho, Perry viu o sorriso que se abriu no rosto de Roar. Perry já estava torcendo para ouvir a imitação do melhor amigo.

– E como você lembra seu irmão e seu pai – prosseguiu Shade. – Ele era um grande homem, o Jodan.

Perry sacudiu a cabeça. Seu pai, um grande homem? Talvez, para alguns. Talvez, de algumas maneiras.

Ele olhou na direção da lareira. Bear estava sentado a uma mesa, junto com Ária. Com um pedaço de carvão, ele desenhou linhas curvas em seu bíceps, preparando para entrar com a tinta em sua pele. Ária olhava o fogo com o olhar distante. Perry exalou através dos dentes, sem saber ao certo por que estava preocupado. Ele já vira a Marcação uma dúzia de vezes.

— Vai contando, Shade — disse ele. — Vamos ouvir suas novidades.

— Parece que está faltando paciência em sua lista de virtudes *formidáveis* — comentou Shade.

— Verdade — retrucou Perry. — Também me falta freio.

Um sorriso surgiu no rosto do fofoqueiro. Um de seus dentes da frente era de lado, como uma porta aberta.

— Sim, eu entendo. Sabe, eu o admiro *tremendamente*, e não sou só eu. As notícias de seu desafio se espalharam por aí. De como deve ter sido difícil derramar o sangue de seu irmão. Poucos homens possuem a força para cometer um ato tão impiedoso... perdoe-me, tão *abnegado*. Tudo por seu sobrinho, segundo ouvi. Uma criança, o Talon. Menino tão querido. Também dizem que você derrubou um bando de sessenta Corvos. Um soberano tão jovem, e está sendo um marco e tanto, Peregrine dos Marés.

Perry teve vontade de enforcá-lo, mas Reef agiu primeiro, colocando o pé no banco, ao lado de Shade, com uma batida seca. Ele se inclinou na direção do homem maltrapilho.

— Eu posso acelerar as coisas.

Shade se retraiu, desviando o olhar até a cicatriz de Reef.

— Não, não precisa. Perdoe-me. Não tive a intenção de ofender. Seu tempo deve ser muito precioso, principalmente com a tempestade de ontem à noite. Não são só vocês que estão vendo o Éter fora de época. Os territórios do sudeste estão sofrendo. Há incêndios queimando por toda parte, e as terras fronteiriças estão repletas de dispersos. As tribos Rosa e Noite foram forçadas a deixar suas aldeias. Dizem que se juntaram, procurando fortalecimento.

Perry olhou para Reef, que assentiu, enquanto os pensamentos se alinhavam. A Rosa e a Noite eram duas das maiores tribos que havia, cada uma delas com milhares de membros. Os Marés não chegavam a quatrocentos e isso incluía as crianças. Bebês.

Idosos. Perry vinha preparando os Marés para invasões, porém, diante desses riscos, eles não teriam chance.

Ele inalou um aroma insatisfeito, quente e pesado. Ali, no fundo do salão, o ar estava podre.

— Algum sinal de para onde eles estão indo?

— Não. — Shade sorriu. — Nada.

Perry olhou o mar de cabeças, encontrando Ária novamente. Bear pegou uma haste fina de cobre numa caixa de madeira que guardava os utensílios para a Marcação. Usado de maneira errada, o instrumento podia ser fatal. Perry sacudiu a cabeça, afastando a ideia.

— O que mais? — perguntou ele. A náusea começou a subir em sua garganta, e uma gota de suor escorreu por sua coluna. — E quanto ao Azul Sereno?

— Ah... fala-se muito do Azul por aí, Peregrine. As tribos estão em busca dele. Algumas estão seguindo ao sul, atravessando o Vale do Escudo. Algumas estão indo a leste, além do Monte Flecha. A tribo Marmelo seguiu ao norte, além dos Galhadas, e não voltou com nada além da barriga vazia. Muita conversa, entende, mas nada se confirma.

— Ouvi dizer que Sable sabe onde fica — disse Perry.

Shade se encolheu, a roupa tilintando.

— É o que ele diz, sim, mas não sou Olfativo como você, Peregrine. Não tenho como saber se ele está dizendo a verdade. Se ele realmente sabe, não está contando a ninguém. Dizem que há um garoto que consegue controlar o Éter, talvez você saiba disso. Uma criança dessa deve valer algo em momentos como esse.

Perry se manteve imóvel, apesar de sentir um tranco em sua pulsação. Quanto Shade saberia? De canto de olho, viu Cinder puxar o boné para baixo.

— Isso não é possível.

– Sim, bem... é difícil de acreditar. – Shade pareceu desapontado em não atrair interesse, pois sua informação seguinte veio depressa. – O degelo chegou cedo ao norte nesta primavera. A passagem para Rim está livre. Agora você pode ir ver Olivia.

Liv. Perry foi pego desprevenido com a menção do nome da irmã.

– Ela não foi para os Galhadas. Nunca chegou lá.

Shade ergueu as sobrancelhas.

– Não?

Perry congelou.

– O que você sabe sobre Liv?

Shade sorriu.

– Mais do que você, parece. – Ele pareceu satisfeito por ter uma informação com que barganhar agora. Mas não contava com Roar.

Perry se virou a tempo de ver o amigo saltar da mesa, numa nuvem turva. Houve uma trombada ruidosa, com o tilintar de colheres, anéis e bugigangas. Reef e Gren estavam empunhando suas facas, e tudo parou. Perry subiu na mesa e viu Roar segurando Shade.

– Onde ela está? – chiou Roar, pressionando a lâmina na garganta de Shade.

– Ela foi para os Galhadas. É tudo que sei! – Shade olhou para Perry, aterrorizado. – Diga a ele, Olfativo! É a verdade. Eu não mentiria para você.

O salão ficou em silêncio, todos os olhos voltados para a comoção. As pernas de Perry estavam hesitantes quando ele desceu. Ergueu Roar e captou o temperamento do amigo, em vermelho escarlate.

– Ande. – Ele empurrou Roar para a porta. Ar. Os dois precisavam de ar antes de lidarem com Shade. Ele não precisava de um derramamento de sangue essa noite.

– Sable a encontrou. – Os olhos de Roar desviavam para todo lado enquanto Perry o acompanhava, atravessando o salão. – Ele só pode ter encontrado. O bastardo a rastreou e arrastou-a de volta. Eu preciso ir até lá. Preciso...

– *Lá fora*, Roar.

Eles deixaram um rastro de olhares interrogativos conforme seguiam pelo salão. Perry focou na porta, imaginando o frescor do ar noturno, lá fora.

Roar parou e virou tão bruscamente que Perry quase colidiu nele.

– Perry... *olhe*.

Ele seguiu o olhar de Roar até Ária. Bear lançava a haste em seu braço, em golpes pequenos e rápidos, fazendo as Marcas com tinta. Ária estava suando, e seus cabelos estavam colados no pescoço. Ela virou, e seu olhar cruzou com o dele. Alguma coisa estava errada.

Num segundo, ele estava à sua frente. Ao vê-lo, Bear tomou um susto e recuou a haste. Um filete de sangue escorreu pelo braço de Ária. Sangue demais. Muito mesmo. Parte da Marca já estava pronta, as linhas flutuantes da tatuagem de Audi, chegavam até metade de seus bíceps. A pele em volta da tinta estava vermelha e inchada.

– O que é isso? – perguntou Perry.

– Ela tem a pele fina – disse Bear na defensiva. – Estou fazendo da forma que sei.

O rosto de Ária estava fantasmagórico de tão pálido, e ela estava amolecendo.

– Eu posso suportar – disse ela, fraca. Ela não olhava para ele. Mantinha o olhar no fogo.

Os olhos de Perry se fixaram na tigela de tinta quando sentiu o cheiro de algo. Ele pegou o pequeno vasilhame de cobre e levou ao nariz. E inalou. Por baixo da tinta havia um cheiro bolorento, fedido.

Cicuta.

Por um instante, sua mente não conseguia dar sentido à informação. Então, ele assimilou.

Veneno.

A tinta estava envenenada.

O pote de cobre bateu na lareira, antes que ele percebesse que tinha jogado. A tinta respingou pela parede, pelo chão.

– O que você fez? – gritou Perry. Os tambores cessaram. Tudo parou.

Os olhos de Bear desviaram da haste para o braço de Ária.

– O que quer dizer?

Ária caiu à frente. Perry ajoelhou, pegando-a, antes que caísse do banco. Sua pele queimava sob as mãos dele, e todo o seu peso recaía sobre ele, inerte. Isso não podia estar acontecendo. Ele não sabia o que fazer. Não conseguia tomar uma decisão. A náusea e o medo percorriam seu corpo, congelando-o.

Ele a pegou nos braços. De repente, estava dentro de casa. Entrou rapidamente no quarto de Vale e a colocou na cama. Depois arrancou o próprio cinto, a faca caiu no chão com um tinido. Perry amarrou o cinto em volta do bíceps dela, bem apertado. Ele precisava impedir que o veneno chegasse ao coração.

Então, ele pegou o rosto dela nas mãos.

– Ária? – Suas pupilas estavam tão dilatadas que ele mal conseguia ver o tom cinza de suas íris.

– Não consigo vê-lo, Perry – murmurou ela.

– Estou bem aqui. Ao seu lado. – Ele se ajoelhou ao lado da cama e pegou a mão dela. Se ele segurasse bem forte, ela ficaria bem. Ela tinha que ficar. – Você vai ficar bem.

Roar apareceu, pousando uma lamparina na mesinha de cabeceira.

– Molly está a caminho. Ela está pegando o que precisa.

Perry olhava para o braço de Ária. As veias ao redor da Marca pareciam grossas e roxas. A cada segundo, o rosto dela ficava mais pálido. Ele passou a mão trêmula em sua testa e pensou no departamento médico que havia na casa de Marron. Ele não tinha nada ali. Nunca em sua vida se sentiu tão primitivo como agora.

— Perry. — Ela resfolegou.

Ele apertou a mão dela.

— Estou bem aqui, Ária. Não vou a lugar algum. Estou...

Os olhos dela foram se fechando, e ele foi arremessado mais uma vez ao fundo do mar, na escuridão fria, sem caminho de subida. Sem ar para puxar aos pulmões.

— Ela ainda está respirando — disse Roar ao seu lado. — Eu estou ouvindo. Só está inconsciente.

Molly chegou, carregando um pote de pasta branca usada para ferimentos com veneno.

— Isso não vai funcionar — estrilou Perry. — Está dentro da pele dela.

— Eu sei — disse Molly calmamente. — Eu ainda não tinha visto o ferimento.

— O que fazemos? Devemos cortar um pedaço da pele? — As palavras nem tinham saído da boca de Perry e seu estômago se contraiu.

Roar levou a mão até a faca.

— Eu posso fazer isso, Perry.

Ele olhou para Roar, que estava piscando depressa, pálido, e não podia acreditar que eles estavam falando de cortar o braço de Ária.

— Não vai adiantar — disse Molly. — Já está em sua corrente sanguínea. — Ela pousou outro pote na mesinha de cabeceira. — Essas talvez ajudem, se conseguirem sugar o sangue contaminado.

Ele relutou contra outra onda de náusea. Um cinto ao redor do braço dela. *Sanguessugas*. Será que isso era o melhor que ele podia fazer por ela?

— Faça. Tente.

Molly pegou uma sanguessuga do pote e colocou em cima da Marca de Ária. Quando ela grudou em sua pele, Roar exalou ruidosamente, mas Perry ainda não conseguia respirar. Molly pegou outra sanguessuga no pote e lá foi ela, cada segundo levava uma eternidade, até que seis sanguessugas estavam grudadas ao braço de Ária. Uma pele perfeita, sobre a qual ele tinha passado os dedos poucas horas antes.

Perry remexeu a mão dela, enlaçando os dedos aos dela. A mão de Ária apertou, bem de leve, antes de relaxar de novo. Onde quer que estivesse, em seu inconsciente, ela estava dizendo que lutaria.

Ele ficou observando as sanguessugas ficando roxo-escuro, enchendo de sangue. Tinha que dar certo. Elas tinham que tirar o veneno dela. Então, ele não conseguia mais olhar. Deitou a cabeça na cama, com os joelhos doendo de ficar ajoelhado, e sentiu o tempo passando em intervalos. Lá de fora, ouvia a voz profunda de Bear, jurando sua inocência. Depois, Cinder, implorando desesperadamente para que Reef o deixasse entrar. Silêncio. Então, Molly se remexeu ao lado, puxando um cobertor em cima de Ária e pousando rapidamente a mão em sua testa. E silêncio de novo.

Por fim, Perry ergueu os olhos. Embora Ária ainda não tivesse se mexido, ele sentia que ela estava voltando. Ele levantou, oscilando no lugar, com as pernas duras. O alívio o percorreu, embaçando seus olhos, mas foi rapidamente sobreposto.

Ele olhou para Roar, que segurava sua faca, perto da mesa.

– Vá – disse Roar, entregando-a. – Eu vou ficar com ela.

Perry seguiu como um raio ao refeitório.

Capítulo 12
ÁRIA

Ária fracionou para uma cúpula vasta, sentindo-se fraca e tonta. Fileiras estéreis e brancas se estendiam centenas de metros atrás. Frutos e legumes brotavam delas, ordenados, explosões perfeitas de cor.

O coração dela começou a disparar. Era o Ag 6, uma das cúpulas de Quimera. Ela tinha estado ali antes, à procura de informação sobre sua mãe. Soren a atacara, não muito longe de onde ela estava agora.

Paisley tinha morrido ali.

O olhar de Ária se elevou. Bem acima, uma fumaça preta escapava de canos de irrigação, descendo e se acumulando ao redor dela. Ela tentou correr até a porta da câmara de compressão. Suas pernas não se moviam.

Uma voz irrompeu no silêncio.

– Você não pode sair, lembra?

Soren. Ela não o vira, mas reconhecia sua voz provocadora.

– Onde você está? – A fumaça chegava a ela, ardendo em seus olhos, fazendo-a tossir, mas ela não conseguia ver mais ninguém na cúpula.

– Onde você está, Ária?

– Você não pode me ferir aqui dentro, Soren.

– Você quer dizer em um Reino? Acha que é isso? E está errada. Eu posso feri-la.

Uma onda de tontura a fez cambalear. Seus joelhos dobraram, e ela caiu, segurando a cabeça. Por que sua cabeça estava latejando? O que havia de errado com ela?

Uma pressão ardente ia ficando cada vez mais forte em seu bíceps. Ela olhou para baixo. Uma fumaça saía de sua pele, penetrando o ar. Havia fogo dentro dela. Seu sangue estava queimando. Ela deu um solavanco, rasgando a própria pele, mas mãos invisíveis a pegaram.

– Agora chega, Molly! Tire-as do braço dela!

Era a voz de Roar, mas onde ele estava?

A silhueta musculosa de Soren surgiu acima dela.

– Dessa vez você não vai fugir.

Ela relutou para livrar os braços. Precisava lutar com ele, mas não conseguia se soltar.

– Não tenho medo de você!

– Tem certeza? – Ele disparou para pegá-la, agarrando-a ao redor da cintura.

– Sou eu, Ária! Está tudo bem. Sou eu.

A voz de Roar. O rosto de Soren. As mãos de Soren a pegavam.

Ária relutava para se soltar dele. Ela não sabia o que temer. Não fazia ideia do que era real ou do porquê seu sangue parecia água fervendo em suas veias. Ela caiu para trás, sobre as fileiras da plantação, chutando, lutando, enquanto sua visão ia ficando cinza, depois preta.

Capítulo 13
PEREGRINE

Perry entrou no refeitório e encontrou Wylan em pé, numa mesa, de frente para uma pequena aglomeração. Era tarde, apenas algumas lamparinas estavam acesas no salão escurecido, e a maior parte da tribo já tinha voltado para casa a fim de passar a noite.

— Ele é um esquentado; é tudo que sempre foi – disse Wylan. — Ele está *com* a Ocupante. Estava escondendo isso da gente. Agora diz que está seguindo ao norte por causa do Azul Sereno, mas também não acreditem nisso. Eu não me surpreenderia se ele nunca mais voltasse!

— Eu voltei – disse Perry. Ele se sentia frio. Completamente focado. Tão afiado quanto a faca em sua mão.

Wylan girou e quase caiu da mesa. Ao redor de Perry, as pessoas resfolegavam, como os olhos na lâmina pendendo em sua mão.

Bear ergueu as mãos.

— Eu não tinha ideia, Perry. Não fui eu. Eu jamais...

— Eu sei. — O temperamento de Bear provava sua inocência. Ele também tinha ficado muito chocado. Perry inalou o ar profundamente, traços azulados margeavam sua visão. — Quem foi? — Ele investigava os rostos ao seu redor.

Ninguém respondeu.

— Acham que o silêncio irá protegê-lo? — Ele passou por Rowan e o Velho Will, seguindo por entre a aglomeração, inalando o ar nos pulmões.

Filtrando.

Buscando.

— Você tem alguma ideia do quanto a culpa é gritante para mim?

Ele captou: cheiro rançoso do medo. Ele pegou o cheiro como se fosse uma corda e foi seguindo. A tribo se retraiu, aterrorizada, cambaleando nos bancos e mesas. Todos, exceto Gray, que estava em pé, parado, como se fosse uma árvore. A visão de Perry estreitou, focando somente nele. No agricultor que sacudia a cabeça, com o rosto retraído de terror.

— Ela é uma *Tatu*! Nem é um de nós! Não tem *direito* de ser Marcada!

Perry voou, colidindo em Gray. Eles caíram juntos, por cima das pessoas, desabando no chão. Alguém chutou sua mão e arrancou a faca de seus dedos. Mãos caíram em seus ombros, mas não o detiveram. Ele era pura determinação. Puro foco e poder. Todo o medo dentro dele extravasando através de seu punho.

Um.

Dois.

Três golpes antes que Roar e Bear o tirassem. Perry lutava para voltar, xingando, relutando. Ele tinha ouvido o barulho de ossos quebrando, mas não era o suficiente. Não era suficiente porque Gray ainda estava vivo. Ainda se mexia no chão. Bear o ergueu, tirando seus pés do chão, e o jogou pra trás.

— *Pare!* Ele tem filhos.

Perry bateu na mesa. Reef surgiu a sua frente, colocando o antebraço em seu pescoço, surpreendendo-o.

— Olhe para mim, Peregrine!

Ele se forçou a olhar nos olhos de Reef.

— Deixe-o – disse Reef. – Deixe-o ir.

O olhar de Perry desviou para os dois meninos, em pé, na multidão. Ontem, no campo, eles estavam rindo, atirando flechas, com Brooke. Agora estavam colados um ao outro, chorando.

Reef deu um passo para trás, soltando-o.

Gray estava deitado de lado, a alguns passos de distância. O sangue escuro escorria de seu nariz e empoçava nas tábuas do chão.

– Levantem-no – disse Perry. Hyde e Straggler o puxaram, erguendo do chão, colocando-o de pé. Gray não conseguia ficar em pé sozinho. – Por quê? – perguntou Perry. – Por que você fez isso?

– Ela não merece as Marcas! Nem é uma de nós. *Eu sou.*

– Não é mais – disse Perry. – Você perdeu esse direito. Esteja fora da minha terra até amanhã de manhã.

Enquanto Hyde e Strag levavam Gray, Perry baixou a cabeça e cuspiu o sangue quente em sua boca. Em algum momento, ele tinha tomado um soco. De canto de olho, viu o casaco bagunçado de Shade. O fofoqueiro tinha conseguido uma vitória essa noite.

– Você é um mentiroso, Peregrine.

Perry ergueu os olhos e seguiu a voz amarga até encontrar Wylan no meio da aglomeração.

– Quer vir até aqui dizer isso, Wylan?

– Se eu for, você também vai me bater? – Wylan sacudiu a cabeça. – Você é pior que Vale – disse ele, baixinho, depois saiu.

Twig deu um safanão em Wylan conforme ele passou. Um golpe fraco, surpreendente para alguém tão honroso quanto Twig. O olhar de Perry percorreu o salão. Hayden estava ali perto, e Gren estava com a faca da mão. Reef olhou a multidão, um guerreiro observando o inimigo. Mas eles não eram o inimigo. Eram sua gente. Perry olhou ao redor, farejando pena, medo e ódio.

Finalmente, Reef falou.

– Vão indo, vocês todos. Acabou – disse ele.

Mas Perry sabia que ele estava errado.

Capítulo 14

ÁRIA

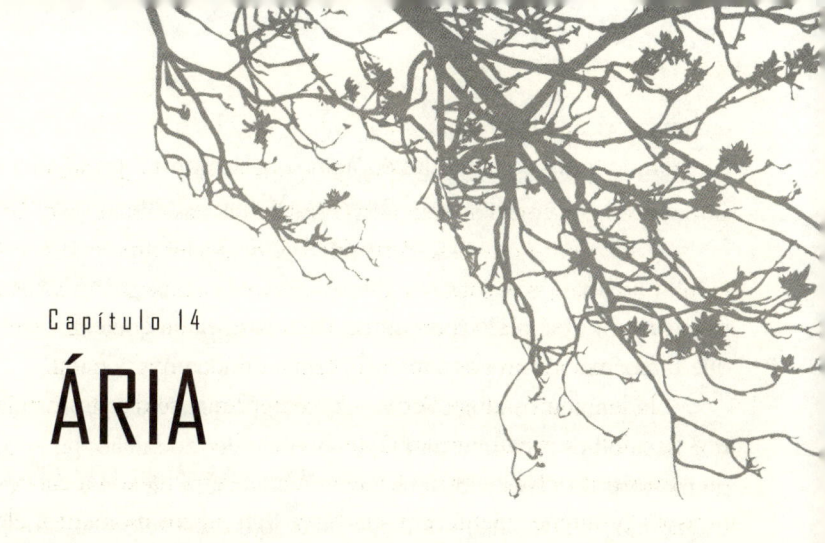

Uma dor pungente no braço fez Ária despertar. Ela piscou na escuridão. Sua língua estava colada ao céu da boca, e sua cabeça pulsava com tanta intensidade que ela ficou com medo de se mexer. Estava na cama, no quarto de Vale. A luz do Éter passava por uma pequena fresta entre as cortinas, azulada e fria, como o brilho da lua cheia.

Ela olhou para baixo, mexendo a cabeça lentamente. Uma tira de pano estava amarrada apertada em volta de seu bíceps. Ela sabia que as manchas escuras no pano eram sangue. Sua mão tremia muito quando Ária a ergueu para tocar o braço. Ela se sentia escaldada. Não somente na pele, mas dentro das veias.

Ela se lembrou da cerimônia. Bear cutucando seu braço com a haste e o ardor terrível que ela sentia se espalhando em seus músculos. Então, os sons desapareceram, as vozes, os tambores, o salão foi inclinando, inclinando.

Ária tinha sido envenenada.

Ela fechou os olhos apertados. Era tão incrivelmente *medieval* que ela riria se pudesse, mas então o ódio e o medo colidiram dentro dela. O tremor de sua mão se espalhou pelo restante do corpo conforme ela assimilou a gravidade do que lhe acontecera. Não sabia como podia sentir tanto frio, com o sangue em brasa, queimando em suas veias. Virando de lado, ela se encolheu feito uma bola, contraindo todos os músculos enquanto os tremores a sacudiam.

Quem tinha feito isso? Brooke? Wylan? Teria sido Molly? Poderia ter sido a única pessoa em quem ela tinha começado a confiar ali? Ária se lembrou da noite em que cantou com Roar no refeitório. Tantas pessoas tinham sorrido para ela naquele dia. Será que também sorriam enquanto ela estava sendo envenenada?

Ela lambeu os lábios secos. O amargor que sentia, era veneno? Seus olhos recaíram na pequena estatueta de falcão, pousada na mesinha de cabeceira, seus contornos rústicos pintados do tom de azul do Éter. Ela ficou olhando quando o sono veio e se apoderou dela.

Quando Ária acordou novamente, alguém tinha acendido uma vela ao lado de sua cama. Ela estreitou os olhos, a claridade da vela doía em seus olhos. Perry estava falando na sala ao lado, a voz dele era rouca e ansiosa. Sua pulsação imediatamente acelerou.

– Eu sabia que algo estava errado. Eu me senti mal lá dentro. Mas não sabia que era por causa dela.

Reef respondeu sem qualquer traço de surpresa.

– Você é rendido a ela. – Ária ouviu um rangido na tábua do chão, depois seu xingamento, baixinho. – Achei que talvez fosse. Rezei para que estivesse errado.

Ária ficou olhando para a porta, se esforçando para entender. Perry se rendera *a ela*?

– Você acha que essa foi a última vez que o temperamento dela irá afetá-lo? – perguntou Reef. – Porque não será. Você é rendido a uma garota que ninguém quer por perto. Não consigo pensar em nada pior que isso. Ela está enevoando seu discernimento...

– Não, ela não está...

– Está, *sim*, Perry. Ela não pode ficar. Você tem que providenciar isso. E depois do que você acabou de fazer, os Marés certamente não vão aceitá-la. Você acabou de optar por ela, acima *deles*.

– Não foi isso que eu fiz. Não posso permitir assassinato embaixo do meu nariz, independentemente de quem esteja envolvido.

– Claro que não – disse Reef –, mas as pessoas veem o que querem ver. Eles virão atrás dela de novo, ou pior, virão atrás de você. E não me diga que você vai para o norte. Os Marés precisam de você *aqui*.

Ela esperou que Perry discordasse. Ele não o fez.

Um instante depois a porta abriu e ele entrou, com os dedos pressionados aos olhos. Ele ergueu o olhar, congelando, ao vê-la acordada. Então, ele fechou a porta e foi até a cama. Pegou a mão dela, com os olhos verdes se enchendo de lágrimas.

– Ária... eu lamento muito. Muito mesmo. Não há como lhe dizer o quanto eu lamento.

Ela sacudiu a cabeça.

– Você, não. Não é culpa sua. – Ela não tinha forças para falar. Havia um hematoma avermelhado num dos lados de seu maxilar, e seu lábio inferior estava inchado. – Você está ferido.

– Não é nada. Não importa.

Importava. Ele estava ferido por causa dela. *Importava*, sim.

– Que horas são? – Ela não fazia ideia se uma hora tinha passado. Um dia. Uma semana. Toda vez que ela acordava, estava escuro no quarto. Era noite lá fora. Só sabia disso.

– Está quase amanhecendo.

– Você dormiu? – perguntou ela.

Perry ergueu as sobrancelhas.

– Dormir? – Ele sacudiu a cabeça. – Não... eu nem tentei.

Ela estava cansada demais. Fraca demais para dizer o que queria. Então, percebeu que era preciso somente uma palavra. E deu um tapinha na cama.

– Você.

Ele deitou e abraçou-a. Ária amoleceu junto dele, colando o ouvido em seu peito. Ela ficou ouvindo seu coração, um som sólido e bom, enquanto o calor de seu corpo se fundia ao dela. Mais cedo, ela estivera num nevoeiro. Tendo alucinações e procurando pelo que era real. Encontrou isso nele. Ele era real.

— Agora estamos juntos — sussurrou ele junto à sua testa. — Do jeito que deve ser.

Ela fechou os olhos e relaxou a respiração, buscando calma. Perry estava rendido a ela. Talvez ele também sentisse isso.

— Durma, Perry.

— Vou dormir — disse ele. — Com você aqui, eu vou dormir.

Capítulo 15
PEREGRINE

— Perry, acorde!

Os olhos de Perry se abriram em um instante. Ele estava no quarto de Vale. Em toda sua vida, ele nunca tinha passado uma noite ali. Ária dormia profundamente, colada em seu peito. Ele apertou os braços ao segurá-la conforme os odores de suor e sangue traziam de volta a noite anterior.

Roar estava à porta.

— É melhor você vir aqui fora. *Agora.*

Tomando cuidado para não a acordar, Perry saiu da cama e seguiu Roar até fora da casa.

Ele encontrou a tribo inteira na clareira, uma multidão. As pessoas estavam chorando, gritando insultos, umas com as outras. No telhado do refeitório, ele viu Hyde e Hayden com os arcos posicionados, prontos para flechar. Reef surgiu ao lado de Perry, com a faca em punho, Twig chegou um segundo depois.

— O que está havendo? — perguntou Cinder.

Perry não sabia. Não entendia, até que Gray passou pela multidão.

Seu rosto estava tão inchado que estava quase irreconhecível. Ele estava carregando um saco pesado no ombro.

— Você escolheu errado — disse ele, simplesmente, depois deixou a aldeia. Seus dois filhos o seguiram, chorando, limpando os rostos.

Então, Wylan se aproximou com um saco pendurado nas costas.

— Você matou Vale para fazer negócios com os Ocupantes. Em que isso é diferente do que você fez?

Perry sacudiu a cabeça.

— Talon e Clara estão sumidos por conta do que Vale fez. Ele traiu a tribo. Eu *jamais* farei isso.

— O que foi ontem à noite? Juro que aqueles eram seus punhos no rosto de Gray. Você é um tolo, Peregrine. Mas nós fomos tolos ainda maiores por acharmos que você poderia nos liderar.

Ele cuspiu na direção de Perry e saiu marchando. A mãe de Wylan foi atrás, olhando à frente, com um andar lento e desigual. Perry queria impedi-la. Com uma perna ruim, ela não sobreviveria nas terras fronteiriças por muito tempo.

O primo de Wylan surgiu na multidão. Um Audi forte, de quatorze anos, de quem Perry gostava. Um dos tios de Wylan seguiu. Depois, o restante de sua família.

Eles iam partindo, um após o outro. Dez, vinte, mais. Tantos que Perry se imaginou em pé numa clareira vazia. A ideia o deixou repleto de alívio, que sumiu num instante. Seu objetivo era estar ali, liderar os Marés.

Quando eles, por fim, pararam de partir e a clareira se aquietou, ele olhou em volta, esperando alguns instantes para ter certeza de que não imaginara o que tinha acabado de acontecer. O grupo parecia mais escasso, como se tivesse murchado.

Pelo menos um quarto de sua tribo tinha partido.

Ele olhou os rostos de todas as pessoas que lhe eram leais, que ficaram. Dentre elas, viu Molly, Bear e Brooke. Rowan e o Velho Will. Procurou as palavras certas, desejando ter a tranquilidade de Vale para falar, mas tinha dificuldade em achar o que dizer.

Ele pareceria fraco se os agradecesse por sua lealdade, embora estivesse grato. E não pediria desculpas pelo que tinha feito. Essa era sua terra. Era seu dever proteger a todos que estavam ali: Ocupante, Forasteiro ou qualquer coisa no meio.

Quando a tribo, ou o que restara dela, seguiu para seu trabalho habitual, Perry se reuniu com Bear e Reef, no refeitório. Eles sentaram à mesa mais próxima à porta e listaram os nomes de todos que tinham partido e as tarefas que tinham na tribo. Bear escrevia devagar, a caneta parecendo um fio de palha em sua mão imensa, conforme ele a deslocava pela página. Cada nome dava a sensação de uma nova traição.

Perry não sabia qual fora seu erro. Foi mergulhar atrás do Velho Will, durante a tempestade? Brigar com Gray na noite anterior? Seria seu plano de seguir ao norte, para encontrar o Azul Sereno, com Ária? Tudo parecia justificável. Certo. Ele não entendia como fracassara com eles.

Quando terminaram a relação, eles ficaram sentados em silêncio. Bear tinha escrito os nomes de sessenta e duas pessoas, mas o número não dizia toda a verdade. Como Perry suspeitava, uma grande quantidade era Marcada. Mesmo os que não eram marcados e tinham partido, tinham corpos de porte, eram guerreiros treinados. Os jovens, velhos e fracos, raramente partiam por opção.

Reef suspirou, cruzando os braços.

— Nós separamos os dissidentes. Estou bem contente de termos nos livrado de alguns deles. Isso nos deixará mais fortes no longo prazo.

Bear pousou a caneta e passou a mão na barba.

— O que me preocupa é o curto prazo.

Perry olhou pra ele. O que poderia dizer? Era a verdade.

— Estaremos mais abertos a ataques quando essa notícia se espalhar. Nesse momento, Shade está por aí, contando o que aconteceu a todos com quem cruzar.

— Devemos dobrar a vigilância noturna — disse Reef.

Perry concordou.

— Faça isso. — Ele olhou o outro lado do salão. Em dois dias, os Marés tinham passado por uma tempestade terrível, uma tentativa de tirarem a vida de Ária e uma rebelião. Será que uma invasão viria a seguir? Ele sabia que ia acontecer. Dobrando ou não a vigilância noturna, eles estavam vulneráveis demais. Ele não se surpreenderia se visse Wylan voltando para tentar tomar a aldeia.

A clareira parecia quieta e vazia demais quando Perry voltou pra casa. Ele estava ansioso para ver Ária. Será que ela estaria bem o suficiente para seguir ao norte? As palavras de Reef, da noite anterior, ecoavam em sua mente. *Os Marés precisam de você aqui.* Como ele poderia deixá-los agora? Como poderia ficar se a resposta para a segurança deles talvez estivesse lá fora?

Ele entrou em casa e encontrou Gren e Twig gritando um com o outro, na frente do quarto de Vale. Eles silenciaram quando o viram.

– Per... – disse Twig, com a culpa estampada no rosto. – Nós procuramos por toda parte...

Perry passou por eles, irrompendo no quarto. Ele viu a cama. O cobertor embolado. Olhou para a mesinha de cabeceira e não viu o falcão entalhado. Não viu a sacola de Ária. Não a viu.

– Roar também partiu – disse Twig. Ele ficou na porta com Gren, ambos o observando.

Cinder passou entre eles, deixando o boné cair no chão.

– Eu os vi partir. Eles pediram para lhe dizer que iam cuidar de Liv e do Azul Sereno.

Perry levantou, absorvendo a verdade, os ouvidos ecoando com o som do sangue correndo.

Os dois foram embora sem Perry, mas ele poderia rastreá-los. Só estariam algumas horas na frente. Se corresse, os alcançaria, mas não conseguia se mover.

Reef entrou no quarto, olhou em volta, xingando.

– Lamento, Perry.

As palavras inesperadas e sinceras tiraram Perry de seu transe. Ela o deixara. A dor atravessou o entorpecimento de Perry. Ele a empurrou de volta até enterrá-la. Até que estivesse novamente apenas entorpecido.

Ele caminhou até a porta e pegou o boné de Cinder.

– Você deixou cair isso – disse ele, devolvendo.

Então, saiu, foi até a clareira, sem rumo.

Capítulo 16

ÁRIA

— Aqui. Beba um pouco de água.

Ária sacudiu a cabeça, empurrando o cantil. Ela respirava lentamente, até passar a vontade de vomitar. A grama rolava em ondas, diante de seus olhos. Ela piscou até parar. Não sabia como era possível, mas se sentia pior do que apenas algumas horas antes. Com o veneno ainda fluindo em suas veias, seu corpo se rebelava a cada passo.

— Logo ficará tudo bem — disse Roar. — O veneno vai sair do seu corpo.

— Ele vai me odiar.

— Não vai, não.

Ária se endireitou, mantendo o braço junto ao corpo. Eles estavam numa colina com vista para o Vale dos Marés. Mais que tudo, ela queria ver Perry vindo em sua direção.

Naquela manhã, ela tinha acordado com os gritos da tribo na clareira. Os Marés estavam se dispersando. As pessoas estavam partindo, gritando com Perry. Gritando obscenidades. Ela tinha saído do quarto de Vale, em pânico para fugir dali logo, antes que Perry perdesse tudo. Ela tinha encontrado Roar com a sacola pronta. Liv estava com os Galhadas. Ele também estava partindo. Tinha sido fácil escapar sem ser notada. Com dúzias de pessoas deixando a aldeia, ela e Roar aproveitaram para sair sorrateiramente, em direção contrária.

Ela desejou ter visto Perry antes de partir, mas o conhecia: não a teria deixado ir sem ele. Essa decisão teria lhe custado os Marés. Ela não podia deixar que isso acontecesse.

– Nós precisamos ir andando, Roar. – Se eles não continuassem, ela mudaria de ideia.

Durante a tarde, ela caminhou em meio à tontura, com as pernas trêmulas, o braço ardendo por baixo da atadura. *É a coisa certa*, dizia a si mesma, repetidas vezes. *Perry vai entender.*

À noite, eles encontraram abrigo embaixo de um carvalho, uma chuva contínua criava um lençol de ruído baixinho em volta deles. Roar lhe oferecera comida, mas ela não conseguia comer. Nem ele, ela notou.

Ele veio para seu lado.

– Deixe-me checar isso.

Ária mordeu o lábio enquanto ele removia a atadura de seu braço. A pele do bíceps estava inchada e vermelha, coberta de sangue seco e manchada de tinta. Com a marca mais horrível que ela já tinha visto.

– Quem fez isso? – perguntou ela com a voz trêmula de raiva.

– Um homem chamado Gray. Ele não é Marcado. Sempre teve inveja de nós.

Um rosto surgiu na mente de Ária. Gray era o homem parrudo que ela vira na floresta durante a tempestade de Éter, quando ela encontrou River.

– Uma Tatu estava ganhando as Marcas, e ele não pôde suportar – disse Ária. – Ele não podia deixar que isso acontecesse.

Roar esfregou atrás do pescoço, assentindo.

– É. Acho que é isso.

Ária tocou a pele descascada de seu braço. *Uma meia Marca, para uma meia Forasteira.* Ela teve a intenção de dizer com leveza, mas sua voz hesitou.

Roar observou-a em silêncio por um momento.

– Vai sarar, Ária. Nós podemos acabar com isso.

Ela puxou a manga para baixo.

– Não... eu nem tinha certeza se queria ser Marcada.

Ela não tinha ideia de a qual lugar pertencia. Ali fora? Quimera? Hess a banira no outono e agora a usava. Os Marés tinham tentado matá-la ontem. Ela não se encaixava em lugar nenhum.

Ela se aproximou do fogo e deitou, puxando seu cobertor em volta dos ombros. Tinha sentido frio o dia todo, tido arrepios. *O tempo ajudaria*, disse a si mesma. O veneno sairia de seu sangue, e a pele ia sarar. Agora, ela precisava focar em seu objetivo. Tinha de chegar ao norte e encontrar o Azul Sereno. Por Perry e Talon. Por si mesma.

Por mais cansada que estivesse, não conseguia parar de pensar na sensação de Perry junto dela, naquela manhã, aquecido e seguro. Será que ele estava dormindo no telhado esta noite? Estaria pensando nela? Depois de uma hora, ela sentou, desistindo de dormir. Embora Roar estivesse de olhos fechados, dava para ver que ele também não estava dormindo. Sua expressão estava aflita demais.

– Roar, o que foi?

Ele olhou, piscando, cansado.

– Ele é um irmão para mim... e eu sei como ele está se sentindo agora.

Ária resfolegou quando percebeu: ao fugir sem dar explicação, ela tinha feito com Perry exatamente o que Liv fizera com Roar.

– É diferente... não é? Perry saberá que eu parti para protegê-lo. Não é? Você viu quanta gente deixou os Marés por minha causa. Nada disso teria acontecido se eu não tivesse vindo pra cá. Eu *tinha* que partir.

Roar concordou.

– Mesmo assim, vai doer.

Ária apertou a palma das mãos sobre os olhos, contendo as lágrimas. Roar estava certo. Quando se tratava de dor, não importavam os motivos. Ela afastou as mãos.

— Eu fiz a coisa certa. — Ela gostaria de poder convencer a si mesma.

— Fez sim — concordou Roar. — Perry tem que estar lá. Ele não pode partir agora. Os Marés não podem se arriscar a isso. — Ele suspirou, pousando a cabeça no braço. — E você está mais segura aqui comigo. Não posso ver você chegar tão perto de morrer mais uma vez.

A chuva tinha parado quando Roar a despertou ao amanhecer para mais um dia de caminhada. Depois da tempestade, eles tiveram uma folga do Éter, mas agora ela via fachos grossos revolvendo por trás das nuvens cinzentas. A luz azul que se infiltrava abaixo dava ao dia uma impressão submersa.

— Vamos ficar de olho — disse Roar, olhando para cima, ao lado dela. Eles estavam viajando a céu aberto. Se outra tempestade se formasse, eles teriam que encontrar abrigo depressa.

Fora o braço dolorido, Ária tinha se recuperado. Logo eles deixariam o território de Perry para trás, e ela precisava ficar alerta ao perigo. Cada passo a deixava mais perto da cidade de Rim. Era o que ela precisava.

No fim da tarde, Ária estava na borda do vale, olhando ao sul, para as montanhas que se estendiam no horizonte. No último outono, tinha acampado com Perry em algum lugar por ali. Ela usara capas de livros como sapatos. Tinha perdido sua melhor amiga. E ainda não sabia, mas também havia perdido a mãe.

Ária enfiou a mão no saco e encontrou a pequena estatueta de falcão. Ela a pegara ao deixar a casa de Perry, precisando de algo real para se lembrar dele.

— Eu estava lá quando ele fez isso — disse Roar, ao sentar-se recostado a uma árvore, observando-a com os olhos vermelhos.

— Estava?

Roar assentiu.

— Talon e Liv também estavam lá. Estávamos começando uma coleção para o Talon, cada um de nós fazendo uma peça diferente para ele. Liv cortou o dedo depois de cinco minutos. – Ele sorriu levemente, perdido nas lembranças. – Ela é uma bruta com a faca. Não tem nenhuma delicadeza. Ela e eu desistimos depois de alguns minutos, mas Perry continuou, por Talon.

Ária passou o polegar na superfície lisa. Houve um dia em que cada um deles segurou o falcão pousado na palma de sua mão. Será que algum dia voltariam a estar juntos, todos eles?

Ela passou a hora seguinte se adaptando aos ruídos da mata, olhando a estatueta em sua mão, assumindo o primeiro turno de vigilância, enquanto Roar pegava no sono. Havia lobos lá fora. Bandos de vagantes e canibais. Ela captava os padrões no vento, no movimento dos animais, ouvindo, até ter certeza de que estavam seguros. Então, ela guardou o falcão e pegou seu Olho Mágico.

Três dias haviam se passado desde que ela contatara Hess na praia. Ela deu uma olhada para Roar, depois colocou o dispositivo. O Olho grudou quando a biotecnologia foi ativada e sua Tela Inteligente surgiu.

Ela escolheu o ícone de Hess, depois sentiu o cutucão familiar do fracionamento, aquele momento em que a mente se ajustava a estar ali *e* ali. Ela tinha surgido num café, num Reino Veneziano. Gôndolas deslizavam pelo Grande Canal, a apenas alguns passos de distância. Rosas flutuavam na água cintilante e límpida. Era um lindo dia ensolarado e quente. Em algum lugar, havia um quarteto de cordas tocando, as notas finas e frágeis.

Hess surgiu do outro lado da mesinha. Dessa vez, ele havia modificado sua roupa, vestia um terno marfim com uma camisa de listras azuis e gravata vermelha. Ele se dera um bronzeado, mas o efeito era esquisito. Ele parecia estranhamente mais velho, ou, melhor, mais perto da verdadeira idade, com mais de cem anos, e sua pele estava alaranjada. Tão diferente da pele bronzeada de Perry.

Hess franziu o rosto para as roupas dela. Antes que ela pudesse pronunciar uma palavra, ela sentiu um solavanco, como se o seu corpo inteiro tivesse piscado. Ela olhou para baixo. Um vestido longo de seda azul-royal pendia, como uma segunda pele.

Hess sorriu.

– Assim está melhor.

O coração dela disparou de raiva. Um garçom chegou com uma bandeja de cafés. Bonito, de olhos escuros, ele poderia ser irmão de Roar. Ele sorriu ao colocar as bebidas na mesa. Uma brisa morna passou, trazendo um cheiro picante de colônia e remexendo os cabelos de Ária em suas costas nuas. Era tudo bem normal, seguro e encantador. Um ano antes, Paisley a estaria chutando, por baixo da mesa, por conta do sorriso do garçom. Caleb teria erguido os olhos de seu caderno de desenho e revirado os olhos. Ela subitamente ficou furiosa com a *dificuldade* da vida de agora.

Hess deu um gole em seu café.

– Você está bem, Ária?

Será que ele sabia que ela tinha sido envenenada? Poderia saber através do Olho Mágico? Através da química de seu corpo?

– Estou excelente – disse ela. – Como vai você?

– Excelente – respondeu ele, igualando o tom de sarcasmo. – Agora você está a caminho. Está viajando sozinha?

– Você se importa?

Hess estreitou os olhos para ela.

– Nós detectamos uma tempestade perto de você.

Ária deu um sorriso debochado.

– Eu também detectei.

– Posso imaginar.

– Não, você realmente não pode. Preciso saber se algo está acontecendo em Quimera, Hess. Vocês foram atingidos pela tempestade? Houve algum dano?

Ele piscou para ela.

– Você é uma garota esperta. O que acha?

– Não importa o que eu acho. Eu preciso *saber*. Preciso de provas de que Talon está bem. Quero ver meus amigos. E quero saber o que você vai fazer quando eu lhe der a localização do Azul Sereno. Você vai deslocar o Núcleo inteiro? Como fará isso? – Ária se inclinou sobre a mesa. – Eu sei o que estou fazendo, e quanto a *você*? E quanto ao restante?

Hess tamborilava os dedos no tampo de mármore.

– Você está um tanto fascinante agora. A vida entre os Selvagens combina com você.

De repente, o Reino caiu em silêncio. Ária olhou para o canal. A gôndola tinha paralisado na água que estava imóvel como vidro. Um bando de pombos estava parado no ar, em pleno voo. As pessoas olhavam em volta, com uma expressão de pânico no rosto; então, o Reino voltou a funcionar, e o som do movimento voltou.

– O que foi isso? – perguntou ela. – Responda, ou paramos aqui.

Hess tomou outro gole de café e observou o tráfego no Grande Canal, como se nada tivesse acontecido.

– Você acha que pode fracionar se eu não quiser que o faça? – Ele olhou de volta pra ela. – Nós paramos quando eu disser.

Ária pegou seu café e jogou nele. O líquido escuro respingou em seu rosto e no terno claro. Hess deu um solavanco para trás, resfolegando, embora não tivesse se ferido. Nada nos Reinos causava dor de verdade. O máximo que ele sentiria seria o calor, mas ela o surpreendera. Agora ela tinha sua atenção.

– Ainda quer que eu diga? – perguntou Ária.

Ele desapareceu antes que ela terminasse de falar, deixando-a olhando a cadeira vazia. Mesmo sabendo que seria inútil, ela tentou desligar o Olho Mágico. Estava pronta para voltar, inteiramente, ao real.

COMANDO NÃO AUTORIZADO piscava em sua Tela Inteligente.

E agora? O garçom olhava pela janela do café, com interesse brilhando em seus olhos. Ária desviou, olhando na direção do canal. Um casal se abraçava numa ponte de cimento ornamentada, observando o tráfego na água, abaixo. Ela tentou imaginar que era ela quem estava encostada à mureta. Que era Perry afastando seus cabelos e sussurrando em seu ouvido. Perry tinha detestado os Reinos. Ela não conseguiu formar a imagem na mente.

Um cronômetro surgiu no canto superior de sua Tela Inteligente. Estava em contagem regressiva, de trinta minutos. Ária se preparou. Hess estava aprontando alguma.

No momento seguinte, ela fracionou outro Reino, surgindo num píer de madeira. O mar batia calmamente, as gaivotas passavam gorjeando, com sons que eram paródias espalhafatosas da versão real. Havia um menino sentado lá no final do píer. Ele estava de frente para o mar, mas Ária sabia exatamente quem ele era.

Talon.

Ela se sentiu mal. Ela queria saber se o sobrinho de Perry estava bem, mas não queria conhecê-lo. Não queria se preocupar com ele, mais do que já se preocupava. E o que deveria lhe dizer? Talon nem a conhecia. Ela se olhou. Pelo menos estava com suas roupas pretas de volta.

Agora o cronômetro marcava vinte e oito minutos. Estava ali havia dois minutos. Ela sacudiu a cabeça e foi até ele.

– Talon?

Ele pulou de pé e virou de frente para ela, os olhos arregalados de surpresa. Ela não o conhecia, mas já o vira uma vez. Meses antes, quando Perry tinha encontrado Talon nos Reinos, ela tinha assistido, na tela da parede. Ele era um menino arrebatador, com cabelos castanhos cacheados, olhos verdes sérios, num tom mais escuro que os de Perry.

– Quem é você? – perguntou ele.

– Uma amiga de seu tio.

Ele a olhou, desconfiado.

– Então, por que eu não a conheço?

– Eu o conheci depois que você foi trazido para Quimera. Meu nome é Ária. Eu estava com Perry quando ele veio vê-lo nos Reinos no último outono... Eu estava ajudando seu tio lá de fora.

Talon prendeu sua vara de pescar entre as frestas do píer de madeira.

– Então, você é uma Ocupante?

– Sim... e uma Forasteira também. Sou metade de ambos.

– Ah... Onde você está? Do lado de fora, ou em Quimera?

– Estou do lado de fora. Na verdade... estou sentada ao lado de Roar.

Os olhos de Talon se acenderam.

– Roar está aí?

– Ele está dormindo, mas quando acordar eu vou dizer que você disse olá. – Havia outra vara de pescar no píer. Talon estava usando duas. Ele era um Maré, ela se deu conta. Provavelmente pescou durante seus oito anos.

– Posso me juntar a você?

– Claro – disse ele, mas parecendo contrariado.

Ária pegou a vara extra e sentou ao seu lado. Ela não podia acreditar que, depois de passar alguns dias numa aldeia pesqueira, estava pescando nos Reinos. Ela observou a vara de madeira em suas mãos, percebendo que não tinha ideia de como usá-la. Ela fora pescar num outro Reino antes. Um Reino de Pesca Voadora, onde você lançava anzóis aos peixes enquanto flutuava pelo cosmos. Essa era um tipo de pesca que os antigos praticavam.

– É... aqui – disse Talon, pegando a vara da mão dela. Ele lançou devagar, para que ela pudesse ver como ele estava fazendo, depois devolveu.

– Obrigada – disse ela.

Ele sacudiu os ombros, olhando para ela, e começou a balançar as pernas, na beirada do píer. Chutando com a esquerda e direita, esquerda e direita, esquerda e direita. *Ficar parado me deixa cansado*, Perry uma vez lhe dissera. Aparentemente, era de família.

– De onde eu venho, nós usamos mais a rede – disse Talon depois de um tempo.

— Ah, é mesmo? — Ela ficou pensando numa pergunta seguinte. O cronômetro marca vinte e três minutos. — Você gosta mais de pescar ou de caçar?

Ele olhou-a, como se ela fosse maluca.

— Adoro os dois.

— Eu poderia ter imaginado isso. Você parece ser bom nos dois. — Ele agora estava mais forte, mais saudável do que quando ela o vira, no outono.

Talon coçou o nariz.

— Eu consigo fisgar muitos, mas aqui, neste Reino, não deixam cozinhá-los. Eu tentei algumas vezes. Juntei um pouco de madeira e tentei acender uma fogueira, mas não funciona. Não há fogo nos Reinos. Quer dizer, há, mas é um fogo de mentira, sabe?

Ária mordeu o lábio. Ela sabia muito bem disso.

— Você precisa ir a um Reino de culinária para cozinhar peixe, mas são tolos. E, mesmo quando você os come, ele não enche seu estômago quando você deixa os Reinos. Não é tão divertido pescá-los quando não faz sentido.

Ária sorriu. Ao falar, as pernas dele paravam de balançar e uma ruga surgia entre suas sobrancelhas.

— Tenho certeza de que há lugares onde você pode competir.

— Pelo quê?

— Ah, você sabe, para pontuação. Você pode tirar o primeiro lugar.

— O primeiro lugar significa que eu posso cozinhar o que eu pescar?

Ária riu.

— Provavelmente não.

— Talvez eu tente, mesmo assim. — Ele ficou olhando o mar, balançando as pernas por um tempo, antes de falar novamente. — Eu quero ir pra casa. Quero ver meu tio.

Ária sentiu a garganta apertar. Ele não tinha perguntado pelo pai. Ela ficou imaginando se ele sabia o que havia acontecido entre

Vale e Perry, mas não era seu papel perguntar. Ocorreu-lhe que ele não tinha mais pais. Era um órfão como ela.

– Você está infeliz em Quimera? – perguntou ela.

Ele sacudiu a cabeça.

– Não. Eu só quero ir para casa. Estou melhor agora. Os médicos me fizeram melhorar.

– Que bom, Talon. – Ela se lembrou de Perry contando que Talon era doente, no lado de fora. – Eu vou levá-lo para fora, de volta aos Marés. Eu prometo.

Ele coçou o joelho, mas não disse nada.

– Você costuma pescar com um amigo?

– Clara costumava vir comigo. Ela é irmã de Brooke. Você conhece Brooke?

Ária engoliu um sorriso.

– Sim, conheço Brooke. Por que Clara parou de pescar com você?

– Ela ficou entediada. Acha que esse Reino agora está devagar demais. Ninguém gosta de pescar por esses lados.

– Eu gosto. Talvez a gente possa fazer isso de novo qualquer hora, que tal?

Talon a olhou de lado e sorriu.

– Está bem.

Pelo resto do tempo que passaram juntos, Talon lhe contou sobre todos os peixes que pescara ali. E os tipos de isca que usou. E a que horas do dia. Em que clima.

Ele inclinava a cabeça de lado quando falava com uma voz mais branda. Suas pernas nunca paravam de balançar na beirada do píer. Algumas vezes, quando ele sorria, ela tinha que olhar para o mar a fim de respirar; ele se parecia demais com o tio. Ela o abraçou quando o cronômetro chegou a zero, prometendo que voltaria logo para vê-lo.

Ária fracionou em outro Reino, um escritório. Hess estava sentado à escrivaninha cinza com uma parede de vidro atrás dele. Através dela, ela via a Sede de Quimera, seu lar, a vida toda, com seus andares circulares em espiral. A visão lhe tirou o fôlego e a atraiu à frente. Ela estivera nos Reinos dúzias de vezes, com Hess, desde que fora expulsa, mas, até agora, não tinha visto o Núcleo, seu lar físico.

Hess falou antes que ela desse um passo.

– Visita agradável – disse ele. – Como você viu, ele não está sofrendo. Espero poder manter isso assim.

Capítulo 17

PEREGRINE

– Jure, Vale – disse Perry, segurando a faca junto à garganta do irmão. Sua voz soava áspera demais, como a de seu pai, e suas mãos tremiam tanto que ele não conseguia segurar a lâmina com firmeza. Ele segurava Vale preso ao gramado, num campo vazio.

– Jurar para você? Não pode estar falando sério. Você não tem ideia do que está fazendo, Perry. Admita.

– Eu sei o que estou fazendo!

Vale começou a rir.

– Então, por que eles o deixaram? Por que *ela* o deixou?

– Cale a boca! – Perry pressionava a lâmina junto ao pescoço do irmão, mas Vale ria com mais força.

Então, não era Vale. Era Ária. Linda. Tão linda, sob ele, na cama de Vale. Ela ria enquanto ele segurava a faca em seu pescoço. Perry não conseguia afastar a lâmina. Ela tremia em sua mão contra a pele macia do pescoço de Ária, sem conseguir se frear, e ela não ligava. Ela só continuava rindo.

Perry deu um solavanco, saindo do pesadelo e deu um salto, em seu sótão. Ele xingou alto, sem conseguir se manter quieto. O suor escorria por suas costas e ele estava sem ar.

– Calma. Calma, Perry – disse Reef. Ele estava na escada, franzindo as sobrancelhas de preocupação.

A casa estava escura, num silêncio mortal. Perry não ouvia os roncos habituais dos Seis. Ele tinha acordado todo mundo.

– Você está bem? – perguntou Reef.

Perry se virou na direção da sombra, escondendo o rosto. Dois dias. Ela tinha partido havia dois dias. Ele esticou o braço para pegar a camisa e vestiu.

– Estou bem – disse ele.

Bear estava esperando Perry do lado de fora.

– Estamos em tempos de vacas magras, Perry, eu sei disso. Mas preciso que minha gente descanse. Pedir que eles trabalhem o dia todo no campo e depois mantenham vigilância à noite é pedir demais. Alguns precisam dormir.

Perry ficou tenso. Ultimamente, ele dormia menos ainda, e todos sabiam disso.

– Não podemos correr o risco de uma invasão. Preciso de gente vigiando.

– E eu preciso de ajuda para limpar a drenagem dos fossos, Perry. Preciso de ajuda para arar e semear. O que não preciso é de gente roncando quando deveria estar trabalhando.

– Tente se virar com o que tem, Bear. Todos estão fazendo isso.

– Farei, mas não conseguiremos fazer nem metade do que precisamos.

– Então, faça metade! Não vou tirar homens da vigilância.

Bear ficou imóvel, assim como várias outras pessoas na clareira. Perry não entendia como *eles* não entendiam. Quase um quarto da tribo tinha partido. Claro que não conseguiriam fazer tudo. Ele torcera para acumular rações para a jornada da tribo até o Azul Sereno, mas, depois do estrago da tempestade de Éter e a perda de mão de obra, era tudo que ele podia fazer para alimentá-los todo dia. Eles estavam sobrecarregados e mal-alimentados e ele precisava de uma solução.

Perry pensou em suas opções ao longo do dia enquanto limpava os fossos de escoamento para Bear e checava as medidas de defesa dos Marés. Reef trabalhava ao seu lado, perto como uma sombra. Quando Reef não estava ali, um dos Seis assumia seu lugar. Eles não o deixavam sozinho. Até Cinder parecia participar, se juntando a Perry quando ele saía andando em busca de alguns minutos sozinho.

Ele não sabia o que esperavam dele. O choque inicial tinha passado, e agora ele via a situação como realmente era. Roar e Ária tinham partido; eles iriam até os Galhadas para encontrar Liv e o Azul Sereno. Logo voltariam, e isso era tudo. Tinha de ser. Ele não se permitiria pensar além disso.

O jantar saiu tarde naquela noite, porque eles tinham perdido três cozinheiros para o grupo de Wylan, e o refeitório estava estranhamente vazio e quieto. Perry nem sentia o gosto da comida, mas comia porque a tribo o observava. Porque ele precisava lhes mostrar que as coisas podiam ter mudado, mas o amanhã ainda chegaria.

Reef acompanhou seu passo quando ele deixou o refeitório e seguiu para o posto de vigia ao oeste. Perry sentia que Reef estava tomando coragem para dizer algo no caminho. Com as mãos fechando em punhos, esperava que Reef dissesse que ele precisava dormir, ou ter mais paciência, ou ambos.

— Que jantar terrível — disse Reef por fim.

Perry exalou o ar, a tensão deixando seus dedos.

— Podia ter sido melhor.

Reef olhou para o céu.

— Você está sentindo?

Perry assentiu. O ardor no fundo de seu nariz alertava que outra tempestade não estava longe.

— Agora, é quase sempre.

O Éter fluía, intricado e revolto, dando um brilho azulado à noite. Depois da tempestade, o céu calmo só tinha durado um dia.

Agora havia pouca diferença entre o dia e a noite. Os dias eram escurecidos pelas nuvens e o tom azulado do Éter. As noites eram iluminadas pela mesma coisa. Eles fluíam juntos, misturando-se, formando um dia interminável, uma noite eterna.

Ele olhou para Reef.

– Preciso que você envie uma mensagem.

Reef ergueu as sobrancelhas.

– Para?

– Marron. – Perry não queria lhe pedir ajuda novamente. Ele o fizera apenas meses antes, quando tinham buscado refúgio lá com Roar eÁria, mas a posição dos Marés era fraca demais. Ele precisava de alimento e de gente. Pediria um favor, antes que visse sua tribo morrer de fome e perdesse a aldeia numa invasão.

Reef concordou.

– É uma boa ideia. Vou mandar Gren no primeiro horário amanhã.

Mesmo depois que Reef apareceu para rendê-los, Twig e Gren permaneceram no posto de observação, reunidos na beirada rochosa. Os quatro ficaram sentados juntos, num silêncio confortável, enquanto uma garoa fina começava a cair.

Hyde e Hayden bocejaram uma dúzia de vezes, durante o jantar. Eles se acomodaram no posto, observando, ao passo que a garoa aumentava até se tornar chuva. Ainda assim, ninguém falava, nem saía.

– Noite quieta – disse Twig finalmente. – Quer dizer, nós estamos quietos. Não a chuva. – Sua voz soava rouca depois de um longo período em silêncio.

– Você comeu um sapo, Twig? – perguntou Hayden.

– Talvez tivesse sapo na sopa desta noite – disse Gren.

Hyde gemeu.

– Sapo é melhor que aquela tripa.

Twig limpou a garganta.

– Sabia que uma vez eu quase comi um sapo vivo? – contou ele.

– Twig, você parece um sapo. Tem olhos de sapo.

– Mostre-nos o quão alto você pula, Twig.

– Cale a boca e deixe-o grasnar a história.

A história, em si, não era grande coisa. Quando menino, Twig esteve prestes a beijar um sapo, num desafio feito pelo irmão, quando o bicho escorregou pelos dedos e pulou dentro de sua boca. Era a história errada para Twig contar. Aos vinte e três anos, ele ainda não tinha beijado uma garota e os Seis sabiam disso, como sabiam quase tudo uns dos outros. Um massacre se seguiu, com todos atacando Twig, dizendo coisas do tipo: uma garota talvez fosse uma decepção, depois do sapo, e que eles apoiavam sua busca para encontrar um príncipe.

Perry ouvia, sorrindo das melhores frases, sentindo-se mais à vontade do que nos últimos dois dias. Ficaram em silêncio outra vez, exceto pelo ritmo dos roncos. Ele olhou em volta. A chuva tinha passado. Alguns dormiam. Outros respiravam olhando a noite. Ninguém falava, mas Perry os ouvia claramente. Ele entendia o motivo para que estivessem como sombras e permanecessem com ele agora, quando nem precisavam fazê-lo. Mesmo com uma opção, eles não saíam. Ficavam a seu lado.

Capítulo 18

ÁRIA

— Fizemos um ritmo melhor hoje. — Ária estava torcendo os cabelos, sentada perto da fogueira. A primavera chegara com tudo, trazendo dias de chuva contínua. Eles tinham deixado os Marés três dias antes e ela finalmente havia recuperado as forças. — Você não acha que compensamos um bom pedaço?

Roar estava deitado, recostado em sua sacola, com as pernas cruzadas nos tornozelos, o pé balançando, acompanhando uma batida que ela não conseguia ouvir.

— É verdade.

— Boa fogueira também. Tivemos sorte de encontramos madeira seca.

Roar olhou, erguendo a sobrancelha. Ela percebeu que não estava olhando para ele, mas através dele.

— Sabe o que é pior do que uma Ária muda? Uma Ária de conversa fiada.

Ela pegou uma vareta e jogou na fogueira.

— Só estou te poupando.

Eles tinham viajado praticamente em silêncio a maior parte do dia, apesar das tentativas de Roar de puxar conversa. Ele queria discutir o plano que teriam para chegar aos Galhadas. Como descobririam a informação sobre o Azul Sereno? Como negociariam pela devolução de Liv? Mas Ária não quisera discutir nada. Ela precisava focar em seguir em frente. Em forçar mais, quando sentia o ímpeto de voltar. E, ao falar, *falaria*.

Estava preocupada com Talon, e sentia a falta de Perry. Não havia nada que pudesse fazer, exceto correr até os Galhadas. Agora, sentindo-se ligeiramente culpada pelo silêncio, estava tentando, meio capenga, é verdade, compensar.

Roar franziu o rosto.

— Você está me *poupando*?

— Sim, poupando você. Tudo que tenho a dizer é insensatez aflitiva. Estou exausta, mas mal consigo ficar parada. E sinto que deveria continuar andando.

— Podemos viajar noite adentro — disse ele.

— Não, nós precisamos descansar. Está vendo? Não estou fazendo sentido algum.

Roar olhou-a, por um momento. Depois olhou para cima, para os galhos acima deles, com a expressão pensativa.

— Eu já lhe contei sobre a primeira vez que Perry experimentou Luster?

— Não — disse ela. Ária tinha ouvido umas histórias sobre Perry, Roar e Liv ao longo de todo o inverno, mas nunca tinha ouvido essa.

— Nós estávamos na praia, nós três. E você sabe como é essa bebida, o Luster, como agita os ânimos. De qualquer forma, Perry ficou meio embalado. Ele resolveu tirar a roupa e ir nadar. Isso foi bem no meio do dia.

— Não acredito. — Ária sorriu.

— Pois é. Enquanto ele estava lá, se esbaldando nas ondas, Liv pegou sua roupa e resolveu que era uma boa hora para chamar todas as garotas da tribo até a praia.

— Roar, ela é pior que você! — disse ela, rindo.

— Você quer dizer melhor.

— Estou com medo de ver vocês dois juntos. Então, o que Perry fez?

– Ele nadou pela costa e nós só o vimos na manhã seguinte. – Roar coçou o queixo, sorrindo. – Ele nos disse que entrou na aldeia escondido durante a noite, vestindo algas marinhas.

– Você quer dizer... uma *saia de algas marinhas?* – Ária riu. – Eu daria qualquer coisa para ter visto isso.

Roar estremeceu.

– Ainda bem que eu não vi.

– Não acredito que você nunca tenha me contado essa história.

– Eu estava guardando para o momento certo.

Ela sorriu.

– Obrigada, Roar. – Por alguns instantes, a história afastou suas preocupações, mas elas logo voltaram.

Rapidamente, Ária ergueu a manga. A pele ao redor da Marca ainda estava vermelha e esfolada, mas o inchaço tinha diminuído. Em alguns lugares, parecia que a tinta havia borrado dentro da pele. Estava uma bagunça.

Ela estendeu o braço e pousou a mão no antebraço de Roar. Por algum motivo, isso parecia mais fácil. Talvez fosse preciso menos coragem para simplesmente se permitir pensar do que para verbalizar seus temores.

E se isso tivesse sido um sinal? Talvez eu não deva ser uma Forasteira.

Ele a surpreendeu ao pegar sua mão e entrelaçar os dedos aos dela.

– Você *já é* uma Forasteira. Você se encaixa em todos os lugares. Apenas não vê isso.

Ela ficou olhando as mãos deles. Ele nunca tinha feito isso.

Roar fez uma expressão de gracejo.

– É meio esquisito ver você colocando a mão no meu braço o tempo todo – disse ele, respondendo aos pensamentos dela.

Sim, mas isso dá uma sensação de intimidade. Você não acha? Não que eu queira dizer que acho que estamos sendo íntimos demais.

Mas... Acho que quero dizer, sim. Roar, às vezes, é muito difícil me acostumar com isso.

Roar deu um sorriso.

– Ária, isso não é intimidade. Se eu estivesse sendo íntimo com você, acredite, você saberia.

Ela revirou os olhos. *Da próxima vez que disser algo desse tipo, você deve jogar uma rosa vermelha e partir abanando a capa.*

Ele ficou olhando como se imaginasse a cena.

– Eu poderia fazer isso.

Eles ficaram em silêncio, e ela percebeu como era reconfortante ter essa ligação com ele.

– Bom – disse Roar. – Essa é a ideia.

O sorriso dele era encorajador. *A última vez que vi minha mãe foi terrível* – admitiu ela depois de um tempo. *Nós estávamos brigando. Eu disse todas as coisas erradas para ela e me arrependo desde então. Acho que sempre vou me arrepender. De qualquer forma, eu não queria fazer isso com Perry. Achei que seria mais fácil simplesmente partir.*

– E eu suponho que você estivesse errada.

Ela assentiu. *Partir nunca é fácil.*

Roar a observou por um longo tempo com a menção de um sorriso nos olhos.

– Isso não é bobagem aflitiva, Ária. É o que está acontecendo. É a verdade. – Ele apertou a mão dela e soltou. – Por favor, não me poupe disso.

Quando Roar adormeceu, ela tirou o Olho Mágico do saco. Era hora de voltar a fazer contato com Hess. Durante dias, ficou imaginando Talon com as perninhas balançando no píer. Agora ela sentia um aperto no estômago ao se lembrar da ameaça de Hess. Então, escolheu o ícone Hess na Tela Inteligente e fracionou. Quando viu onde estava, todos os músculos de seu corpo enrijeceram.

A Ópera de Paris.

Do ponto onde estava, no centro do palco, ela permaneceu em silêncio perplexo, absorvendo a opulência conhecida do salão. As frisas com adornos dourados contornavam um mar de poltronas de veludo vermelho. Seus olhos se elevaram até o afresco colorido abrigado na cúpula do teto, aceso pelo lustre resplandecente. Ela frequentava o local desde que era uma menina. Esse Reino, mais que qualquer outro lugar, parecia seu lar.

Seu foco desviou até o recuo da orquestra, passando à poltrona diretamente à sua frente.

Vazia.

Ária fechou os olhos. Ali era seu lugar com Lumina. Ela podia imaginar a mãe ali, com seu vestido preto simples, os cabelos escuros puxados para trás, num coque apertado, um sorriso suave nos lábios. Ária nunca conhecera um sorriso mais tranquilizador. Um sorriso que dizia *Vai ficar tudo bem* e *Eu acredito em você*. Ela sentia isso agora. Uma imobilidade. Uma certeza. Tudo daria certo. Ela se agarrou à sensação, trancando-a em seu coração. Então, abriu os olhos devagar, e a sensação se dissipou, deixando perguntas que ardiam no fundo de sua garganta.

Como você pôde me deixar, mãe? Quem era meu pai? Ele significava algo pra você?

Ela jamais teria respostas. Só teria a dor que se estendia, para frente e para trás, e ia até onde a vista alcançava.

As luzes do palco se apagaram, depois as luzes do auditório. Subitamente, ela estava numa escuridão tão intensa que até oscilou. Seus ouvidos estavam em alerta total, prontos para assimilarem qualquer som.

– O que é isso, Hess? – disse ela, irritada. – Não consigo enxergar.

Um foco de luz cortou a escuridão, cegando-a. Ária ergueu a mão, protegendo os olhos da luz e esperando que se adaptassem. Ela só conseguia identificar o vazio do recuo da orquestra, abaixo, e as fileiras de poltronas, logo além. No alto, milhares de cristais do lustre grandioso cintilavam.

— É meio teatral para você, não é, Hess? Você vai cantar *O Fantasma da Ópera* para mim?

De repente, ela cantou algumas frases de "All I Ask of You". Ela só tivera a intenção de brincar, mas a letra arrebatou-a. Subitamente, estava cantando e pensando em Perry. Ela sentira falta da forma como o salão ampliava seu controle e poder. Esse palco nunca tinha sido meramente tábuas para se pisar. Ele tinha vida e a erguia mais alto. Quando terminou, ela precisou encobrir sua emoção com um sorriso.

— Nada de aplauso? Você é difícil de agradar.

O silêncio dele estava se alongando demais. Ela imaginou a mesinha de tampo de mármore, com xicrinhas delicadas de café, tudo ausente, pela primeira vez, no mesmo instante em que uma voz arrogante rompeu o silêncio.

— É bom vê-la de novo, Ária. Faz um bom tempo.

Soren.

Direto, à sua frente, aproximadamente a quatro fileiras, ela viu uma silhueta contornada na escuridão. Ária se manteve firme e respirou enquanto as imagens piscaram diante de seus olhos. Soren a perseguindo, o incêndio rugindo ao redor deles. Soren em cima dela, apertando seu pescoço com as mãos.

Isso era nos Reinos, ela lembrou a si mesma. *Melhor que o Real*. Nada de dor. Nada de perigo. Ele não podia feri-la ali.

— Onde está seu pai? — perguntou ela.

— Ocupado — respondeu Soren.

— Então, ele mandou *você*?

— Não.

— Você forçou a entrada, como um hacker.

— Atuar como hacker é algo que você faz com um facão. Isso foi um pequeno corte, com um estilete. Sua mãe teria gostado dessa analogia. Você costumava vir aqui com ela, não é? Achei que gostaria de voltar.

A diversão na voz dele fez o estômago de Ária se revolver de ódio.

— O que você quer, Soren?

— Muitas coisas. Mas, nesse momento, quero ver você.

Vê-la? Ela duvidava. Vingança parecia ser mais o caso. Ele devia culpá-la pelo que havia acontecido no Ag 6. Ela não ficaria esperando para descobrir. Ária tentou fracionar para sair do Reino.

— Isso não vai funcionar — disse Soren conforme surgiu uma mensagem na tela, dizendo a mesma coisa. — Mas foi uma bela tentativa. A propósito, eu gostei da canção. Tocante. Você é sempre incrível, Ária. Realmente. Cante mais um pouco. Eu gosto dessa história. Há um Reino de horror nela.

— Não vou cantar para você — disse ela. — Acenda as luzes novamente.

— Ele é deformado, não é? O Fantasma? — prosseguiu Soren, ignorando-a. — Ele não usa a máscara para esconder seu rosto hediondo?

Havia outra saída dos Reinos. Ária desviou seu foco ao real e curvou os dedos ao redor da margem do Olho Mágico. Ela conhecia a dor de arrancar o dispositivo. Uma dor chocante que queimava no fundo dos olhos e percorria sua coluna como labareda. Ela queria sair dali, mas não conseguia se obrigar a arrancar o dispositivo.

A voz de Soren a puxou de volta ao Reino.

— A propósito, aquele vestido azul, em Veneza, estava matador. Realmente sexy. E foi um gesto campeão, com o café. Você deu um choque infernal no meu pai.

— Você tem me *observado*? Você é nojento! — disse Ária indignada.

— Se você soubesse... — Ele fungou.

Soren ficaria brincando enquanto ela permitisse. Ária deu alguns passos para o lado, fora do alcance do foco de luz. A escuridão a tomou dessa vez, como um alívio. Pronto. Agora, estavam quites.

— O que está fazendo? Onde está indo? — A voz de Soren estava pontuada de pânico, incentivando-a.

– Fique aí, Soren. Eu vou descer até você. – Ela não ia descer de verdade. Ária não conseguia enxergar além da ponta de seu nariz. Mas o deixaria imaginá-la, espreitando na escuridão, por um tempinho.

– O *quê*? Pare! Fique onde está!

Ela ouviu um barulho ressonante, tum-tum. E as luzes foram acesas, todas elas, iluminando o salão elegante.

Soren tinha cambaleado, entrando no corredor central. Ele ficou ali em pé, de costas para ela. Sua respiração estava ofegante, os ombros largos retesados na camisa preta. Ele sempre fora feito de músculos sólidos.

– Soren? – Um segundo se passou. – Por que não me olha de frente?

Ele agarrou a poltrona ao seu lado, como se precisasse se equilibrar.

– Eu sei que meu pai lhe contou. Não aja como se não soubesse o que aconteceu ao meu maxilar.

Ela se lembrou e finalmente entendeu.

– Ele me disse que precisou ser reconstruído.

– Reconstruído – disse ele, ainda desviando dela. – Essa é uma forma bem *sutil* de descrever as *cinco fraturas* e a *queimaduras* que precisaram ser consertadas no meu rosto.

Ária o observava, lutando contra o ímpeto que sentia de ir até ele. Finalmente, ela xingou a si mesma por ser curiosa demais e desceu os degraus. Seu coração batia loucamente conforme ela passou pelo recuo da orquestra e seguiu pelo corredor. Ela se obrigou a prosseguir até ficar na frente dele.

Soren olhou-a com os olhos castanhos repletos de ódio, os lábios contraídos num sorriso tenso e sombrio. Ele estava na expectativa tanto quanto ela.

Ele parecia o mesmo. Bronzeado. De ossos largos. Bonito, de um jeito rude, os ângulos do rosto ligeiramente projetados. O queixo tinha um leve desvio. Ela não pôde deixar de compará-lo a Perry, que nunca parecia olhar os outros de cima, apesar de ser bem mais alto.

Soren não tinha mudado, exceto por uma diferença expressiva. A posição de seu maxilar estava levemente desalinhada, e havia uma cicatriz em sua pele bronzeada, que ia do canto esquerdo da boca até embaixo da orelha.

Perry lhe fizera essa cicatriz. Naquela noite, em Ag 6, ele impedira que Soren a estrangulasse. Ela estaria morta se Soren não tivesse essa cicatriz. Mas ela sabia que ele não estava pensando com clareza. Ele tinha sido afetado pela SDL (Síndrome de Degeneração Límbica), uma doença cerebral que enfraquece os instintos básicos de sobrevivência. Era a mesma doença que sua mãe havia estudado.

– Não está tão ruim. – Ária sabia como era em Quimera. Ninguém tinha cicatrizes. Ninguém tinha sequer arranhões. Mas ela não podia acreditar no que estava dizendo. Ela já estava consolando *Soren*?

Ele engoliu com força.

– Não está tão ruim? Quando foi que você ficou tão engraçada, Ária?

– Recentemente, eu acho. Do lado de fora, todo mundo tem cicatrizes, sabia? Você precisava ver um cara, o Reef. Ele tem uma cicatriz bem funda na bochecha. É como um zíper atravessando a pele. A sua é... quer dizer, você mal percebe.

Soren estreitou os olhos.

– Como foi que ele ganhou a cicatriz?

– Reef? Ele é um Olfativo. São Forasteiros também... deixa pra lá. Eu não sei ao certo, mas acho que alguém tentou cortar o nariz dele.

Ela elevou o tom de voz no final, como se estivesse fazendo uma pergunta. Ela estava tentando parecer inabalável, mas a brutalidade do mundo externo parecia ainda mais evidente num lugar tão elegante. Ária estudou a cicatriz dele mais atentamente.

– Você não consegue que seu pai esconda isso para você, nos Reinos? Não seria uma simples programação?

– *Eu* poderia fazer isso, Ária. Não preciso de meu pai para fazer nada aqui. – A voz dele se elevou a quase um berro. Então, sacudiu os ombros. – De qualquer forma, para que me incomodar? Não posso escondê-la no real. Todos sabem como é. Eles sabem e jamais deixarão de saber.

Ela percebeu que Soren não era mais como antes, nem um pouco. Sua expressão normalmente presunçosa parecia forçada, como se ele estivesse se esforçando muito para mantê-la. Ela lembrou que Bane e Echo, seus amigos mais próximos, tinham morrido no Ag 6, na mesma noite que Paisley.

– Não posso falar com ninguém sobre o que aconteceu naquela noite – disse Soren. – Meu pai diz que ameaçaria a segurança do Núcleo. – Sacudiu a cabeça, com a dor estampada no rosto. – Ele me culpa pelo que aconteceu. Ele não entende. – Soren olhou para sua mão, ainda segurando a poltrona ao seu lado. – Mas você entende. Sabe que não fiz nada de propósito... não sabe?

Ária cruzou os braços. Por mais que quisesse culpá-lo pelo que ele lhe fizera, não conseguia. Ela descobrira sobre a doença nos arquivos de pesquisa da mãe. Depois de séculos nos Reinos e na segurança dos Núcleos, algumas pessoas, como Soren, tinham perdido a capacidade de lidar com a verdadeira dor e estresse. Ele se comportara daquela forma, no Ag 6, por conta da SDL. Ela compreendia, mas não poderia deixá-lo se safar com tanta facilidade.

– Parece-me que isso é um pedido de desculpas disfarçado – disse ela.

Soren concordou.

– Talvez – retrucou, fungando. – Na verdade, foi.

– Pedido aceito. Mas *nunca* mais me toque, Soren.

Ele ergueu os olhos com uma expressão aliviada, vulnerável.

– Não farei. – Ele se endireitou e passou a mão na cabeça. A suavidade que ela vira tinha desaparecido, substituída por um sorriso debochado. – Sabia que nem todos possuem a SDL? Eu sou do grupo dos malucos. Que tal essa sorte? Não faz mal. Estou tomando remédio. Em algumas semanas estarei pronto.

– Que remédios? E pronto para quê?

– Curas experimentais, para que eu não fique doido de novo. E imunização das doenças do lado de fora. Eles dão para os Guardiões que estão trabalhando em reparos externos, para o caso de seus macacões rasgarem ou quebrarem. Assim que eu tiver, vou lá fora. Estou farto disso.

Ária olhou-o, boquiaberta.

– Aqui fora? Soren, você não faz ideia do quanto é perigoso. Não é como ir a um safári, em um Reino.

– Quimera está desmoronando, Ária – estrilou ele. – Todos nós iremos para fora, cedo ou tarde.

– Do que está falando? O que está acontecendo em Quimera?

– Prometa me ajudar no Externo, e eu te conto.

Ária sacudiu a cabeça.

– Não vou ajudar...

– Eu poderia lhe mostrar Caleb e Rune. Até o garoto Selvagem, por quem você está sempre perguntando. – Subitamente, ele endireitou as costas. – Preciso ir. Acabou o tempo.

– *Espere*. O que há de errado com Quimera?

Ele sorriu, erguendo o queixo.

– Se você quiser saber, então volte – disse e fracionou sumindo.

Ária piscou, olhando o espaço que ele estivera ocupando, depois vendo o salão de ópera vazio. Um ícone piscou em sua Tela Inteligente, ocupando o espaço ao lado do ícone de Hess.

Era uma máscara branca, do Fantasma da Ópera.

Capítulo 19

PEREGRINE

– Faz uma semana – disse Reef. – Você vai se abrir algum dia?

Perry pousou os cotovelos na mesa. Fazia horas que o resto da tribo tinha saído do refeitório após o jantar, deixando somente os dois. O som dos grilos noite adentro vinha até seus ouvidos, e rajadas de luz fria do Éter entravam no salão escurecido.

Perry passou o dedo acima da vela entre os dois, brincando com a chama. Quando ele passava devagar demais, doía. O truque era passar depressa. Não parar.

– Não, não vou – respondeu Perry, mantendo o olhar na chama.

Ao longo dos últimos dias, ele tinha limpado peixe até que o cheiro do mar ficasse entranhado em seus dedos. Tinha ficado no posto de observação noturno até os olhos embaçarem. Tinha consertado uma cerca, depois um telhado. Ele não podia pedir aos Marés que trabalhassem noite e dia se não o fizesse também.

Reef cruzou os braços.

– A tribo teria se virado contra você se você tivesse partido com ela. E o teriam feito se ela tivesse ficado. Ela foi esperta. Ela viu isso. Não deve ter sido uma decisão fácil, mas Ária fez a coisa certa.

Perry ergueu os olhos. O olhar de Reef era direto. Sob a luz de velas, a cicatriz em seu rosto parecia mais funda. Fazia-o parecer cruel.

– O que está fazendo, Reef?

– Tentando tirar o veneno. Ele está dentro de você, da mesma forma que estava nela naquela noite. Você não pode continuar a carregá-lo por aí, Perry.

– Posso sim – disparou de volta. – Eu não me importo com o que ela fez, por quê, se foi certo ou errado, entende?

– Eu entendo. – Reef assentiu.

– Não há mais nada a dizer. – De que adiantaria ficar falando a respeito? Isso não mudaria nada.

– Tudo bem – disse Reef.

Perry recostou. Ele deu um gole e fez uma careta. A água do poço ainda não havia voltado ao normal desde a tempestade. Ainda estava com gosto de cinza. O Éter tinha um jeito de invadir tudo. Destruía a comida e queimava a lenha antes de chegar às lareiras. Penetrava até na água.

Ele fez o que pôde, mandando pedir ajuda a Marron. Agora, não havia mais nenhuma atitude a tomar. Nenhuma maneira de tirar Talon de Quimera. Nada a fazer, exceto esperar que Ária e Roar voltassem e evitar que seu povo passasse fome. Isso não lhe parecia certo.

Perry passou a mão atrás da cabeça e suspirou.

– Quer saber de uma coisa?

Reef assentiu.

– Claro.

– Eu me sinto como um velho, como você deve se sentir.

Reef sorriu.

– Nada fácil, hein, filhote?

– Podia ser mais fácil. – O olhar de Perry desviou para seu arco recostado na parede. Quando tinha sido a última vez que o usara? Seu ombro tinha sarado, e agora havia tempo. Ele podia achar alimento, como sempre fizera. – Quer caçar? – perguntou, sentindo uma onda de energia. Subitamente, nada parecia melhor.

– Agora? – disse Reef, surpreso. Era tarde, quase meia-noite. – Achei que você estivesse cansado.

– Não estou mais. – Perry puxou o colar de Soberano de Sangue pela cabeça e enfiou no saco. Ele esperou que Reef reclamasse e tivesse respostas prontas. Faria barulho demais se ele tivesse que correr atrás de uma presa, e seria brilhoso demais se tivesse que passar despercebido. Mas Reef ficou só olhando, abrindo um sorriso.

– Então, vamos caçar.

Eles abasteceram os estojos de flechas e saíram correndo da aldeia. Depois de checar com Hayden, Hyde e Twig, que estavam nos postos de observação do leste, eles desaceleraram e seguiram caminhando, saindo das trilhas e adentrando a mata virgem mais densa. Com um espaço de cem passos de um para o outro, eles começaram a rastrear.

O alívio relaxava os membros de Perry conforme ele ia se distanciando da aldeia. Ele inalava profundamente, captando o ardor do Éter. Olhando para cima, viu as mesmas correntes luminosas que pairavam a semana inteira. Elas banhavam a mata de luz fria. Um sopro marinho veio em sua direção, perfeito para trazer o cheiro da caça e esconder seu próprio odor. Ele seguia com cautela, farejando, vasculhando a mata, se sentindo mais energizado do que se sentira em semanas.

O vento tinha parado, e ele percebia a imobilidade da noite e o som ruidoso de seus passos. Olhou para cima, esperando uma tempestade, mas as correntes não tinham mudado. Ele encontrou Reef, que se aproximou sacudindo a cabeça.

– Não arranjei nada. Só tem esquilos. Uma raposa, mas só uma trilha velha. Nada que valesse a pena – Perry, o que foi?

– Não sei. – O vento tinha aumentado de novo, movendo-se por entre as árvores, num chiado suave. No ar fresco, ele captou cheiros humanos. O medo irrompeu nele, fervilhando em suas veias. – Reef...

Ao seu lado, Reef xingou.

— Eu também captei.

Eles correram de volta ao posto leste. A elevação rochosa lhes daria vantagem. Twig os alcançou, com os olhos frenéticos, antes que eles chegassem.

— Eu estava indo atrás de vocês. Hyde está alertando a aldeia.

— Você está ouvindo? – perguntou Perry.

Twig assentiu.

— Eles estão a cavalo e estão vindo em pleno galope. O trovão é mais silencioso.

Perry pegou o arco no ombro.

— Faremos uma barragem aqui para desacelerá-los. – Uma aproximação veloz no meio da noite significava uma coisa: ataque. Ele precisava ganhar tempo para a tribo. – Peguem o alvo próximo – disse ele a Hayden e Reef. – Vou pegar à longa distância. – Ele era o arqueiro mais forte entre eles, com os olhos mais compatíveis à pouca luz.

Eles se espalharam, encontrando cobertura por entre as árvores e rochas, ao longo do posto de observação. Seu coração parecia um punho fechado batendo em seu peito. A campina gramada abaixo parecia suave e calma, como um lago iluminado pela lua.

Será que Wylan estava regressando com um bando maior para lutar pela aldeia? Será que as tribos Rosa e Noite estariam atacando aos milhares? Subitamente, ele pensou em Ária, deitada na cama do quarto de Vale, depois em Talon, levado pela aeronave. Ele não havia protegido nenhum dos dois. Não podia fracassar com os Marés.

Seus pensamentos desapareceram quando a terra começou a retumbar sob seus pés. Perry posicionou uma flecha e seu instinto assumiu ao puxar o arco. Segundos depois, os primeiros cavaleiros irromperam das árvores. Ele mirou no homem no centro do grupo e soltou a corda do arco. A flecha atingiu o homem no peito. Até que ele virasse de lado e caísse do cavalo, Perry já havia posicionado outra flecha. Ele mirou e atirou. Outro cavaleiro no chão.

Os gritos dos atacantes romperam o silêncio, eriçando os pelos dos braços. Ele viu cerca de trinta cavaleiros abaixo e agora ouvia o zunido das flechas passando por ele. Ignorando-as, concentrava-se em encontrar o homem mais próximo e disparar. Um após o outro, até ter usado todo o conteúdo de seu estojo e o de Reef, e somente um restante, que errou o alvo por conta da penugem danificada, ele tinha certeza.

Perry baixou seu arco e olhou para Hayden, que estava apontando uma flecha, observando o campo abaixo, em busca de cavaleiros. Não tinha mais ninguém à vista, somente seus cavalos, saindo em galope, sem montaria.

Não tinha acabado. Depois de alguns segundos, um mar de gente emergiu da mata, correndo, a pé.

— Segure-os o máximo que você puder — ordenou Perry a Hayden e Twig. Então, disparou para casa com Reef. Eles foram à toda, forçando-se a correr mais depressa. A aldeia surgiu à frente, já fervilhando de gente em movimento, subindo nos telhados e fechando os portões das casas.

Perry entrou na clareira como um raio e avistou Brooke em cima do refeitório, de arco em punho.

— Arqueiros em posição! — gritou ela. — Arqueiros em posição, agora!

As pessoas bombeavam água dos poços, em baldes, preparando-se para incêndios. Eles levaram os animais para dentro das paredes a fim de protegê-los. Todos se movimentavam como deviam, como haviam praticado.

Perry subiu correndo ao telhado do refeitório. Contrastando com o alvo amanhecer no horizonte, ele viu o enxame de cavaleiros subindo a colina. Ele calculou que estavam a menos de meia milha de distância, e eram cerca de duzentos. Os Marés tinham a posição fortalecida, mas, quando viu a multidão vindo na direção da aldeia, não sabia se a tribo conseguiria mantê-los de fora.

As primeiras flechas vieram em sua direção, atingindo as telhas à sua volta, com estalidos ruidosos. Twig surgiu ao seu lado, com um estojo cheio e um escudo, dando-lhe cobertura. Perry pegou o arco e se posicionou para defender seu lar. Ele já fizera isso muitas vezes, mas nunca no comando. A percepção veio a ele como uma loucura tranquila, desacelerando o tempo, fazendo com que todos os seus movimentos fossem completos, eficientes, certeiros.

O fogo acendia pontos luminosos em contraste ao amanhecer. Uma flecha em fogo passou zunindo por ele e aterrissou nos caixotes perto do refeitório. Perry ajustou a mira aos arqueiros que tentavam atear fogo na aldeia. Suas flechas, as de Brooke e dos outros arqueiros dos Marés choviam sobre a multidão que atacava. Alguns cavaleiros caíam em armadilhas que ela tinha escavado e coberto, mas ainda continuavam vindo em grande número. Ele observava enquanto eles se dividiam em grupos menores, abrindo espaço para circular a aldeia.

Havia homens escalando os portões, golpeando-os com machados. Perry disparou a última flecha, que atravessou um deles. Não era o suficiente. Era tarde demais. Ele ouviu um estrondo ensurdecedor e viu os portões sendo abertos. Eles tinham partido e estavam em chamas. A fumaça se erguia dos estábulos e dos caixotes ao lado do refeitório.

Perry desceu do telhado, sacando a faca, enquanto pulava da escada. Ele a cravou na barriga de um homem ao passar correndo. Vozes que reconhecia gritavam à sua volta. Ele as ouvia baixinho, sem pensamento algum na cabeça, exceto encontrar o próximo agressor, o instante de hesitação, do passo em falso, e aproveitá-lo.

Em lampejos, viu Reef lutando perto, suas tranças balançando no ar, girando num borrão. Ele viu Gren e Bear perto. Rowan, que havia resistido a aprender a usar uma arma. Molly, que passara a vida curando ferimentos.

Perry teve um vislumbre de um boné preto atravessando a clareira. Cinder. Um homem de cabelos trançados como os de

Reef o pegara pelos ombros, arrancando-o do chão. Perry olhava enquanto Cinder se curvava, impotente, embora não fosse. Não havia ninguém com mais poder, mas Cinder murchou, sem revidar. Willow subitamente disparou à frente e cravou um punhal na perna do homem. Ela pegou a mão de Cinder e o puxou para longe, correndo para dentro da casa mais próxima.

Um cavaleiro com pinos metálicos ao redor dos olhos avistou Perry e partiu para cima com um machado erguido. Perry tinha uma faca, mas não era páreo para um machado. Com apenas alguns passos entre eles, uma flecha disparou e atingiu a cabeça do cavaleiro e o derrubou. O impacto soou como se fosse telhas quebrando. O corpo do homem e seu machado caíram na terra. Olhando para cima, Perry viu Hyde no telhado, a corda de seu arco ainda tremia.

Ele girou e mergulhou na batalha mais uma vez, perdendo tempo até gritar:

– Recuem! – Ao redor da clareira, outros captaram o chamado. Ele viu a multidão dissipando, já não era mais uma massa assolando.

Perplexo, viu os cavaleiros recuando ao campo que eles tinham atravessado menos de uma hora atrás. Alguns carregavam sacos com alimento ou suprimentos. De cima dos telhados, Hyde e Hayden atiravam neles, forçando-os a soltar os itens roubados e correr.

Quando o último se foi, Perry olhou a aldeia. Havia incêndios que precisavam ser apagados. Os caixotes que queimavam ao lado do refeitório eram os que mais preocupavam. Ele deu essa tarefa a Reef, depois mandou que Twig fosse rastrear os cavaleiros para ter certeza de que não voltariam. Então, olhou ao redor da clareira. Havia corpos espalhados por todo lado.

Perry andou em volta, encontrando cada um dos feridos, chamando Molly para cuidar dos que estavam piores. Ele contou vinte e nove mortos. Todos cavaleiros. Nenhum dos seus. Dezesseis pessoas haviam sido feridas, dez delas eram dos Marés. Bear estava com um rasgo no braço, mas viveria. Rowan precisava de pontos num corte na cabeça. Havia mais ferimentos, uma perna quebrada, dedos esmagados, vergões e queimaduras, mas nenhuma fatalidade.

A essa altura, sabendo que todos haviam sobrevivido, ele passou por cima do portão principal quebrado e caminhou além da aldeia até que uma onda de alívio o forçou a ajoelhar. Afundando as mãos na terra, sentiu o pulsar do chão irrompendo por seu corpo, equilibrando-o.

Quando levantou, um clarão em nó captou sua atenção, depois outro, logo ao norte. Eram espirais reluzentes despencando do céu. Por um instante, ele observou às tempestades, à distância, absorvendo o fato de que sua terra estava queimando. Ele havia protegido a aldeia de um ataque humano, mas o Éter era um inimigo poderoso demais com quem lutar. Não deixaria que isso o desanimasse agora. Hoje ele tinha ganhado. Nada poderia lhe roubar isso.

Ele voltou à clareira e organizou o manejo dos cavaleiros mortos. Primeiro foram tirados os pertences de valor. A tribo reutilizaria as armas. Depois, carregaram os corpos em carrinhos puxados a cavalo, fazendo uma viagem após outra até a trilha arenosa. Na praia, a lenha foi empilhada em forma de pira. Quando estava pronta, ele soltou a tocha que acendeu a madeira, falando as palavras que libertavam as almas dos mortos no Éter. Fez isso um tanto perplexo consigo mesmo. Ali, depois e durante a batalha, nem sua voz, nem suas mãos hesitaram.

A tarde já avançava quando ele pegou a trilha pelas dunas, voltando à aldeia, com as pernas trêmulas de cansaço. Perry diminuiu seu ritmo e Reef o acompanhava. Eles deixaram que os outros se distanciassem à frente.

Havia manchas de sangue na camisa de Perry, os nós de seus dedos latejavam, e ele estava bem certo de que havia quebrado o nariz novamente, mas Reef conseguira passar pelo ataque sem um arranhão. Perry não sabia como ele havia conseguido. Ele tinha visto Reef lutando com tanta voracidade quanto ele, talvez mais.

– O que você fez essa manhã? – perguntou.

Reef sorriu, debochado.

– Dormi até tarde. E você?

– Li um livro.

Reef sacudiu a cabeça.

– Não acredito. Você sempre fica pior quando tenta ler. – Ele ficou quieto por um instante, e o humor sumiu de seu rosto. – Tivemos sorte hoje. A maioria dessas pessoas não tinha ideia de como lutar.

Ele estava certo. Os cavaleiros estavam desesperados e desorganizados. Os Marés não teriam a mesma sorte duas vezes.

– Alguma ideia de onde eles são? – perguntou Perry.

– Do sul. Perderam sua própria aldeia algumas semanas atrás. Strag tirou isso de um dos feridos antes de colocá-lo para fora de nossa terra. Estavam em busca de abrigo. Meu palpite é que já se espalhou o fato de termos ficado em número menor, e eles decidiram arriscar. E não serão os últimos a tentar. – Reef projetou o queixo para Perry. – Você sabe que provavelmente não estaria aqui em pé se estivesse usando a corrente, não é? Eles teriam acertado você. Depois de derrubar o líder fica fácil.

Perry parou. Ele ergueu a mão, sentindo a ausência do peso em volta do pescoço, depois notou que Reef estava carregando seu saco.

– Está aqui dentro – disse ele, entregando. – Você tem umas coisas esquisitas, Peregrine. É como se soubesse que as coisas vão acontecer antes que aconteçam.

– Não – retrucou Perry, pegando a sacola. – Se eu pudesse prever o futuro, teria evitado muitas coisas. – Ele tirou a corrente do saco de couro. Por um instante, segurou-a na mão, sentindo uma ligação com Vale e seu pai através dela.

– Estão chamando você de herói por isso – disse Reef. – Já ouvi algumas vezes.

Estavam? Perry passou a corrente por cima da cabeça.

– Acho que tudo tem uma primeira vez – brincou, mas isso não fazia sentido pra ele. O que havia feito hoje não era diferente da tentativa de salvar o Velho Will durante a tempestade.

Ao se aproximar, ele encontrou a tribo esperando, na aldeia. Eles formaram um círculo à sua volta. A clareira tinha sido lavada com baldes de água, mas a lama sob seus pés ainda tinha traços de cinza e sangue. Ao seu lado, Reef conteve um gemido, reagindo ao cheiro que pairava no ar vespertino. Medo puro era forte em seu nariz.

Perry sabia que eles queriam ser tranquilizados. Queriam ouvir que agora estavam seguros, que o pior já tinha passado, mas ele não podia fazer isso. Outra tribo iria atacá-los. Outra tempestade de Éter viria. Não podia mentir e dizer a eles que estava tudo bem. Além disso, ele era terrível em discursos. Quando havia algo importante a ser dito, precisava olhar a pessoa nos olhos. Ele limpou a garganta.

– Ainda podemos aproveitar boa parte do dia de trabalho.

Os Marés se entreolharam, incertos, mas depois de alguns instantes começaram a consertar os muros de proteção e telhados, fazendo todos os reparos necessários.

A voz de Reef era suave ao seu lado.

– Bom trabalho.

Perry assentiu. As tarefas ajudariam a deixá-los tranquilos. Consertar a aldeia acalmaria mais que qualquer discurso que fizesse.

Então, era hora de fazer seu próprio trabalho. Ele começou pela borda oeste de seu território e foi seguindo a leste. Encontrou os Marés, cada um deles, nos estábulos, no campo, na enseada, e olhava em seus olhos, lhes dizendo que estava orgulhoso do que haviam feito hoje.

Tarde da noite, com a aldeia em silêncio, Perry subiu em seu telhado. Ele segurou os elos pesados em volta do pescoço até que o metal fresco aqueceu entre seus dedos. Pela primeira vez, sentiu-se como o Soberano de Sangue deles.

Capítulo 20

ÁRIA

– Pronto? – perguntou Ária a Roar.

Eles tinham acampado perto do rio Cobra, que os conduziria pelo restante do caminho, até os Galhadas. Havia arbustos espalhados pelas margens rudes, e o rio largo corria suave como um espelho, refletindo os rodamoinhos do céu de Éter. Eles se deslocaram depressa durante a tarde, mantendo-se à frente da tempestade. Os sons agudos vindos das espirais chegavam aos seus ouvidos, arrepiando a pele de suas nucas.

Roar recostou em seu saco e cruzou os braços.

– Estou pronto desde o dia em que acordei, e Liv não estava lá. E você?

Eles tinham passado a última semana escalando a Encosta Ranger, uma passagem montanhosa gélida margeada por picos projetados que mais pareciam farpas de metal. Usando a audição dos dois, eles conseguiram desviar de encontros com outras pessoas e lobos, mas não tinham conseguido escapar do vento constante que rasgava a passagem, mantendo-a num inverno perpétuo. Os lábios de Ária tinham rachado e descascado. Seus pés estavam cheios de bolhas e as mãos dormentes, mas no dia seguinte, duas semanas depois de terem deixado os Marés, finalmente chegariam a Rim.

– Sim. Pronta – respondeu, tentando soar mais confiante do que se sentia. Ela estava assimilando a magnitude de sua tarefa.

Como iria descobrir uma informação secreta de Sable, um Olfativo que desdenhava de Ocupantes? Um Soberano de Sangue que não confiava a ninguém o segredo que guardava?

Ela imaginou as pernas de Talon balançando no píer. Se ela fracassasse, como o tiraria de lá? Seria o fim de Quimera? Ária sacudiu a cabeça, afastando as preocupações. Ela não podia se permitir pensar dessa forma.

– Você acha que Sable vai querer negociar? – perguntou ela. Eles planejavam dizer a ele que tinham vindo a mando de Perry, que, no papel de novo Soberano de Sangue dos Marés, queria rescindir a promessa de casamento que Vale tinha combinado, um ano antes. Eles também tentariam obter a informação sobre a localização do Azul Sereno.

– Os Marés já aceitaram a primeira parte do dote. A única forma que Perry tem para pagá-lo é com a terra, mas, com o Éter piorando, isso talvez não seja suficiente. Quem aceitaria um novo território só para vê-lo queimar? – Ele ergueu os ombros. – É uma jogada arriscada, mas talvez funcione. Pelo que sei, Sable é ganancioso. Vamos primeiro experimentar.

A segunda tática era bisbilhotar e descobrir a localização do Azul Sereno, pegar Liv e correr.

Conforme eles ficaram em silêncio, Ária enfiou a mão na sacola e pegou o falcão entalhado. Passou os dedos sobre a superfície da madeira escura, se lembrando do sorriso de Perry quando ele disse *O meu é o que parece uma tartaruga*.

– Se ele estiver machucando-a ou forçando-a de alguma forma...

Ela ergueu os olhos. Roar estava olhando a fogueira. Seus olhos escuros desviaram para os dela e voltaram para as chamas. Ele se aninhou em seu casaco, com a luz do fogo dançando em seu belo rosto.

– Esqueça que eu disse isso.

– Roar... vai ficar tudo bem – disse ela, embora soubesse que isso não lhe traria consolo algum. Ele estava preso à dor de não saber. Ela se lembrava de ter se sentido da mesma forma quando estava procurando a mãe. Um ciclo de esperança, depois o medo de esperar, depois apenas o medo. Não havia saída, exceto saber a verdade. Pelo menos, isso ele teria no dia seguinte.

Eles passaram mais um tempo em silêncio antes que Roar voltasse a falar.

– Ária, tome cuidado perto de Sable. Se ele farejar que você está nervosa, vai perguntar até saber o motivo.

– Eu consigo esconder meus nervos na superfície, mas não vou conseguir impedir o que sinto. Não é algo que possa ser desligado e ligado.

– Por isso você deve se manter afastada dele, o máximo possível. Nós descobriremos meios de procurar pelo Azul Sereno silenciosamente.

Ela trouxe os pés para mais perto do fogo, sentindo o calor penetrar nos dedos.

– Então, devo me manter afastada da única pessoa de quem estou tentando me aproximar?

– Olfativos – disse Roar, como se isso explicasse tudo.

De certa forma, explicava.

Depois de algumas horas de um sono inquieto, ela acordou ao amanhecer e tirou o Olho Mágico do saco. Ela vira Hess duas vezes durante a semana, mas ele mantivera os encontros por períodos breves. Ele queria novidades, e, aparentemente, caminhar dia e noite com mãos e pés congelados não serviam. Ele mais uma vez se recusara a deixar que ela visse Talon. Recusava-se a lhe dizer qualquer coisa sobre o estado de Quimera. Sempre que ela perguntava, ele recuava, deixando-a bruscamente. Agora ela havia decidido que já estava farta de ser mantida no escuro.

Com Roar dormindo ali perto, ela aplicou o Olho Mágico e chamou o Fantasma.

Segundos depois, clicou na máscara branca. Ária parou. Seu coração deu um salto quando ela reconheceu o Reino. Era um de seus preferidos, baseado numa pintura de uma reunião à margem do rio Sena. Por todo lado, as pessoas com trajes do século XIX passeavam ou descansavam, desfrutando do sol, enquanto os barcos deslizavam pelas águas calmas. Os pássaros cantavam alegremente, e a brisa suave revolvia as árvores.

– Eu sabia que você não conseguiria ficar longe de mim.

– Soren? – perguntou Ária, observando os homens ao seu redor. Eles usavam cartolas e ternos com casacas enquanto as mulheres usavam saias rodadas armadas e seguravam sombrinhas coloridas. Ela procurou por ombros largos. Um queixo agressivo.

– Estou aqui – disse ele. – Você simplesmente não pode me ver. Nós estamos invisíveis. As pessoas acham que você está morta. Se alguém a visse, eu não teria como esconder do meu pai. Até eu tenho limites.

Ária olhou para baixo, para suas mãos. Ela não as via, nem via parte nenhuma de si mesma. O pânico a tomou. Sentiu-se como se não fosse nada além de um par flutuante de olhos. No real, ela remexeu os dedos para afastar a sensação.

Então, ouviu uma voz que conhecera a vida toda.

– Pixie, você está atrapalhando minha luz.

Ela seguiu o som até a fonte com o coração disparado no peito. Caleb estava sentado num cobertor vermelho, a alguns passos de distância, desenhando num caderno. Estava com a língua para fora, no canto da boca, um hábito que tinha quando estava arrebatado por suas criações. Ária ficou olhando os membros compridos e magros e os cabelos desgrenhados conforme deslizava o lápis pela folha. Ele se parecia tanto com Paisley. Ela nunca percebera o quanto se pareciam até agora.

– Ele consegue me ouvir? – sussurrou ela, com a voz alta e fina.

– Não – disse Soren. – Ele não tem ideia de que estamos aqui. Você estava dizendo que queria vê-lo.

Ela queria muito mais que isso. Ária queria horas, dias, para passar com Caleb. Tempo para lhe dizer o quanto lamentava por

Paisley e o quanto sentia falta de passar o dia com ele. Agora Caleb estava com outras pessoas. Pixie estava sentada ao lado dele, olhando-o desenhar, os cabelos negros cortados mais curtos do que Ária se lembrava. Ária ficou imaginando como Soren se sentia ao vê-la. Menos de um ano antes, eles tinham namorado. Rune também estava lá com Júpiter, baterista da banda Tilted Green Bottles. Eles estavam envolvidos num beijo apaixonado, alheios ao restante.

Algo neles, em todos eles, parecia distante e desesperado.

– Parabéns – disse Soren. – Você é oficialmente nada.

Ela abanou o espaço vazio ao seu lado. Era estranho ouvir a voz dele e não conseguir vê-lo.

– Soren, isso é assustador.

– Experimente por cinco meses, depois me diga como se sente.

– É assim... é realmente assim que você passa o tempo?

– Você acha que eu gosto de ficar me escondendo? Meu pai me *baniu*, Ária. Você acha que foi a única que ele vendeu, depois daquela noite? – Ele deu uma fungada, como se lamentasse essas últimas palavras. – De qualquer jeito... deixa pra lá. – Ele suspirou. – Dá uma olhada. Júpiter e Rune estão, tipo, bem a fim um do outro. Eu já esperava. Jup é um cara legal. E um piloto decente, também. A gente se divertia voando os D-Wings, antes... você sabe. Antes. E Pixie, ela e eu fomos... não sei o que fomos. Mas *Caleb*, Ária. O que você vê nele?

Ela via mil coisas. Mil lembranças. Caleb usava palavras como *audaciosa* e *letárgica* para descrever cores. Ele adorava sushi porque achava bonito. Quando ria, ele cobria a boca. Quando bocejava, não. Ele foi o primeiro garoto que ela beijou, e foi um desastre, nada como a emoção de tirar o fôlego que era beijar Perry. Eles estavam numa roda-gigante, num Reino de parque de diversões. Os olhos de Caleb estavam abertos, o que ela não gostou. Ela tinha beijado o lábio inferior de Caleb, o que ele achou esquisito. Mas eles concluíram que o problema principal foi que o beijo tinha carecido de significado. Ou *gravitas*, como dizia Caleb.

Agora, quando ela olhava para ele, tudo que via era significado. Tudo que sentia era tristeza. Por ele. Pela forma como tudo aconteceu. As coisas nunca mais seriam iguais.

Ária desviou sua atenção para o desenho, curiosa para ver o que o absorvia. Era uma imagem lateral de uma silhueta esquelética agachada, de joelhos e braços dobrados, cabeça baixa. Tomava até a borda da folha, de modo que a figura parecia presa numa caixa. O desenho era sombrio, ameaçador, nada como seus desenhos habitualmente descontraídos.

De repente, o silêncio recaiu sobre o Reino. Ária ergueu os olhos. As árvores estavam imóveis. Não havia qualquer som vindo do rio. O Reino estava tão imóvel quanto a pintura que lhe servira de modelo, exceto pelo revolver sutil e ansioso das pessoas. O olhar de Caleb se ergueu do caderno. Pixie estreitou os olhos para o céu, depois para o rio, como se não conseguisse acreditar em seus olhos. Rune e Júpiter se soltaram e ficaram se olhando, confusos.

– Soren... – foi dizendo Ária.
– Geralmente volta logo.

Ele estava certo. Um segundo depois, o som do canto de um pássaro voltou, e uma brisa remexeu as folhas acima dela. No lago, veleiros prosseguiam pela água.

O Reino tinha destravado, mas não tinha voltado ao normal. Caleb fechou o caderno com uma batida, enfiando o lápis atrás da orelha. Um homem ali perto limpou a garganta e arrumou a gravata, retomando sua caminhada. Lentamente, as conversas em volta deles foram voltando, mas pareciam forçadas, animadas demais.

Ária nunca tinha sonhado até ser expulsa de Quimera. Agora via o quão semelhantes eram os Reinos. Um bom sonho era algo em que você se agarrava até um instante antes de acordar. Caleb estava se agarrando a ele. Todos estavam. Tudo nesse lugar era bom, e eles não queria nem pensar no fim dele.

– Soren, podemos sair daqui? Não quero mais ver isso...

Eles fracionaram de volta ao salão de ópera, antes que ela terminasse de falar. Ária olhou para baixo, aliviada por ver a si mesma.

Soren estava com ela no palco. Ele cruzou os braços e ergueu uma das sobrancelhas.

— O que acha de sua antiga vida? Diferente, certo?

— Diferente é pouco. A falha, agora mesmo... com que frequência está acontecendo?

— Algumas vezes por dia. Eu já dei uma olhada. Uma das cúpulas que abriga um gerador ficou comprometida neste inverno, então as coisas estão... falhando.

Uma onda de dormência passou por ela. Foi o mesmo que aconteceu com Nirvana, o Núcleo onde sua mãe morrera.

— Eles não podem consertar?

— Estão tentando. É o que sempre fizeram. Mas, com as tempestades de Éter piorando, eles não conseguem arrumar o estrago com rapidez suficiente.

— Por isso seu pai está me pressionando para encontrar o Azul Sereno.

— Ele está desesperado. E tem que estar. Nós precisamos sair daqui. É só uma questão de tempo. — Ele deu um sorriso sinistro. — Aí é que você entra. Você queria vê-los, e eu lhe contei o que está acontecendo em Quimera. Agora você precisa me ajudar quando eu estiver aí fora.

Ela o observou.

— Você está mesmo pronto para deixar tudo?

— O que é *tudo*, Ária? — Ele ficou olhando as poltronas da plateia. — Quer saber o que estou deixando? Um pai que me ignora. Que nem sequer *confia* em mim. Amigos que não posso ver e um Núcleo que está a uma tempestade de Éter de distância de ser arruinado. Acha que vou sentir falta de alguma dessas coisas? Já estou aí fora. — Ele respirou fundo e fechou os olhos, exalando lentamente. Acalmando-se. — Estamos combinados, ou não?

Ela estava bem distante do Soren presunçoso e controlador do qual se lembrava. Aquela noite, em Ag 6, tinha transformado os dois.

— As coisas não são mais fáceis aqui fora.

— Isso quer dizer sim?

Ela concordou.

— Mas só se você cuidar de alguém até vir pra cá.

Ele gelou.

— Caleb? Feito. Embora ele seja um inú...

— Eu não estava falando de Caleb.

Soren piscou.

— Você quer dizer o sobrinho do Selvagem? O Forasteiro que *quebrou meu maxilar*?

— Ele fez aquilo porque você estava me atacando – estrilou ela. – Não se esqueça dessa parte. E é melhor você pensar novamente se estiver pensando em vir para o Externo por vingança. Perry destruiria você.

Soren ergueu as mãos.

— Calma, tigresa. Eu só estava perguntando. Então, o que quer que eu faça? Fique de babá do moleque?

Ela sacudiu a cabeça.

— Garanta a segurança de Talon, independentemente de qualquer coisa. E eu quero vê-lo.

— Quando?

— Agora mesmo.

Soren desviou o queixo para o lado enquanto a olhava.

— Tudo bem – disse ele. – Estou curioso. Vamos ver o pequeno Selvagem.

Dez minutos depois, Ária estava sentada no píer, observando Talon ensinando Soren a lançar a isca. E o atlético e competitivo Soren realmente parecia querer aprender, e Talon notou isso. Enquanto observava os dois conversando sobre iscas, ela se sentiu inesperadamente otimista. De alguma forma, os dois excluídos estavam se entrosando.

Soren tinha fisgado um peixe quando ela os deixou e mexeu nos comandos para desligar o Olho. Ária o colocou de volta na sacola e acordou Roar.

Era hora de encontrar Sable.

Capítulo 21

PEREGRINE

Uma semana depois da invasão, Perry acordou no escuro. A casa estava silenciosa, com seus homens deitados, espalhados, largados pelo chão, quando os primeiros raios de luz do dia entraram pelas frestas na cortina.

Ele tinha sonhado com Ária. Como uma ocasião, meses antes, em que ela o convencera a cantar para ela. Com a voz rouca e hesitante, ele tinha cantado a "Canção do Caçador", enquanto ela ouvia, aninhada em seus braços.

Perry pressionou os dedos nos olhos até ver estrelas, em vez do rosto dela. Ele tinha sido um grande tolo.

Então, levantou e foi passando pelos Seis, seguindo ao sótão. Gren ainda não tinha voltado da jornada até a casa de Marron, e, como Perry havia temido, os Marés estavam passando fome. Ele via nos novos traços do rosto de Willow. Ouvia no tom afiado das vozes dos Seis. Uma dor constante havia se instalado em suas vísceras, e no dia anterior ele precisou fazer um novo furo em seu cinto. Ainda não se sentia fraco, mas estava preocupado porque logo estaria.

Perry não podia mais gastar forças nos campos que talvez acabassem queimados. Entre a caça excessiva e as tempestades de Éter, rastrear algo era praticamente impossível. Então, recorriam ao mar mais que nunca e conseguiam, na maior parte do tempo, encher as panelas no fim do dia. Ninguém mais reclamava da comida. A fome tinha acabado com isso.

A localização deles perto da costa era uma vantagem que as outras tribos não tinham. Chegavam relatos diários de suas patrulhas, sobre bandos farejando os arredores de seu território. Perry sabia que não podia mais esperar pela ajuda de Marron. Ele não podia esperar pela próxima tempestade ou a próxima invasão. Precisava fazer alguma coisa.

Subiu alguns degraus até onde podia ver o sótão. Cinder estava deitado esparramado no colchão, roncando baixinho. Na noite da invasão, tinha se escondido ali em cima, aterrorizado e choroso, e esse era seu lugar, desde então. Seus olhos remexiam enquanto ele dormia, uma gota de saliva escorria da lateral de sua boca. Seu boné preto de lã estava amassado em sua mão.

Então, Perry se lembrou de Talon, embora não tivesse certeza do motivo. Imaginou que Cinder fosse cerca de cinco anos mais velho que Talon, e eles não tinham nada semelhante nos temperamentos. Perry tinha estado com Talon todos os dias de sua vida até ele ser sequestrado. Havia segurado Talon nos braços, vendo-o dormir, e o viu desabrochar, dia a dia, tornando-se uma criança meiga e esperta.

E nada sabia sobre Cinder; o garoto não contara uma palavra de seu passado ou de seus poderes. Quando ele falava era sempre para estrilar ou morder. Era retraído e reativo, mas Perry sentia uma ligação com ele. Talvez ele não conhecesse Cinder, mas o compreendia.

Perry o sacudiu levemente.

– Acorde. Preciso que você venha comigo.

Os olhos de Cinder se abriram na hora, e ele desceu desajeitado e ruidoso.

Reef e Twig acordaram. Hyde e Hayden acordaram. Até Strag acordou. Eles se entreolharam, depois Reef disse:

– Eu vou. – E levantou para seguir Perry.

Melhor assim. Perry tinha mesmo planejado chamar Reef.

Desde a invasão, os Seis estavam mais protetores do que nunca. E Perry os deixava ser. Ele pegou o arco ao lado da porta da frente, passando os olhos nas cicatrizes que Cinder lhe deixara. Perry era feito de carne e osso, como todo mundo. Ele queimava e sangrava. Tinha sobrevivido à invasão e à tempestade de Éter, mas quantas vezes enganaria a morte? Havia um momento para se arriscar e outro para ter cuidado. Ele sempre relutou para escolher entre eles, mas era algo que estava aprendendo.

O Éter se espalhava pelo céu em ondas azuis e resplandecentes. Mais volumosas do que jamais vira, mesmo nos invernos mais severos. O sol nascia e o dia clareava um pouquinho, mas eles ainda permaneciam sob uma luz azulada, marmorada.

Com Cinder e Reef ao lado, Perry pegou a trilha nordeste atrás da aldeia, passando por um campo de floresta morta que coçou seu nariz com uma cinza fina e deixou Reef espirrando. Nenhum deles perguntou aonde Perry os estava levando, e ele ficou grato por isso. A cada passo, seu coração batia mais depressa.

Ele deu uma olhada para Cinder, que estava ansioso, seu temperamento vibrante e verde. Eles não tinham falado sobre o que acontecera na invasão. Todos os dias, Perry o chamava de lado e mostrava como atirar com o arco. Cinder era terrível, inquieto e impaciente, mas tentou. E pareceu ficar mais próximo de Willow, que provavelmente lhe salvara a vida. Agora sentavam juntos no refeitório, e, alguns dias antes, Perry os tinha encontrado, na trilha da enseada e viu Willow usando o boné de Cinder.

O caminho de terra seguia sinuoso para longe da aldeia. Ali, a terra era desnivelada e pedregosa, ruim para plantio, mas um bom local para caçar, ao menos tinha sido quando ele passava os dias fazendo isso. Depois de uma hora, a trilha desviou a oeste e os levou até um penhasco com vista para o mar. Abaixo, a costa íngreme encobria uma pequena angra. Rochas negras de todos os tamanhos pontilhavam a praia, água adentro.

Perry deu uma olhada para Reef e Cinder.

– Tem uma caverna lá embaixo, preciso que vocês vejam.

Reef afastou as tranças para trás e olhou com uma expressão que ele não conseguiu decifrar. Perry poderia ter tentado captar seu temperamento, mas preferiu não fazê-lo. Desceu a encosta escarpada, passando por cima das rochas, areia rija e tufos de capim. Tinha feito isso centenas de vezes com Roar, Liv e Brooke. Naquela época, essa escalada significava liberdade. Uma fuga das tarefas da aldeia, eternamente em mutação, e a proximidade com a vida na tribo. Agora, em vez de sentir a avidez por chegar a um esconderijo, ele sentia que estava rumando a uma armadilha.

Agitado e nervoso, percebeu que estava indo rápido demais, se forçou a diminuir o ritmo e esperar por Cinder e Reef, que causavam pequenas avalanches atrás dele.

Quando chegaram à areia, Perry estava sem fôlego, mas não pela subida. As paredes íngremes da encosta se curvavam ao seu redor, em formato de ferradura, e ele já podia sentir o peso da rocha dentro da caverna, pressionando-o para baixo. As ondas batiam na praia. Pareciam bater dentro de seu peito. Ele não podia acreditar no que estava fazendo. No que estava prestes a dizer e mostrar a eles.

– Por aqui. – Ele foi liderando o caminho estreito por uma fenda na face da rocha, a entrada da caverna, e entrou rapidamente, antes que mudasse de ideia. Teve que se apoiar no ângulo para caber na fenda apertada, até que o caminho se abrisse na vasta cavidade principal. Então, ficou parado, se obrigando a respirar fundo, inalando e exalando, repetidas vezes, enquanto dizia a si mesmo que as paredes não iriam engoli-lo. Não o esmagariam sob toneladas desconhecidas.

Era frio e úmido dentro da caverna escurecida, mas o suor escorria por suas costas e costelas. Um cheiro repulsivo veio até seu nariz, e o silêncio oco rugia em seus ouvidos. Seu peito estava apertado, tão apertado quanto estivera sob a água esmagadora no dia da tempestade de Éter. Não importava quantas vezes ele fosse ali, no começo, era sempre assim.

Por fim, recuperou o fôlego e olhou em volta.

A luz do dia penetrava por trás dele, suficiente para enxergar a vastidão do espaço da barriga imensa da caverna. Seu olhar desviou a uma estalagmite, a distância: uma rocha em formato de água marinha, com pingentes derretidos. De onde ele estava, parecia pequena, a apenas cinquenta metros. Mas, na verdade, era várias vezes seu tamanho e estava a centenas de metros de distância. Ele sabia porque muitas vezes tinha praticado arco e flecha no mesmo lugar enquanto Roar gritava em algazarra, gargalhando da forma como o som ecoava e Liv saía andando, pesquisando as profundezas da caverna.

Reef e Cinder estavam em silêncio ao seu lado, de olhos arregalados, observando sob a pouca luz. Perry ficou imaginando se eles podiam ver o que ele via.

Perry limpou a garganta. Era hora de explicar. Justificar algo que detestava e não queria admitir.

– Nós precisamos de um lugar para ir se perdermos a aldeia. Não vou vaguear pelos territórios fronteiriços com a tribo em busca de comida e abrigo do Éter. Aqui é grande o suficiente para todos nós... Há túneis que levam a outras cavernas. E é defensável. Não pega fogo. Podemos pescar da angra, e há uma fonte de água fresca aqui dentro.

Cada palavra saía com um grande esforço. Ele não queria dizer nada disso. Não queria trazer sua gente ao subterrâneo, a esse lugar escuro. Viver como criaturas fantasmagóricas do fundo do mar.

Reef olhou-o por um momento.

– Você acha que vai chegar a isso.

Perry assentiu.

– Você conhece as fronteiras melhor que eu. Acha que quero levar River e Willow para lá?

Ele ficou imaginando. Trezentas pessoas a céu aberto, sob os rodamoinhos, cercadas pelo fogo e bandos de dispersos. Ele imaginou os Corvos, canibais de capas pretas e máscaras de corvo, cercando-os como se fossem um rebanho, pegando um por um. Ele não deixaria que isso acontecesse.

Cinder passava o peso de um pé para o outro, observando-os em silêncio.

– Precisamos estar preparados para o pior – prosseguiu Perry com a voz ecoando na caverna. Ele ficou imaginando como seria com centenas de vozes ali dentro.

Reef sacudiu a cabeça.

– Não vejo como você vai fazer isso. É... uma *caverna*.

– Vou encontrar um jeito.

– Isso não é solução, Perry.

– Eu sei. – Era uma última alternativa. Ir pra lá era como ficar em pé, na proa de um navio naufragando. Não era a solução. A solução viria com Roar e Ária. Mas isso lhes faria ganhar tempo enquanto a água subisse.

– Uma vez, eu usei uma corrente – disse Reef depois de um longo momento. – Bem parecida com a sua.

Perry ficou surpreso. Reef tinha sido Soberano de Sangue? Ele nunca tinha dito nada, mas Perry deveria ter percebido. Reef era muito determinado em ensiná-lo, em evitar que ele falhasse.

– Isso foi há anos. Numa época diferente dos dias de hoje. Mas já vivi um pouco do que você está enfrentando. E o apoio, Peregrine. Eu o faria, mesmo sem ter feito o juramento a você. Mas a tribo vai resistir a isso.

Perry também sabia disso. Esse era o motivo para que tivesse trazido Cinder.

– Dê-nos cinco minutos – disse a Reef.

Reef concordou.

– Estarei lá fora.

– Eu fiz alguma coisa errada? – perguntou Cinder quando Reef os deixou.

– Não, não.

– Ah. – A cara feia de Cinder sumiu.

– Eu sei que não quer falar de você – disse Perry. – Compreendo isso. Na verdade, compreendo até muito bem. E não lhe perguntaria, a menos que precisasse. Mas preciso perguntar. – Ele estava inquieto, desejando não ter que pressionar. – Cinder, eu preciso saber o que você consegue fazer com o Éter. Pode me dizer o que esperar? Consegue mantê-lo afastado? Preciso saber se há alguma alternativa, alguma forma de evitar isso.

Cinder ficou imóvel por um instante. Depois tirou o boné e enfiou no cinto. Caminhou mais para dentro da caverna e virou de frente para Perry. As veias de seu pescoço assumiram o brilho do Éter, que subiu por seu rosto como água serpenteando por um rio seco. Suas mãos ganharam vida. Seus olhos se transformaram em dois pontos azuis luminosos na escuridão.

O Éter ardia no nariz de Perry, e seu coração acelerou. Então, da mesma forma que tinha se acendido, o brilho foi gradualmente apagando, deixando apenas o menino, ali em pé.

Cinder colocou de volta o boné, puxando para baixo e afastando os cabelos cor de palha dos olhos. Então, ficou parado, observando Perry por alguns segundos, com o olhar direto e aberto, antes de finalmente falar.

– Aqui dentro é mais difícil alcançar – disse ele. – Não consigo evocá-lo com a mesma facilidade de quando estou lá fora, bem embaixo dele.

Perry se aproximou dele, ansioso para saber o que vinha imaginando por meses.

– Qual é a sensação?

– Na maior parte do tempo, como agora, eu me sinto vazio e cansado. Mas, quando eu o evoco, me sinto forte e leve. Eu me sinto como fogo. Como se fosse parte de tudo. – Ele coçou o queixo.

– Só consigo mantê-lo um tempinho antes que tenha de afastá-lo. Só consigo fazer isso, atraí-lo para mim, depois o afasto. Mas não sou muito bom. Lá de onde eu venho, Rapsódia, tem garotos que eram melhores nisso que eu.

O coração de Perry levou um golpe. Rapsódia era um Núcleo a centenas de milhas de distância, bem depois de Quimera.

– Você é um Ocupante.

Cinder sacudiu a cabeça.

– Não sei. Não me lembro de muita coisa... de antes de fugir de lá. Mas acho... acho que posso ser. Sabe, quando eu o encontrei na floresta e você estava com Ária? Você não parecia odiá-la. Por isso eu o segui. Achei que talvez pudesse não ter problema comigo também.

– Achou certo – disse Perry.

– É. – Cinder sorriu, um lampejo na escuridão, que sumiu rapidamente.

Uma centena de perguntas revolviam na cabeça de Perry sobre a fuga de Cinder de Rapsódia. Sobre as outras crianças como ele. Mas sabia que tinha que ir devagar. Melhor deixar que Cinder viesse até ele.

– Se eu pudesse ajudá-lo com o Éter, eu o faria – disse Cinder com palavras súbitas e diretas. – Mas não posso... simplesmente não posso.

– Porque isso o deixa fraco depois? – perguntou Perry, lembrando-se da forma como Cinder tinha sofrido, depois do encontro que eles tiveram com os Corvos. Ao evocar o Éter, Cinder tinha destruído o bando de canibais. Ele tinha salvado a vida de Perry, Ária e Roar também, mas o ato o deixou frio como gelo e esgotado a ponto de perder a consciência.

Cinder olhou além dele, como se estivesse preocupado com a presença de Reef.

– Está tudo bem – disse Perry. Ele confiava em Reef a respeito de segredos, o cheiro de Cinder provavelmente já tinha deixado

Reef desconfiado, mas Perry sabia que Cinder só ficaria à vontade com ele.

— Reef está lá fora. Somos só nós.

Tranquilizado, Cinder concordou e continuou.

— A cada vez, me sinto pior. É como se o Éter levasse parte de mim. Eu quase não consigo respirar, de tanto que dói. Um dia, o Éter vai levar tudo. Eu sei que vai. — Ele limpou uma lágrima de seu rosto com um gesto zangado. — É tudo que tenho — disse. — É a única coisa que sei fazer e tenho medo dela.

Perry exalou lentamente, absorvendo a informação. Toda vez que Cinder usava seus poderes, ele jogava com a própria vida. Perry não podia pedir isso a ele. Uma coisa era arriscar a própria vida, mas não podia colocar um garoto inocente nessa posição. Jamais.

— Você fica bem se não usar o poder? — perguntou ele.

Cinder assentiu, triste.

— Então, não faça. Não evoque o Éter. Por nenhuma razão.

Cinder olhou para cima.

— Isso significa que você não está zangado comigo?

— Porque você não pode salvar os Marés para mim? — Perry sacudiu a cabeça. — Não. De jeito nenhum, Cinder. Mas você está errado sobre uma coisa. O Éter não é a única coisa que tem. Agora você faz parte dessa tribo, não é diferente de ninguém. E tem a mim. Está bem?

— Está bem — disse Cinder, relutando contra um sorriso. — Obrigado.

Perry lhe deu um tapinha no ombro.

— Talvez um dia você me empreste seu boné, se não tiver problema com Willow.

Cinder revirou os olhos.

— Aquilo foi... não foi...

Perry riu. Ele sabia exatamente o que era.

Twig vinha correndo pela trilha conforme eles se aproximavam da aldeia.

– Gren voltou – disse ele, sem fôlego. – Ele trouxe Marron junto.

Marron estava *ali*? Isso não fazia sentido. Perry tinha mandado Gren em busca de suprimentos. Ele não esperava que o amigo fosse trazê-los pessoalmente.

Ele entrou na clareira e viu um grupo imundo e abatido, de aproximadamente trinta pessoas. Molly e Willow lhes davam água, e Gren estava com eles, o rosto retraído de preocupação.

Perry apertou-lhe a mão.

– Que bom que você está de volta.

– Eu me deparei com eles no caminho – disse Gren – e os trouxe comigo. Eu sabia que você ia querer.

Perry olhou a aglomeração e quase não notou Marron. Ele era outra pessoa. Seu paletó de alfaiate estava forrado de sujeira, a camisa marfim de seda por baixo, toda amassada e manchada de suor. Seus cabelos louros, sempre impecavelmente penteados, estavam emplastados e escuros de gordura e sujeira. Seu rosto estava queimado pelo vento e tinha perdido toda robustez. Ele tinha murchado.

– Fomos dominados – disse Marron. – Eram milhares. – Ele puxou um pouco de ar, lutando contra a emoção. – Eu não pude mantê-los de fora. Eram numerosos demais.

O coração de Perry parou.

– Eram os Corvos?

Marron sacudiu a cabeça.

– Não. Eram as tribos Rosa e Noite. Eles tomaram Delphi.

Perry observou as pessoas que estavam com ele. *Metade* eram crianças. Estavam tão cansados que oscilavam sobre os pés.

– E os outros? – Marron tinha comandado centenas de pessoas.

— Alguns foram forçados a ficar. Outros escolheram ficar. Não posso culpá-los. Eu comecei com duas vezes esse número, mas muitos voltaram. Nós não comemos há...

Os olhos azuis de Marron se encheram de lágrimas. Ele tirou um lenço do bolso. Estava dobrado num quadrado perfeito, mas o tecido estava amassado e sujo, como o restante de sua roupa. Ele franziu o rosto ao olhá-lo, como se surpreso ao vê-lo manchado, e o colocou de volta no bolso.

Seu grupo de maltrapilhos olhava em silêncio. Suas expressões eram mortas, os temperamentos estavam mudos e sem vida. Perry percebeu que isso podia acontecer aos Marés se eles perdessem a aldeia e fossem forçados a ir para as terras fronteiriças. Suas dúvidas quanto à caverna começaram a desaparecer.

— Não temos nenhum outro lugar para ir — disse Marron.

— Não precisam ir a nenhum outro lugar. Podem ficar aqui.

— Vamos acolhê-los? — perguntou Twig. — Como vamos alimentá-los?

— Vamos — disse Perry, embora não soubesse como. Ele mal tinha comida para os Marés. Mas o que podia fazer? Jamais poderia dar as costas a Marron.

— Pode acomodá-los — disse a Reef.

Ele levou Marron para sua casa. Lá, o temperamento de Marron foi caindo profundamente, até que ele ficou aos prantos. Perry ficou sentado com ele, à mesa, intensamente abalado. Em Delphi, Marron tinha camas macias e os melhores alimentos que quisesse. Tinha um muro que o cercava, com arqueiros posicionados dia e noite. Tinha perdido tudo.

Naquela noite, no jantar, uma sopa de peixe aguada, Perry sentou com Marron, na mesa mais alta e olhou o refeitório. Os Marés não queriam nem conversa com o povo de Marron. Eles se sentaram em mesas separadas, encarando os recém-chegados. Perry mal reconhecia sua tribo. As pessoas chegavam e partiam. Ambos eram inquietantes para os Marés.

– Obrigado – disse Marron, baixinho. Ele sabia da pressão que colocara em Perry.
– Não precisa agradecer. Amanhã, eu pretendo colocá-lo para trabalhar.
Marron concordou, com os olhos azuis brilhando, repletos com a curiosidade de que Perry se lembrava.
– Claro. Peça qualquer coisa.

Capítulo 22
ÁRIA

Independentemente do que Ária esperasse dos Galhadas, não era nada disso. Estava olhando o complexo admirada enquanto ela e Roar se aproximavam por uma estrada de terra. Ela tinha imaginado Rim como uma aldeia, como a dos Marés, mas era muito além disso.

A estrada os conduziu por um vale muito maior que o dos Marés. As áreas de plantio se estendiam até as montanhas, onde havia picos nevados. Ali, viu as marcas prateadas dos danos feitos pelo Éter. Sable tinha os mesmos desafios que Perry, com o cultivo do alimento. Essa percepção lhe deu uma satisfação quase perversa.

À distância, ela viu a cidade: um aglomerado de torres variando em tamanho, abrigadas na lateral de uma montanha. Varandas e pontes ligavam as torres, num entrelaçamento caótico, dando a Rim uma aparência extensa e confusa, que lhe lembrava uma barreira de corais. Uma única estrutura se destacava acima das outras, com um telhado em espiral que parecia uma lança. O rio Cobra margeava o lado mais próximo da cidade, formando um fosso natural, com edificações menores e casas espalhadas pela margem.

As correntes de Éter fluíam brilhantes e velozes pelo céu matinal, ressaltando a aparência severa de Rim. A tempestade da qual vinham fugindo os seguira até ali.

Ária ergueu uma das sobrancelhas.

– Não é a aldeia dos Marés, hein?

Roar sacudiu a cabeça, com o olhar fixo na cidade.

– Não, não é.

Conforme se aproximavam, a estrada foi ficando mais cheia de gente indo e vindo, carregando sacos e empurrando carrinhos. Ela notou que os Marcados usavam roupas especiais que mostravam os braços, tornando seus Sentidos conhecidos. Coletes para os homens e camisas com aberturas nas mangas para as mulheres. A adrenalina percorreu as veias de Ária, quando ela passou a mão sobre a camisa, imaginando a Marca borrada por baixo.

Roar se mantinha próximo conforme chegaram a uma ponte larga de paralelepípedos e se embrenharam no fluxo. Pedaços de conversas chegavam aos ouvidos de Ária.

– ... acabou de ter uma tempestade, dias atrás...

– ... encontre seu irmão e diga a ele para ir para casa agora...

– ... colheita pior que a do ano passado...

A ponte os levou até as ruas estreitas perfiladas com casas de pedra de vários andares. Ária ia na frente, seguindo pela via principal. O caminho era estreito, sombreado como um túnel e cheio de gente com vozes ecoando em pedras, pedras e mais pedras. As sarjetas eram repletas de sujeira, e um odor fétido veio até seu nariz. Rim era grande, mas dava para ver que não chegava nem perto da modernidade da casa de Marron.

As ruas eram inclinações sinuosas e acabavam bruscamente junto à torre. Portas imensas de madeira se abriam a uma câmara com luz tremulante das tochas. Os guardas de uniformes pretos e galhadas vermelhas bordadas no peito observavam o tráfego de gente que entrava.

À medida que ela e Roar se aproximaram, um guarda parrudo, de barba preta, bloqueou o caminho.

– Do que vão tratar? – perguntou ele.

– Somos dos Marés e estamos aqui para ver Sable – disse ela.

– Fiquem aqui. – Ele desapareceu lá dentro.

Pareceu passar uma hora antes que outro guarda chegasse, lançando um olhar praguejado em Roar.

– Você é Marcado? – perguntou. Ele tinha cabelos cortados rente, quase raspados, e uma expressão impaciente nos olhos. As galhadas bordadas no peito eram feitas com linha prateada.

Roar assentiu.

– Sou um Audi.

O guarda desviou o olhar para Ária, e sua impaciência sumiu.

– E você?

– Não sou Marcada – respondeu. Em parte, era verdade. Ela não era Marcada, por um dos lados.

As sobrancelhas do guarda se ergueram ligeiramente, depois seu olhar percorreu o corpo dela, parando no cinto.

– Belo par de facas. – Seu tom era de flerte e provocação.

– Obrigada – respondeu Ária. – Eu as conservo afiadas.

Ele curvou os lábios, entretido.

– Sigam-me.

Ária trocou um olhar com Roar quando eles entraram. Era isso. Agora não tinha volta.

Lá dentro, o amplo salão cheirava ligeiramente a mofo e vinho rançoso. Estava frio e úmido. Mesmo com as persianas de madeira abertas e os abajures, o corredor de pedra estava escuro e sombrio. O distante falatório chegou aos seus ouvidos e foi ficando mais alto.

Roar parou ao seu lado, observando cada pessoa, cada cômodo pelo qual eles passavam, com o olhar desejoso. Ária nem conseguia imaginar como ele se sentia. Depois de tantos meses procurando, ele finalmente veria Liv.

Eles atravessaram a soleira da porta, adentrando um salão tão espaçoso quanto o refeitório dos Marés, mas com tetos altos e arqueados que lembravam catedrais góticas. Uma refeição estava sendo preparada. Dúzias de guardas lotavam as mesas, um mar preto e vermelho espalhado à frente. Sable mantinha sua força militar bem perto.

Um golpe de sorte, pensou Ária. Ela tinha se preocupado com a possibilidade de Sable captar seu temperamento. Talvez, em meio a tanta gente, ele não percebesse o medo que revolvia dentro dela.

Ao fundo do salão, ela viu uma plataforma, onde vários homens e mulheres estavam sentados, acima do restante. Nenhum deles usava uma corrente de Soberano de Sangue.

– Eu não o vejo – disse o guarda. – Mas vocês talvez **vejam**. Ele tem cabelos curtos. Tem mais ou menos minha altura. Na verdade, é exatamente da minha altura.

O humor em seu tom de voz deu um arrepio na coluna de Ária. Ela olhou para o guarda, para Sable, em pé, ao seu lado.

Ele era mais velho do que ela esperava. Ela calculava que ele tivesse trinta e poucos anos. Estatura e porte medianos, feições refinadas e proporcionais, mas nada notável. Ela o julgaria comum se não fosse pela expressão de seus olhos cor de aço. Aquele olhar, confiante, astuto, divertido, o tornava atraente.

Sable sorriu, obviamente satisfeito pela peça que havia pregado nela.

– Eu sei que vocês são dos Marés, mas não ouvi seus nomes.

Ela limpou a garganta.

– Ária e Roar.

– Onde está Liv? – perguntou Roar.

Os olhos de Sable desviaram para Roar e se estreitaram, reconhecendo.

– Olivia falou de você.

Os segundos se passaram. O salão fervilhava ruidoso ao redor deles. Seu coração estava disparado. Ária olhava o peito de Sable enchendo e contraindo, então soube que ele estava captando a ira de Roar. Seu ciúme. O equivalente a um ano de preocupações com Liv.

– Esse será um reencontro e tanto – disse Sable por fim. – Venham. Vou levá-los até ela.

Eles saíram do salão e seguiram de volta até os corredores sombrios. Ária tentou memorizar o caminho, mas os corredores viravam de um lado para outro, subiam escadas estreitas e viravam novamente. Havia portas e lamparinas ao longo das paredes, mas nenhuma janela ou marcas notáveis que a ajudasse a se lembrar do caminho. A sensação de estar sendo encurralada a invadiu, fazendo-a se lembrar de um Reino labirinto onde estivera uma vez. Uma imagem do fosso piscou diante de seus olhos, eriçando os pelos da nuca. Onde será que Sable mantinha Liv?

— Como vai levando o jovem Soberano de Sangue dos Marés? — perguntou Sable por cima do ombro. Ela não conseguia ver sua expressão, mas o tom de voz era leve e casual. Ária teve a impressão de que ele sabia que Perry havia perdido parte de sua tribo. A pergunta pareceu ser mais um teste do que uma busca de informação.

— Vai levando — disse Roar, tenso.

Sable riu na escuridão, o som suave e envolvente.

— Comentário cuidadoso. — Ele parou diante de uma porta pesada de madeira. — Chegamos.

Eles entraram num pátio grande, pavimentado de pedras, ruidoso por conta dos aplausos da multidão. Em volta dele, no castelo — essa era a melhor maneira para descrever a fortaleza de Sable — erguiam-se centenas de metros de edificações desconexas e igualmente altas, com sacadas e passarelas, que ela vira de longe. A face cinzenta da montanha ficava ainda mais alta, dividindo o céu com a teia turbulenta do Éter.

Ela seguiu Sable em direção à aglomeração reunida no centro, com o coração veloz, consciente de que Roar estava andando ao seu lado. Acima dos vivas, ouvia o *tling tling* do metal colidindo. Os expectadores abriram caminho quando viram Sable, recuando para deixá-los passar. Ária viu lampejos de cabelos louros à frente.

Então, ela a viu.

Liv girou uma meia espada contra um soldado de seu tamanho, quase um metro e oitenta. Seus cabelos escuros com mechas de tom louro claro batiam no meio das costas. Ela tinha olhos grandes, um maxilar forte e maçãs do rosto saltadas. Estava de botas de couro, calças justas e uma camisa branca sem mangas que mostrava seus músculos esguios e definidos.

Ela era forte. O rosto. O corpo. Tudo nela.

Seu estilo de luta era puro poder, sem hesitação. Lutava como se estivesse mergulhando no mar, em cada golpe. *Eles são parecidos*, Roar lhe dissera uma vez, sobre Perry e Liv. Agora, Ária via.

Liv parecia à vontade e em controle, sem nada da prisioneira que Roar imaginou encontrar. Ária deu uma olhada para ele e viu seu rosto pálido. Nunca o vira parecer tão abalado. Foi tomada por um ímpeto de protegê-lo.

Liv se abaixou para se esquivar de um golpe cortante de seu oponente, mas ele seguiu com um antebraço que a pegou desprevenida, acertando-a bem no meio do rosto. Sua cabeça girou para o lado. Ela se recuperou num instante e partiu para dentro, quando praticamente qualquer um teria recuado, e surpreendeu o homem com um soco no estômago. Quando ele se curvou, ela deu-lhe uma cotovelada atrás da cabeça que o fez cair de joelhos, onde ele ficou, tossindo, sentindo a força que ela colocara nos golpes.

Sorrindo, Liv cutucou seu ombro com o pé.

— Ora, vamos, Loran. Levante. Você não pode servir só pra isso.

— Não consigo. Tenho certeza de que você quebrou minha costela. — O soldado ergueu a cabeça, olhando na direção deles. — Fale com ela, Sable. Ela não tem piedade. Isso não é maneira de treinar.

Sable riu. A mesma risada suave e sedutora que Ária ouvira nos corredores.

— Errado, Loren. Essa é a única maneira de treinar.

Liv se virou, avistando Sable. Por um instante, seu sorriso se abriu. Então, ela viu Roar. Os segundos se passaram, e ela não se moveu. Não desviou o olhar. Sem piscar, ela guardou a espada nas costas.

Conforme ela se aproximou, Ária só conseguia encarar a garota de quem ouvira falar durante meses. Uma garota que controlava o coração de seu melhor amigo. Que tinha correndo nas veias o mesmo sangue que Perry.

– O que você está fazendo aqui? – perguntou. O golpe que levara no rosto tinha deixado um vergão vermelho, mas a cor sumiu do resto de seu rosto. Ela estava tão pálida quanto Roar.

– Eu poderia lhe perguntar a mesma coisa. – As palavras de Roar foram frias, mas sua voz estava rouca de emoção, e as veias saltavam no pescoço. Ele quase não estava se contendo.

Sable desviou o olhar de um para o outro e sorriu.

– Seus amigos vieram para o casamento, Liv.

O sangue de Ária gelou.

Sable viu sua surpresa.

– Você não sabia? – perguntou ele, erguendo as sobrancelhas. – Mandei avisar os Marés. Vocês chegaram bem na hora. Liv e eu vamos nos casar em três dias.

Casar. Liv ia se *casar*. Ária não sabia por que estava tão chocada. Esse tinha sido o acordo feito entre Vale e Sable: a mão de Liv em casamento, em troca de comida. Mas algo parecia terrivelmente errado.

Então, ela viu como Liv e Sable estavam próximos. Eles estavam *juntos*.

Sable ergueu a mão e passou o polegar no rosto marcado de Liv. Seu toque foi demorado, os dedos deslizando por seu pescoço num gesto lento e sensual.

– Até lá, isto estará com um tom perfeito de roxo. – Ele desceu o braço e enlaçou a cintura de Liv. – Eu puniria Loran, mas você já o fez por mim.

Liv não tirou os olhos de Roar.

– Você não precisava vir aqui – disse ela, mas o significado ficou claro: ela *não o queria* ali. Liv queria se casar com Sable.

A ira percorreu Ária. Ela mordeu o lábio inferior e sentiu gosto de sangue. Roar estava petrificado ao seu lado. Ela precisava tirá-lo dali.

– Há algum lugar onde possamos descansar? Foi uma longa viagem.

Liv piscou, notando-a pela primeira vez. Ela desviou os olhos de Ária para Roar, com a respiração focada.

– Quem é você?

– Desculpe meus modos – disse Sable. – Achei que vocês se conhecessem. Liv, essa é Ária. – Ele gesticulou chamando um de seus homens. – Mostre-lhes os quartos de hóspedes perto dos meus aposentos – disse ele. Depois deu um sorriso aberto. – Vou providenciar um jantar para nós quatro mais tarde. Esta noite nós vamos comemorar.

O quarto de Ária era frio e vazio: tinha uma caminha simples e uma cadeira com encosto feito de galhadas de veados. A única luz vinha do vidro de uma janela pequena, na parede de pedras.

A Roar foi dado o quarto ao lado, mas ele a seguiu para dentro. Ária fechou a porta e o abraçou. Ele estava com os músculos tensos, tremendo.

– Não entendo. Liv deixou que ele a tocasse.

Ela se retraiu com a dor na voz dele.

– Eu sei. Lamento.

Ela não tinha nada melhor a dizer-lhe. Lembrou-se da conversa que haviam tido depois que deixaram os Marés. Ela ainda sentia o veneno por dentro, e havia sido muito difícil deixar Perry. Roar lhe falara sobre a *verdade*. Ele tinha perdido uma verdade hoje, da mesma forma como acontecera com ela, meses antes, ao ficar sabendo que era metade Forasteira. Sua vida se apoiava num pilar que subitamente desaparecera, e ela ainda não tinha encontrado o equilíbrio. Nada que dissesse iria ajudá-lo, então, ela preferiu ficar abraçada até que Roar estivesse pronto para ficar de pé sozinho outra vez.

Quando ele recuou, o ódio em seus olhos a deixou gelada. Ela pegou sua mão. *Roar, não faça nada a Sable. É o que ele está esperando. Não lhe dê motivo para ferir-lhe.*

Ele não respondeu. Agora, era ela quem gostaria de poder ler seus pensamentos.

Ele sacudiu a cabeça.

– Não, você não. – Ele se afastou, sentando junto à porta.

Ela sentou na cama e olhou ao redor do quartinho. Não sabia o que fazer. Pelas duas últimas semanas, tinha corrido para chegar ali. Agora que havia chegado, se sentia encurralada.

Roar ergueu os joelhos, pousando a cabeça nas mãos. Seus antebraços estavam flexionados, os dedos seguravam com força. Em algumas horas, eles jantariam com Liv e Sable. Qual seria a sensação de sentar numa mesa de jantar de frente para Perry e outra garota? De vê-lo tocar o rosto dela, da forma como Sable tocara o de Liv? Como Roar suportaria isso? Nos planos deles, ela e Roar nunca falaram sobre partir de Rim deixando Liv. Em nenhum momento eles imaginaram que ela quisesse ficar.

Ária puxou seu saco até seu colo, sentido o pequeno embrulho no tecido. Mais cedo, ela havia envolvido o Olho Mágico num punhado de espetos de pinheiro para mascarar o cheiro sintético do dispositivo caso Sable vasculhasse as coisas deles. Enquanto ela estivesse ali, entrar em contato com Hess ou Soren seria praticamente impossível.

Ela remexeu até encontrar o falcão entalhado. Uma onda intensa de anseio a invadiu quando ela o pegou. Imaginou Perry do jeito que ele estava na noite da cerimônia de Marcação, recostado na porta de Vale, os polegares pendurados no cinto. Imaginou seu quadril estreito e ombros largos, a ligeira inclinação de sua cabeça. Seu foco inteiramente nela. Sempre que ele a olhava, ela se sentia inteiramente *vista*.

Ela manteve a imagem na mente, fingindo poder falar com ele, através da estatueta, da mesma forma como falava com Roar.

Estamos aqui, mas está uma bagunça, Perry. Sua irmã... Eu realmente queria gostar dela, mas não posso. Lamento, mas não posso.

Talvez tenha sido errado que eu partisse sem você. Talvez, se estivesse aqui, poderia convencer Liv a não se casar com Sable e nos ajudar a encontrar o Azul Sereno. Mas eu lhe prometo que vou achar um jeito.

Sinto sua falta.

Sinto muito, muito, muito sua falta.

Prepare-se, porque quando eu o vir, nunca mais vou deixá-lo.

Capítulo 23
PEREGRINE

— Palavra, Peregrine – disse Marron. Ele esticou o pescoço, olhando a caverna, admirado. – Mas que lugar e tanto.

Perry o levou lá, no primeiro horário, explicando a situação dos Marés ao longo do caminho, segurando o braço de Marron, enquanto eles desciam a escarpa íngreme. Agora ele se concentrava em respirar de forma equilibrada, conforme seguia atrás de Marron, mais ao fundo da caverna.

— Não é o ideal – disse Perry, erguendo a tocha mais ao alto.

— Ideais pertencem a um mundo que só os homens sábios podem entender – retrucou Marron, baixinho.

— Esse seria você.

Marron olhou nos olhos dele e deu um sorriso afetuoso.

— Esse seria Sócrates. Mas você também é sábio, Perry. Eu não tinha plano algum para a perda de Delphi. Lamento muito por isso.

Eles ficaram em silêncio. Perry sabia que Marron estava pensando na casa e nas pessoas que havia perdido. Meses antes, Perry tinha visto Roar e Ária treinando no telhado com as facas. Ali, ele a beijara pela primeira vez.

Perry limpou a garganta. Seus pensamentos tomando um rumo que ele não queria.

— Eu quero trazer a tribo para cá antes que sejamos forçados a sair. Devemos deixar a aldeia segundo nossas próprias condições.

— Ah, sim – concordou Marron. – Vamos começar a preparar tudo imediatamente. Precisaremos de água fresca, luz e ventilação. Aquecimento e local para armazenar comida. O acesso é fraco, mas nós podemos melhorá-lo. Eu poderia desenhar uma roldana para baixar os suprimentos mais pesados.

A lista dele continuava. Perry ouvia, finalmente reconhecendo o homem que conhecia: bondoso, meticuloso, brilhante. Ele ficou imaginando como Marron pôde ter achado que seria um fardo.

Quando regressou à aldeia, Perry convocou uma reunião no refeitório para comunicar à tribo seu plano de transferi-los para a caverna. Como já esperava, eles reagiram à novidade.

— Não vejo como poderemos sobreviver lá por qualquer período de tempo – disse Bear. Seu rosto estava vermelho, e o suor minava em sua testa. Ele estava mais zangado do que Perry jamais vira.

— Estamos conseguindo lidar com o Éter durante os invernos – prosseguiu ele. – É como se você esperasse o pior. Como se estivesse desistindo.

— Não estou esperando o pior – disse Perry. – O pior *está* acontecendo. Se quiser provas, vá lá fora e dê uma olhada no céu ou nos acres que queimaram ao longo do último mês. E isso não é como o inverno. Não vamos conseguir enfrentar isso. Cedo ou tarde, teremos que enfrentar outra tribo, outra tempestade, que vai nos esmagar. Precisamos tomar a iniciativa antes que isso aconteça. Temos que agir agora enquanto ainda podemos.

— Você disse que ia nos levar ao Azul Sereno – disse Rowan.

— Quando eu souber onde fica, levarei – assegurou Perry.

Rowan sacudiu a cabeça de frustração.

— E se formos forçados a sair da caverna?

— Então, eu pensarei em algo.

Depois de uma hora ouvindo as mesmas reclamações, Perry terminou a reunião. Ele ordenou que metade da mão de obra de Bear ajudasse Marron com a caverna. Então, viu Bear sair como um raio e o refeitório ficou vazio. Confuso, Perry atravessou a clareira até sua casa, precisando de um momento sozinho, para pensar sobre sua decisão.

Foi até a janela, onde ficavam os entalhes de Talon e se apoiou no parapeito. Havia sete estatuetas perfiladas. Sete, todos viradas para a mesma direção. Ele virou ao contrário a que estava no meio para que ficasse olhando para fora. Como Soberano de Sangue, ele tinha a responsabilidade de seguir a vontade da maioria? Ou seria guiá-los ao que ele sabia, ao que *acreditava* ser o melhor para eles? Escolheu a última opção. E rezou para que estivesse certo.

Ele passou a tarde ajudando na caverna. Marron era organizado, eficiente e ficava à vontade lidando com um grande projeto. Bear não apareceu, mas as pessoas que Perry escolheu para trabalharem ali, logo se afeiçoaram a Marron.

— Eles acabaram vindo a mim porque você veio primeiro. Foi você quem lhes mostrou o caminho. Você lidera, em tudo que faz, Peregrine.

A conversa deles passou a ser sobre as pessoas que tinham servido Marron em Delphi. Slate e Rose tinham sido mantidos cativos. Se Perry e Marron encontrassem um jeito de trazê-los, e quaisquer outros, para os Marés, eles o fariam. Conversaram até que Perry avistou Reef vindo correndo em sua direção, pela trilha próxima à aldeia.

— O que está havendo? — perguntou Perry.

Reef coçou o queixo. Ele parecia tentar não sorrir.

— Espere até que você veja o que acabou de aparecer — disse, acompanhando seu passo.

Quando entraram na aldeia, o olhar de Perry foi imediatamente ao outro lado da clareira. Uma garota de cabelos cor de cobre estava no lado leste. Sob os últimos raios de sol do dia, ele viu uma caravana de carroças que se estendia atrás dela. Perry calculou que havia cerca de quarenta pessoas a cavalo ou a pé. Eles tinham uma aparência de guerreiros, eram fortes e estavam armados.

– É a segunda parte do pagamento de Sable por Liv – disse Reef ao seu lado.

Twig veio correndo e deu um grito agudo, quase rindo.

– Perry, tudo isso é *comida*!

O olhar de Perry voltou à caravana conforme ele se aproximava. Perplexo, contou oito carroças puxadas a cavalo, dez cabeças de gado. Ouviu cabras. Numa rajada de vento, sentiu o cheiro das ervas, galinha, grãos. Sua boca começou a aguar enquanto ele subitamente sentiu a fome assolando, a fome que tinha se acostumado a combater.

– Eu sou Kirra – disse a ruiva. – Aposto que você está contente em me ver. Sable mandou um recado. Ele está satisfeito em honrar o acordo feito com Vale, pela mão de Olivia em casamento, embora não precisasse cumpri-lo. Ele não disse essa última parte, mas deveria ter dito.

Perry quase nem ouviu o que ela disse. Seu coração disparou quando percebeu que tudo que via era para os Marés.

Marron surgiu a seu lado, o rosto corado de entusiasmo.

– Oh, minha nossa. Peregrine, como isso irá ajudar.

Bear e Molly vieram, com Willow e o Velho Will. Outros estavam saindo do refeitório, juntando-se em volta. O ar estava repleto com os temperamentos, fachos de cores vibrantes se misturando à margem de sua vista. O alívio era tão potente, o seu próprio, o da tribo, que a garganta de Perry se apertou de emoção.

A garota ergueu uma sobrancelha. Seus cabelos vermelhos chicoteavam ao vento, fogo sob o brilho do pôr do sol.

– Ainda há tempo de preparar uma refeição se nós descarregarmos agora.

O olhar de Perry recaiu na Marca do braço dela. Ele piscou. Piscou novamente ao assimilar. Uma Olfativa. Ela era como ele. Agora ele a olhava curioso. Fora sua irmã, ele nunca conhecera uma Olfativa mulher. Esse era o mais raro dos Sentidos. Era um dos motivos para que o casamento de Liv precisasse ser arranjado.

– Qual é o seu nome? – perguntou ele.

— Kirra. Eu já lhe disse isso.

— Certo... acho que não ouvi.

Ela tinha um rosto cheio e redondo que lhe davam uma aparência inocente, mas as curvas de seu corpo apagavam essa impressão. Assim como o brilho provocante em seus olhos. Ela parecia alguns anos mais velha que ele, e seu cheiro era adocicado e levemente fresco, lembrando folhas de outono.

— Você disse que minha irmã *se casou* com Sable? — perguntou ele.

— A essa altura, tenho certeza de que sim.

Perry olhou de novo para as carroças. Liv sempre fora *dele*. Como o mais velho, Vale tinha sido preparado pelo pai deles para ser Soberano de Sangue. Mas ele e Liv ficaram por conta própria. Perry não podia acreditar. Ela agora pertencia a outra pessoa. Liv, que era sempre rápida ao gargalhar, rápida a se zangar, rápida para perdoar. Liv, que não fazia nada pela metade, mas tudo inteiramente, agora estava *casada*.

Por mais que ele acreditasse que ela deveria cumprir seu dever pelos Marés, casando com Sable, ele jamais esperou que ela realmente fosse fazê-lo. Sua irmã sempre foi imprevisível, mas essa foi sua maior surpresa de todas. Ela tinha fugido, desaparecido, depois acabou fazendo o que lhe havia sido pedido.

Perry sentiu um nó no estômago ao pensar em Roar. Como ele reagiria quando descobrisse?

— E então? — disse Kirra, tirando-o de seus pensamentos. — Está ficando tarde. Devemos descarregar?

Perry passou a mão no maxilar e assentiu.

Estava feito. Liv estava casada. Agora, ele não podia mudar isso.

Capítulo 24

ÁRIA

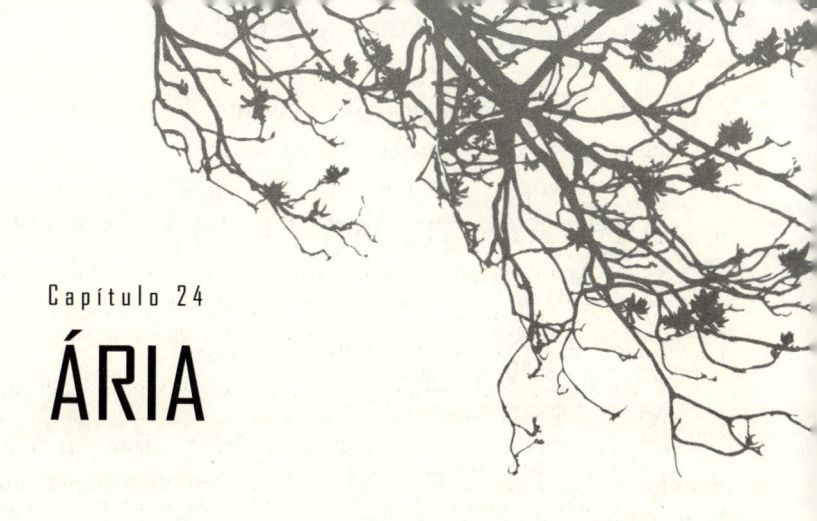

Naquela noite, Ária e Roar foram levados a um salão amplo. A luz das velas refletia a prataria na mesa de jantar. No centro, um espinheiro retorcido se elevava sobre um enorme vaso, lançando sombras finas pelo teto. De um lado do salão, portas levavam a uma sacada. Cortinas cor de ferrugem balançavam com o vento, revelando vislumbres do agitado céu de Éter.

Roar passou os olhos pelo salão.

– Onde está Liv? – perguntou assim que entraram.

Sable levantou-se da mesa. Ele usava sua corrente de Soberano de Sangue, um colar fantástico e brilhante, pontilhado de safiras que cintilavam em contraste com sua camisa cinza-escura. A corrente o transformava, ressaltando o azul de seus olhos e a autoconfiança de seu sorriso. Ária se perguntava como pudera pensar que ele era alguém comum, medíocre. Ele parecia confortável usando a corrente. À vontade com o poder. Ela se deu conta de que nunca pensara o mesmo sobre Perry.

– Liv está atrasada – disse Sable. – Parece que ela gosta de me fazer esperar.

– Talvez esteja evitando você – sugeriu Roar.

A boca de Sable se curvou num pequeno sorriso.

– Estou feliz que você esteja aqui. Vai ser bom para Liv ter um amigo de infância no casamento.

– Ela falou que somos *amigos*? – perguntou Roar com um sorriso malicioso. Ele parecia não conseguir se controlar.

O tom de voz de Sable era suave, mas seu olhar era cruel.

– Liv me contou o que você *era*. E foi isso que ela falou que você *é*.

Uma rajada de vento soprou na sala e ergueu o canto da toalha de mesa, derrubando um cálice de estanho, que caiu no chão de pedra. Nem Sable nem Roar se mexeram.

Ária se colocou entre eles.

– Parece que a tempestade vai cair em breve – disse ela, caminhando a passos largos até a sacada. Foi uma tentativa desajeitada de distraí-los, mas funcionou. Sable a seguiu.

O vento afastou o cabelo de Ária dos ombros quando ela passou pelas cortinas. Colocando os braços em volta do corpo para se proteger do frio, ela foi até a mureta de pedra na beirada da sacada. A fachada robusta da fortaleza se impunha ao longo de vários andares sobre o rio Cobra, logo abaixo. A luz do Éter se refletia nas águas turvas.

Sable apareceu a seu lado.

– É bonito ao longe, não é? – disse, olhando para o Éter. As correntes assumiam uma forma retorcida, como a de um carretel. Em breve os funis desceriam. – Bem diferente de quando você está lá embaixo. – Ele olhou para ela. – Você já enfrentou uma tempestade?

– Já.

– Imaginei que sim. Senti seu medo, mas eu poderia estar enganado. Talvez você tema outra coisa. Tem medo de altura, Ária? É uma longa descida.

Ela estremeceu, mas sua voz era firme ao responder:

– Não tenho problemas com altura.

Sable sorriu.

– Não me surpreende. Você disse que veio dos Marés?

Ele a estava enchendo de perguntas. Sentindo o temperamento dela e procurando fraquezas.

– Sim, eu vim de lá.

— Mas você não conhecia Liv.
— Não.
Ele a observou de novo, se acalmando, atento. Ária podia ver os pensamentos dele a mil, a curiosidade crescente sobre ela. Não achava que poderia suportar mais daquilo, mas a voz de Liv chamou a atenção dele de volta ao salão. Sable se virou, porém não foi até ela.
— Onde está Sable? — perguntou Liv a Roar.
Ária a viu através de uma fenda entre as cortinas. Liv parecia uma pessoa diferente da garota que vira antes. Ela usava um vestido grego de um laranja lustroso que ressaltava sua pele bronzeada. Enlaçara um cordão verde em volta da cintura, e havia prendido sua vistosa cabeleira loura acima dos ombros.
— O que houve com você? — perguntou-lhe Roar.
— Tive dificuldade para escolher o cinto — respondeu Liv, alegre.
— Eu não estava falando do vestido.
— Eu sei.
— Então por que você...?
— Roar, *pare* — disse Liv num tom cortante. Ela foi até a mesa e sentou.
Roar a seguiu e se agachou ao lado dela.
— Você vai me ignorar? Vai agir como se não houvesse nada entre nós? — Roar baixou o tom de voz, mas Ária podia ouvir tudo que ele dizia. O salão de pedra era como um palco em que os sons eram amplificados e lançados para o lado de fora, onde ela e Sable estavam, observando no escuro. Ária se perguntou se Sable podia ouvi-lo também.
— Olivia — disse Roar com urgência e paixão. — O que você está fazendo aqui?
— Estou esperando pelo jantar — respondeu ela olhando para a frente. — E por Sable.
Roar praguejou, se afastando dela como se tivesse sido empurrado.

Sable riu suavemente ao lado de Ária.

– Vamos? – disse, voltando para dentro. Foi até Liv e a beijou nos lábios. – Você está linda – sussurrou antes de se endireitar.

Um rubor se espalhou pelas bochechas de Liv.

– Você está me envergonhando.

– Por quê? – perguntou Sable, sentando ao lado dela. Olhou para Roar achando graça. – Duvido que alguém aqui discordaria.

O estômago de Ária revirou. Roar parecia prestes a levantar de um salto e deixar Sable em pedacinhos. Com o pulso acelerado, ela olhou de relance para os guardas parados junto à porta. Os dois homens cravaram o olhar nela. Estavam assistindo a tudo.

Quando Roar sentou a seu lado, Ária roçou o braço no dele e mandou-lhe um rápido aviso. *Roar, fique comigo. Fique calmo, por favor.*

Do outro lado da mesa, tanto Sable quanto Liv notaram o gesto. Não havia segredos no salão. Cada sussurro era ouvido. Qualquer mudança nas emoções era sentida.

A escuridão se assentou nos olhos verdes de Liv. Seria *ciúme*? Como ousava se sentir assim? Estava prestes a se casar com Sable. Não tinha o direito de se sentir possessiva a respeito de Roar.

Os criados trouxeram presunto assado e legumes. De alguma forma Ária se sentia esfomeada e nauseada ao mesmo tempo. Pegou um pedaço de pão.

Eles comeram num silêncio desconfortável por alguns instantes. O olhar de Ária teimava em voltar para a faca na mão de Roar a seu lado. Roar e Liv não se olhavam. Sable observava tudo.

– Perry ficou feliz com a comida que enviamos? – perguntou Liv por fim.

– A outra metade do pagamento? – disse Roar, surpreso.

– Isso se chama dote – retrucou Liv. – Você mandou, não foi, Sable?

– No mesmo dia em que prometi – contou Sable. – Os Marés receberam, tenho certeza. Deve ter chegado depois que seus amigos partiram. Mandei quarenta dos meus melhores guerreiros também. Eles vão ficar e ajudar no que seu irmão precisar.

Liv olhou para ele.

– Você fez isso?

Sable sorriu.

– Eu sei que você se preocupa com ele.

Ária sentiu o último vestígio de esperança por Roar desaparecer. O acordo estava selado. Liv pertencia a Sable. Faltava apenas a cerimônia de casamento. Parecia uma mera formalidade.

– Perry mandou algum recado para mim? – perguntou Liv.

Roar sacudiu a cabeça numa negativa.

– Tivemos que partir depressa, então ele não teve chance. Mesmo assim, não sei se teria mandado.

– Por quê? – disse Liv. – Ele perdeu a língua?

– Ele se culpa pelo que aconteceu a Vale, Liv.

Ela franziu as sobrancelhas.

– Eu *sei* o que Vale fez. *Sei* quem meu irmão era. Mandar um recado é tão difícil assim?

– É uma boa pergunta – retrucou Roar. – É tão difícil *assim* mandar um recado? Perry não tem notícias *suas* há mais de um ano. Talvez ele receie tê-la perdido. Talvez pense que você não se importa mais com ele. Você se importa, Liv?

Liv e Roar se olharam sem piscar. Obviamente, a questão não era mais Perry. Parecia que ela e Sable tinham desaparecido do salão.

– Claro que eu o amo – falou Liv. – É meu irmão. Eu faria qualquer coisa por ele.

– Que comovente, Liv. – Roar se afastou da mesa. – Estou certo de que Perry vai ficar feliz em ouvir isso. – Seus passos foram silenciosos quando ele partiu.

Sozinha com Liv e Sable, Ária de repente se sentiu uma intrusa. O vento havia apagado as velas em seu lado da mesa. Sob a luz fraca, o vestido de Liv parecia frio, como barro vermelho. Tudo estava cinzento e frio.

– Vou trazer seu irmão aqui – disse Sable, pegando na mão de Liv. – Podemos adiar o casamento até lá. Diga-me o que você quer, e eu farei.

Liv sorriu para ele num lampejo rápido e vacilante.

– Com licença... não estou com fome – disse ela e saiu do salão.

Ária esperou que Sable fosse atrás dela. Ele não foi. Espetou um figo de seu prato e o comeu, observando-a ao mastigar.

– Já sei por que Roar está aqui – declarou ele. – Mas e quanto a *você*?

Suas palavras foram casuais, mas seu olhar era penetrante. Ária olhou para a porta, medindo a distância, seus instintos a aconselhando a partir naquele instante.

A mão de Sable avançou e agarrou seu pulso. Com a mão livre, Ária sacou uma faca da mesa. Segurou-a para baixo, pronta para o golpe que desferiria no pescoço dele. Um golpe fatal. Só poderia haver uma tentativa contra alguém como ele. Mas isso não a ajudaria. Ela precisava que ele falasse.

Sable sorriu e sacudiu a cabeça levemente. Seus olhos estavam pálidos como o vidro do vaso no centro da mesa, circundados por um anel azul-escuro.

– Você não precisa disso. Não vou machucá-la a menos que me dê uma razão.

Sable subiu a mão pelo braço de Ária, arregaçando a manga de sua camisa. O polegar dele roçou sobre a sua pele, devagar e firme, conforme analisava a Marca inacabada. Um calafrio percorreu a coluna de Ária em resposta à frieza do toque.

Sable olhou-a profundamente.

– Você é um enigma, não é?

O fôlego de Ária ficou preso na garganta. Os sons se tornaram mais nítidos. A oscilação das cortinas e a correnteza do rio Cobra. Os passos que se aproximavam no corredor. Será que ele estava vendo a habilidade auditiva de Ária? Sua vida em Quimera e nos Reinos e tudo o mais que ela escondia?

Um guarda de cabelos loiros oleosos entrou.

– A tempestade está a caminho. Na Encosta Ranger.

Sable não lhe deu atenção.

– O que você quer de mim? – disse ele em voz baixa, num tom de ameaça.

Ela não podia mentir. Não podia.

– O Azul Sereno.

Sable relaxou a mão que agarrava o braço de Ária. Expirou lentamente e se recostou na cadeira.

– E eu a achava tão especial – retrucou ele. Então se levantou e saiu.

Ária não se mexeu por minutos a fio. Não sentia repulsa em ser tocada havia meses, desde que fora expulsa de Quimera. A dor latejou em seu braço. Sable o tinha agarrado com mais força do que ela imaginara. Ária largou a faca por fim, levando-a de volta a seu lugar, ao lado do prato vazio, os dedos doendo de tanto apertar.

E agora? Sable suspeitava dela. Ele a espionaria até descobrir a verdade sobre quem ela era. A vida de Ária estava em perigo. Sua missão estava em perigo. Ela suspirou e se levantou. Não se permitiria falhar.

Ária passou pelos guardas junto à porta no caminho de volta a seu quarto. Percebeu que os guardas vagavam, a postos, pelos corredores. Passar sem ser notada seria difícil, senão impossível. Ela parou ao ouvir a voz de Sable. Ele parecia estar perto, mas Ária não tinha certeza de sua localização exata. Os sons reverberavam de forma estranha pelos corredores sinuosos. Com o coração martelando no peito, ela o ouviu ordenar a evacuação dos arredores de Rim. Talvez a tempestade o estimulasse a discutir sobre o Azul Sereno ainda naquela noite.

Mais tarde, disse a si mesma. Ela ficaria à espreita e descobriria o que pudesse.

Ária não ficou surpresa por encontrar alguém à sua espera quando entrou em seu quarto.

Ela esperava que fosse Roar, mas era Liv.

Capítulo 25
PEREGRINE

Naquela noite, Perry sentou à mesa alta, admirado pela comida que passava à sua frente. Presunto servido com passas douradas como o nascer do sol. Pão de castanha com queijo quente de cabra. Cenouras cozidas, mel e manteiga. Morangos. Cerejas. Uma bandeja com seis tipos de queijo. Vinho ou Luster, para os que quisessem. Os aromas preencheram o refeitório. No dia seguinte a tribo voltaria ao racionamento, mas essa noite eles banqueteavam.

Ele comeu até que suas cólicas de fome se transformaram nas dores de uma barriga estufada. Cada garfada o lembrava do sacrifício que Liv tinha feito pelos Marés. Quando terminou, ele se recostou e ficou olhando as pessoas ao redor. Marron passava manteiga num pedaço de pão com a mesma precisão com que fazia tudo. Bear atacava a montanha de comida à sua frente enquanto Molly sacudia River no joelho. Hyde e Gren disputavam a atenção de Brooke, Twig mal conseguia falar uma palavra entre eles.

Apenas algumas horas antes, ele estava no mesmo lugar, ouvindo enquanto o atacavam, com raiva.

Do outro lado da mesa, Willow deu uma cotovelada em Cinder.

– Olhe. Não há sequer um pedaço de peixe em lugar algum.

– Graças aos céus – disse Cinder. – Eu achei que começariam a nascer guelras em mim.

Willow riu. Depois Perry riu, vendo as orelhas de Cinder ficando vermelhas, embaixo do boné.

No fundo do salão, Kirra comia com seu grupo. Eles eram um bando estridente, gesticulavam bastante. Cada um deles parecia ter uma risada explosiva. Os olhos de Perry ficavam voltando a Kirra. Ele tinha combinado uma reunião com ela, mais tarde, para saber notícias de outros territórios. Vinda dos Galhadas, ela talvez soubesse algo do Azul Sereno.

Quando terminou de comer, o grupo de Kirra afastou algumas mesas, abrindo espaço. Então, a música começou, violões e tambores entoando melodias animadas. A animação deles se espalhou como um incêndio selvagem. Os Marés se juntaram avidamente, e logo o salão estava repleto de música e dança.

– Cinder lhe disse sobre seu aniversário? – perguntou Willow.

Cinder sacudiu a cabeça.

– Não, Willow. Eu estava brincando sobre aquilo.

– Eu não estava – disse Willow. – Cinder não sabe quando é seu aniversário, então pode ser qualquer dia. E já que pode ser qualquer dia, por que não hoje? Já estamos comemorando.

Perry cruzou os braços e tentou não rir.

– Hoje me parece um dia perfeito.

– Talvez você pudesse dizer algo, sabe, para oficializar?

– Posso fazer isso. – Ele olhou para Cinder. – Quantos anos você quer ter?

Cinder arregalou os olhos.

– Eu não sei.

– Que tal treze? – sugeriu Perry.

– Tudo bem. – Cinder sacudiu os ombros, mas seu rosto ficou vermelho e seu temperamento aqueceu de emoção. Isso significava mais do que estava aparentando, e como poderia deixar de ser? Ele merecia saber a própria idade. Ter um dia para medir sua vida. Perry só lamentou não ter pensado em fazer algo assim antes.

– Como Soberano dos Marés, eu declaro este dia seu aniversário. Parabéns!

Um sorriso se abriu no rosto de Cinder.

– Obrigado.

– Agora você tem que dançar – disse Willow. Ela o puxou, ignorando suas objeções, e o arrastou para o meio da aglomeração.

Perry recostou e afagou Flea embaixo do focinho, olhando tudo, deleitando-se com a leveza em seu coração. Kirra não tinha apenas trazido comida. Ela trouxera um lembrete de dias melhores. Esse era o salão como deveria ser. Os Marés como ele sempre quisera vê-los.

Era tarde quando a tribo debandou para suas casas. Ninguém queria que a noite terminasse. Reef puxou Perry de lado, na clareira escurecida. As lamparinas estavam acesas em volta deles, balançando suavemente com a brisa fresca do mar.

– Vinte e sete homens e onze mulheres – disse ele. – Dez Videntes e cinco Audis entre eles, e você sabe de Kirra. Todos eles sabem manusear uma arma, até onde eu vi.

Perry tinha desconfiado da mesma coisa.

– Você está preocupado?

Reef sacudiu a cabeça.

– Não. Mesmo assim, vou ficar por aqui esta noite.

Perry concordou, confiando em Reef para ficar de olho nos recém-chegados. Ele quase atropelou Molly quando se virou para sair. Marron tinha adoecido, ela lhe disse. Nada além de indigestão, mas ele passaria a noite descansando. Com Reef e Marron fora, ele se encontraria com Kirra sozinho. Perry atravessou a clareira até sua casa, sem saber por que isso o deixava nervoso.

Um tempinho depois, ela bateu em sua porta e entrou. Perry levantou da poltrona junto à lareira. Kirra parou e olhou a sala vazia. Ela pareceu surpresa por não haver mais ninguém ali.

– Eu dei uma folga ao meu pessoal. Tem sido uma jornada longa.

Perry foi até a mesa e serviu dois copos de Luster, dando um a ela.

– Tenho certeza de que mereceram o descanso.

Pegando a bebida, Kirra sentou do outro lado da mesa, sorrindo ao observá-lo. Ela estava com uma blusa justa, da cor de trigo, com a gola desabotoada mais abaixo do que estava no jantar.

– Nós aparecemos na hora certa – disse ela. – Sua tribo estava faminta.

– Estava – concordou Perry. Ele não podia negar que a situação deles era terrível, mas não gostava que isso fosse apontado por uma estranha.

– Quando você vai voltar para Rim? – perguntou ele. Ele sabia que Kirra era do sul, a julgar pelo sotaque e as palavras diretas. Isso era tudo que queria saber dela. O que precisava era de uma informação que fosse útil. Queria mandar uma mensagem para a irmã. Como estava Liv? Precisava saber que ela estava bem.

Kirra riu.

– Você já quer me ver partir? Estou magoada – disse, fazendo um biquinho. – Sable quer que eu fique. Estamos aqui para ajudar, pelo tempo que você precisar de nós.

Isso o pegou desprevenido. Ele deu um gole na bebida, permitindo-se um momento para se recuperar, enquanto o Luster aquecia sua garganta. Sable tinha fama de impiedoso e essa não era uma época para generosidade. Será que Liv o teria pressionado para dar mais ajuda? Ele não descartaria isso quanto à irmã. Liv também sabia ser impiedosa.

Perry pousou seu copo.

– Sable pode querer que você fique, mas ele não toma decisões por aqui.

– Claro que não – disse Kirra –, mas não vejo por que seria um problema. Nós trouxemos nossa própria comida, e você tem espaço de sobra para nos hospedar. Sable agora é seu irmão. Considere sua ajuda como um presente dele.

Um presente? Ajuda? Perry sentiu o estômago apertar.

– Sable não é meu irmão.

Kirra tomou um gole de Luster com os olhos entretidos.

– Posso imaginar por que você não se sente assim, já que não o conheceu. Apesar disso, a vantagem deve estar clara para você. Eu tenho os guerreiros mais fortes que você pode encontrar, e meus cavalos são treinados para se manterem firmes durante tempestades e invasões. Nós podemos ajudar a proteger a aldeia para você. Você não vai precisar se recolher numa caverna.

Ela tinha ouvido. Embora fosse escolha dele e o melhor para os Marés, ele sentiu a vergonha chegando, aquecendo seu rosto. Kirra se inclinou à frente e respirou profundamente, com o olhar fixo nele. Tinha olhos cor de âmbar, a mesma cor voraz que ele farejava em seu temperamento. Ela o estava captando, da mesma forma como ele fazia com ela.

– Ouvi falar de você – disse Kirra. – Dizem que você invadiu um Núcleo de Ocupantes e derrotou uma tribo de Corvos. Dizem que é Marcado duas vezes, um Vidente, mas enxerga no escuro.

– Faladores, sejam quem for. Em todo esse falatório, alguém mencionou o Azul Sereno? Meu irmão Sable lhe disse onde fica?

– A terra ensolarada das borboletas? – disse ela, recostando outra vez. – Não me diga que você também está procurando. É uma esperança tola.

– Está me chamando de tolo, Kirra?

Ela sorriu. Foi a primeira vez que a chamou pelo nome. Por ela notar, ele notou também.

– Um tolo esperançoso.

Perry sorriu com deboche.

– Da pior espécie. – Ele estava começando a pensar se *tudo* que ela dizia era para cortá-lo. – Você não acha que o Azul Sereno existe? Não tem nenhum desejo de viver?

– Eu *estou* vivendo – retrucou ela. – Não vou ser perseguida pelo céu.

Eles ficaram em silêncio, observando um ao outro. Ela exalava o cheiro de excitação e não desviou o olhar. Ele percebeu que também não podia.

— Você está numa posição vulnerável — comentou ela por fim.
— Não há nada de errado em aceitar uma pequena ajuda.

Ajuda. Essa palavra de novo. Ele estava farto. Não conseguia ouvir isso mais uma vez.

— Vou pensar na oferta — disse ele, levantando. — Mais alguma coisa?

Kirra piscou.

— Você quer que haja? — O significado não podia ser mais claro.

Perry foi até a porta e abriu-a, deixando entrar o ar noturno.

— Boa noite, Kirra.

Ela levantou e caminhou até a porta. Parando a menos de um palmo dele, ela olhou em seus olhos e inalou.

A barriga de Perry se contraiu. Ela acelerava sua pulsação, algo que ele não sentia em semanas. Ela saberia, mas não havia nada que ele pudesse fazer para esconder.

— Durma bem, Peregrine dos Marés — disse ela, depois saiu na escuridão.

Capítulo 26
ÁRIA

— O que está fazendo aqui, Liv? — perguntou Ária, entrando em seu quarto. Ela não pôde evitar a raiva na voz.

Liv levantou da cama.

— Eu estava procurando Roar. Ele não estava no quarto. — Agora o vestido grego parecia amassado, estava caindo do ombro, e ela tinha soltado os cabelos, mas parecia mais forte e tranquila do que durante o jantar.

Ária cruzou os braços. Uma lamparina foi acesa ao lado da cama, iluminando o quarto pequeno.

— Ele não está aqui. Como você claramente pode ver.

— Apenas lhe dê um recado meu...

— Não vou dizer nada para ele, por você.

Liv deu um sorriso malicioso.

— Quem é você exatamente?

— Uma amiga de Roar e de Perry. — Ária mordeu o lado interno do lábio assim que as palavras saíram de sua boca. *Amiga* parecia um modo tão fraco de descrever. Ela era muito mais que isso... para ambos.

Um sorriso se abriu no rosto de Liv.

— Ah... você é uma amiga de Perry. Eu devia ter adivinhado. Você parece alguém com quem meu irmão teria uma *amizade*.

— Hora de você partir.

Liv deu uma risadinha, sem se mexer para sair.

— Isso a surpreende? Você não pode realmente achar que é a única garota que se apaixonou por ele.

Ária sentiu o rosto aquecer de raiva.

— Eu sei que sou a única a quem ele é rendido.

Liv ficou imóvel. Então, ela se aproximou mais, fulminando Ária com os olhos. O vergão de antes tinha desaparecido com o rubor que surgiu em seu rosto.

— Eu vou matá-la se você o ferir — disse ela, a voz calma, isenta de emoção. Não era uma ameaça. Era uma informação. Uma consequência.

— Eu estava pensando a mesma coisa mais cedo.

— Você não sabe de *nada* — disse Liv. — Diga a Roar que ele tem que partir. Imediatamente. Antes do casamento. Ele não pode ficar aqui.

— Como você pode agir como se ele fosse inconveniente? — disse Ária, cuspindo, pensando em todas as noites que ela tinha passado falando com Roar sobre Liv. Ouvindo o quanto ela era maravilhosa. A garota era horrível. Egoísta, rude.

— *Você* fugiu! *Você* o abandonou! Ele está procurando você há um ano.

Liv abanou a mão, gesticulando ao redor do quarto.

— Você acha que eu escolhi isso? Acha que quero estar aqui? Meu irmão me *vendeu*! Ele tirou tudo o que eu queria. — Ela olhou para a porta, depois chegou mais perto. — Você quer saber o que eu fiz durante o último ano? Dediquei-me todos os dias, tentando esquecer Roar. Apagando cada sorriso, cada beijo, cada coisa perfeita que ele dizia para me fazer rir. Enterrei *tudo* isso. Levei um ano até parar de pensar nele. Um ano até deixar de sentir tanta falta dele a ponto de conseguir vir aqui e enfrentar Sable. — Roar está estragando tudo estando aqui — prosseguiu Liv. — Não sou forte o suficiente. Como posso esquecê-lo, se ele está bem na minha frente? Como posso me casar com Sable se só penso em Roar?

As lágrimas minaram nos olhos de Liv, e ela estava ofegante. Ária não queria sentir compaixão por ela. Não depois de ela ter magoado tanto Roar.

— Ele veio aqui para levá-la de volta, Liv. Tem que haver um meio de você poder voltar aos Marés.

— Voltar? — disse Liv com uma risadinha. — Perry não pode pagar o dote de volta. E eu não posso mais fugir disso. Eu sei como é lá fora. Sei que os Marés precisam de ajuda e Sable pode dar. Ele vai *continuar* ajudando se nós nos casarmos. Como posso abandonar isso? Como posso ir embora se isso significa que minha família vai passar fome... ou *morrer*?

Ária não sabia. Ela exalou o ar e sentou na cama quando uma súbita onda de exaustão a varreu. O Éter piscava através da janelinha, fazendo o quarto acender num lampejo de luz azulada.

O problema de Liv parecia terrivelmente familiar. Ária estivera tão focada em encontrar o Azul Sereno para Hess e pegar Talon de volta que ela não se permitira pensar no que aconteceria *depois*. Será que algum dia haveria um meio para que ela e Perry ficassem juntos? Os Marés a rejeitavam e Quimera nem era uma opção. Todos e tudo estava contra eles.

Ária afastou os pensamentos. Preocupar-se não ajudaria em nada. Ela ergueu os olhos para Liv.

— E quanto a Sable? — Ela esfregou o punho, sentindo o eco de sua pegada.

Liv sacudiu os ombros.

— Ele não é terrível... eu sei que... não é uma maneira muito boa de pensar no homem com quem estou me casando, mas é melhor do que eu esperava. Achei que fosse odiá-lo e não odeio.

Ela mordeu o lábio inferior, hesitando, como se estivesse decidindo se diria algo mais. Então, veio até a cama e sentou ao lado de Ária.

— Quando eu cheguei aqui, no começo da primavera, ele ia me deixar partir. Ele me disse que eu poderia ir quando eu quisesse, mas, já que eu finalmente tinha chegado, nós deveríamos nos conhecer. Não me senti tão encurralada, depois que ele disse isso. Não me senti como um *objeto* que estava sendo negociado.

Ária ficou pensando se Sable teria dito isso de propósito. Os Olfativos eram conhecidos por manipularem as pessoas. Mas Liv não teria visto isso?

– Eu não o bajulo – prosseguiu Liv –, e ele gosta disso. Acho que me vê como um desafio. – Ela remexia na corda verde em volta da cintura. – E sente atração por mim. O cheiro delata quando eu entro na sala. Não é algo que ele possa fingir.

Ária olhou para a porta, ouvindo passos sumindo.

– Você se sente da mesma forma em relação a ele? – perguntou, quando ficou silêncio outra vez.

– Não... a mesma coisa, não. – Liv amarrou as pontas do cinto, fazendo um nó elaborado, enquanto pensava. – Quando ele me beija, me deixa nervosa, mas eu acho que é por ser diferente. – Ela olhou nos olhos de Ária. – Nunca beijei ninguém, fora Roar, e isso...

Ela fechou os olhos, se retraindo.

– Isso, eu não posso ter. Não posso simplesmente ficar aqui sentada lembrando como é beijar Roar se vou me casar com outra pessoa, em alguns dias. Ele precisa ir embora. É muito difícil para mim. Não suporto vê-lo sofrendo. – Ela balançou a cabeça. – Detesto que ele me faça sentir fraca.

Ária recostou na cabeceira de ferro, recordando Perry, na última noite que passaram juntos, machucado por uma briga que tinha acontecido por causa dela. No dia seguinte, ele perdeu parte de sua tribo. Ela não se sentiu fraca por causa dele. Ela se sentia poderosa, como se cada escolha que havia feito tivesse poder de feri-lo, e isso era a última coisa que queria.

– Roar vai seguir em frente – disse Liv, baixinho. Os olhos dela se abrandaram e Ária soube que ela tinha captado seu temperamento. – Ele vai me esquecer.

– Você não pode acreditar mesmo nisso.

Liv mordeu o lábio inferior.

– Não – disse ela. – Não posso.

– Você lhe contaria a verdade? Roar precisa saber o que você está fazendo. Ele precisa saber o motivo.

– Você acha que irá ajudar?

– Não. Mas você deve isso a ele.

Liv a observou por um longo instante.

– Tudo bem. Eu vou falar com ele amanhã. – Ela chegou mais para cima, na cama, puxando o cobertor sobre as pernas. O som da tempestade entrava no quarto, e o vento frio passava por baixo da porta. – Como está meu irmão, de verdade?

Pouco tempo antes ela estava ameaçando Ária. Agora estava próxima e tranquila. Perdida em pensamentos. *Quente e fria*, pensou Ária. Ela ficou imaginando se havia algum meio termo com Liv.

Ária puxou o outro lado do cobertor por cima dela. Da última vez que tinha visto Perry, ele estava magoado e abandonado por muita gente. Por ela. Ela detestava saber que aumentara sua dor.

– Não tem sido fácil.

– É muito a fazer. Muita coisa para cuidar – disse Liv. – Ele deve estar fora de si, com saudades de Talon.

– Ele está, mas terá Talon de volta... – falou Ária antes que pudesse se frear.

Liv franziu o rosto, seus olhos verdes sondando o rosto de Ária.

– De onde você é?

Ária hesitou. Tinha a sensação que sua resposta moldaria o relacionamento delas dali em diante. Será que deveria arriscar contar a verdade a Liv? Queria que houvesse confiança entre elas, e ali, tarde da noite, no silêncio de seu quarto, apenas queria ser ela mesma. Respirou fundo e respondeu:

– Eu sou de Quimera.

Liv piscou, olhando para ela.

– Você é uma Ocupante?

– Sim... bem... meio Ocupante.

Liv sorriu, uma risadinha escapou.

– Como foi que isso aconteceu?

Ária virou para o lado e apoiou a cabeça no braço, fazendo a mesma pose de Liv. Então explicou que tinha sido expulsa do Núcleo, no outono, e conhecido Perry. Contou a Liv tudo que tinha acontecido nos Marés e que precisava encontrar o Azul Sereno para pegar Talon de volta. Quando Ária terminou, Liv estava em silêncio, e os sons das espirais do Éter tinham sumido. O pior da tempestade já tinha passado por Rim.

– Eu ouvi Sable mencionar o Azul Sereno algumas vezes – comentou Liv. Seus olhos estavam pesados de sono. – Ele sabe onde é. Nós vamos descobrir e pegar o Talon de volta.

Nós. Uma palavra tão pequena, mas parecia tão imensa. Ária sentiu uma espécie de empolgação. Liv iria ajudar.

Liv a observou por um longo momento.

– Então, você não se importa com o que aconteceu nos Marés? De ter sido envenenada? Vai voltar para meu irmão?

Ária assentiu.

– Eu me importo, mas não posso imaginar *não* voltar para ele. – A letra de uma canção lhe veio à mente, em sua memória gasta de cantora. – O amor é um pássaro rebelde que ninguém pode domesticar – disse ela. – Isso é de uma ópera chamada *Carmem*.

Liv estreitou os olhos.

– Você é o pássaro, ou meu irmão?

Ária sorriu.

– Acho que o pássaro é a ligação entre nós... eu faria qualquer coisa por ele – disse ela, percebendo que era simples assim.

O olhar de Liv ficou distante.

– É algo bom de se dizer – comentou depois de um bom tempo. Ela bocejou. – Eu vou dormir aqui. Desculpe-me se eu roncar.

– Claro, por que não fica? Há espaço de sobra, se nenhuma de nós se mexer.

– Isso não será problema. Eu não posso me mexer mesmo. Esse vestido é como vestir um torniquete.

— Você amarrou o cinto errado. Eu usei esse estilo de vestido antes, nos Reinos. Posso lhe mostrar o jeito certo.

— Não precisa. É um vestido ridículo.

Ária riu.

— Não é ridículo. Você fica incrível com ele. Como Atena.

— Ah, é? — Liv bocejou e fechou os olhos. — Achei que Roar fosse gostar. Tudo bem. Amanhã você me mostra como amarrar o vestido ridículo.

Logo, como prometido, Liv roncou. Mas não era um ronco alto. Só um ronronar baixinho, que se misturava ao barulho do vento, embalando o sono de Ária.

Capítulo 27

PEREGRINE

– O que ela está fazendo lá em cima? – perguntou Perry.

Ele parou na clareira e olhou para o telhado de sua casa. Seus olhos captaram os cabelos de Kirra, como uma bandeira vermelha ao vento. O ruído dos martelos batendo chegou a seus ouvidos.

Ele tinha passado a manhã na caverna, com Marron, repassando os planos para nivelar a encosta que conduzia à caverna. Se conseguissem criar um caminho em ziguezague, poderiam trazer carrinhos com cavalos, colina abaixo. Seria muito melhor que degraus, portanto, valia a tentativa, mas eles precisariam de mais ajuda.

– Você não sabe sobre isso? – disse Reef ao lado.

– Não, não sei. – Perry subiu a escada, até o telhado. Kirra estava a alguns metros de distância, observando dois de seus homens, Forest e Lark, arrancando algumas telhas. Ao se aproximar, a raiva de Perry aumentava a cada passo. Ele se sentia mais protetor desse espaço do que de sua casa. Esse era *seu* canto.

Kirra se virou para encará-lo, sorrindo. Ela colocou as mãos nos quadris e inclinou a cabeça de lado.

– Bom dia – disse ela. – Eu vi a rachadura no teto, ontem à noite. Pensei em cuidarmos disso.

Ela tinha falado mais alto que o necessário, deixando que sua voz fosse ouvida. Seus homens o olharam de cima a baixo. Eles tinham tirado uma fileira de telhas de pedra, expondo o piso abaixo. Perry sabia que uma dúzia de Audis na clareira tinham ouvido. Não era mistério algum, o que a tribo pensaria. Todos conheciam aquela fresta acima do sótão.

Ele respirou fundo, controlando sua raiva. Ela estava mudando algo que não precisava ser mudado. Ele observava o Éter daquele vão desde sempre, mas agora não podia parar o trabalho. A fresta que tinha alguns centímetros passou a ser um vão de mais de um palmo, atravessando o telhado, expondo as vigas. Através dele, dava pra ver seus cobertores lá embaixo, no sótão.

– Bear me falou de algumas outras coisas que poderíamos fazer enquanto estamos aqui.

– Venha dar uma volta comigo, Kirra – disse ele.

– Eu adoraria. – O som da voz dela, doce como néctar, remexeu seus nervos.

Perry sentiu os olhares conforme eles desceram a escada e atravessaram a clareira, juntos. Pegou a trilha para a enseada, sabendo que a encontraria vazia. Era cedo demais para que os pescadores estivessem de volta.

– Pensei em sermos úteis – disse Kirra quando eles pararam.

Ele ficou irritado por ela falar primeiro.

– Se querem trabalhar, venham a mim, não a Bear.

– Eu tentei, mas não consegui encontrá-lo. – Ela ergueu uma sobrancelha. – Isso quer dizer que você quer que a gente fique?

Perry tinha pensado a respeito durante toda a manhã, enquanto ouvia Marron descrevendo o trabalho necessário na caverna. Ele não via razão para rejeitar um bando de gente capaz. Se estivesse certo quanto ao Éter, já estavam com o tempo estourado.

– Sim – disse ele –, eu quero que fiquem.

Os olhos de Kirra se arregalaram de surpresa, mas ela logo se recuperou.

– Eu estava esperando que você brigasse um pouquinho mais comigo. Nem me importaria, na verdade.

Seu tom era de flerte, mas seu temperamento era difícil de identificar, uma mistura estranha de ternura e frieza. Amargo e doce.

Ela riu, prendendo uma mecha de cabelo atrás da orelha.

– Você me deixa nervosa, me olhando com esses olhos.

– São os únicos que eu tenho.

– Eu não quis dizer que não gosto deles.

– Sei o que você quis dizer.

Ela se remexeu, e seu aroma aqueceu.

– Certo – disse ela, desviando o olhar para o peito dele, depois para o colar em seu pescoço.

A atração dela por ele era real, não havia como esconder, mas ele não conseguia afastar a sensação de que ela estava jogando verde.

– Então, onde você quer que a gente trabalhe? – perguntou ela.

– Terminem o telhado. Amanhã eu vou lhe mostrar a caverna. – Ele se virou para ir embora.

Ela tocou seu braço, fazendo-o parar. Uma onda de adrenalina percorreu seu corpo.

– Perry, será mais fácil se nós encontrarmos um jeito de nos entrosarmos.

– Estamos nos entrosando – disse ele e saiu andando.

No jantar, o grupo de Kirra estava tão ruidoso quanto na noite anterior. Os dois homens que haviam consertado o buraco no telhado de Perry, Lark e Forest, vinham do interior do sul, assim como Kirra. Eles falavam alto, contavam piadas e histórias, cheios de perspicácia. Até o final do jantar, tinham deixado os Marés pedindo mais.

Kirra se entrosou bem com os Marés. Perry a observava, rindo com Gren e Twig, depois com Brooke. Ela até passou um tempo conversando com o Velho Will, e o deixou de rosto vermelho, por baixo da barba branca.

Perry não estava surpreso pela rapidez com que ela ganhou a aceitação dos Marés. Ele compreendia o quanto estavam aliviados em tê-la ali e se sentia da mesma forma, mas tudo que vinha dela o fazia se sentir como um alvo.

Bear se aproximou quando o refeitório estava quase vazio e sentou de frente para Perry, remexendo as mãos grandes.

– Podemos conversar, Peregrine?

Perry endireitou as costas diante do tom formal em sua voz.

– Claro. O que está havendo?

Bear suspirou e entrelaçou os dedos.

– Alguns de nós estivemos conversando e não queremos ir para a caverna. Não há motivo para isso agora. Temos comida suficiente para ficarmos novamente de pé e o pessoal de Kirra para nos ajudar na defesa. Isso é tudo o que precisamos.

Perry sentiu um aperto na barriga. Bear já tinha questionado suas decisões, mas isso era diferente. Dava a impressão de que havia algo mais. Ele limpou a garganta.

– Eu não vou mudar meus planos. Jurei que faria o que fosse bom para a tribo. É isso que estou fazendo.

– Entendo – disse Bear. – Não quero ir contra você. Nenhum de nós quer. – Ele levantou, franzindo as sobrancelhas grossas. – Lamento, Perry. Eu queria que você soubesse.

Mais tarde, em sua casa, Perry sentou à mesa com Marron e Reef, ao passo que o restante dos Seis jogava dados. Eles estavam animados por mais uma noite de música e diversão, a fome saciada pelo segundo dia seguido.

Perry ouvia distraído enquanto eles passavam uma garrafa de Luster, brincando uns com os outros. A conversa com Bear o deixara inquieto. Por mais que a partida de Wylan o tivesse magoado, ver Bear indo contra ele seria pior. Gostava de Bear, o respeitava. Era muito mais difícil falhar com alguém que ele considerava.

Perry mexeu no colar em seu pescoço. Subitamente, a lealdade parecia algo muito frágil. Ele nunca pensou que precisaria conquistá-la dia a dia. Embora não perdoasse o irmão pelo que havia feito, Perry estava começando a entender a pressão que forçara Vale a vender Talon e Clara. Ele havia sacrificado alguns pelo bem do todos. Perry tentou imaginar trocar Willow com os Ocupantes para solucionar seus problemas. Só em pensar se sentiu mal.

– Olhos de cobra outra vez. Dado maldito – disse Straggler. Ele levantou o copinho, revelando dois "um" na mesa.

Hyde sorriu debochado.

– Strag, eu achava impossível ser tão azarado como você.

– Ele é tão azarado que é quase sortudo – disse Gren. – É como uma sorte ao contrário.

– Ele também é bonito ao contrário – disse Hyde.

– Vou te dar um soco ao contrário – disse Strag ao irmão.

– Isso foi esperto ao contrário, cara. Significa que você vai dar um soco em *si mesmo*.

Ao lado de Perry, Marron sorriu suavemente enquanto fazia anotações no caderno de Vale. Estava desenhando fornalhas portáteis que proveriam tanto calor quanto luz para a caverna. Essa era apenas uma das coisas que ele pensou que impressionou Perry.

Reef estava sentado em sua cadeira, de braços cruzados, olhos pesados. Ignorando o jogo, Perry contou a ele o que Bear dissera.

Reef coçou a cabeça, afastando as tranças.

— É por causa de Kirra — disse ele. — Ela mudou as coisas por aqui.

Não era somente por causa de Kirra, pensou Perry. Era por causa de Liv. Ao se casar com Sable, ela dera uma chance aos Marés. Perry se perguntava se ela sabia o quanto ele precisava disso. E sentiu no peito uma pontada aguda de saudade da irmã. Grato a ela. Lamentando pelo sacrifício que tivera de fazer. Liv agora tinha uma nova vida. Um novo lar. Quando a veria novamente? Ele afastou os pensamentos da mente.

— Então, você concorda com Bear? — perguntou a Reef. — Acha que devemos ficar aqui?

— Concordo com Bear, mas vou seguir você. — Reef projetou o queixo aos outros ao redor da mesa. — Todos nós seguiremos.

Perry sentiu um aperto no estômago. Ele tinha o apoio deles, mas era baseado em devoção. Numa promessa que haviam feito meses antes, de joelhos. Eles seguiam cegamente, sem enxergar qualquer sabedoria em seu raciocínio, e isso também não parecia certo.

— Eu concordo com você — disse Marron, baixinho. — Se vale algo.

Perry assentiu em agradecimento. Naquele momento, valia muito.

— E quanto a você, Per? — perguntou Straggler. — Ainda acha que devemos mudar?

— Acho — disse Perry, pousando os braços na mesa. — Kirra trouxe comida e guerreiros, mas não parou o Éter. E nós temos que estar prontos. Por mim, ela poderia arrumar as malas e partir amanhã.

Ele instantaneamente se arrependeu de dizer essas palavras. O jogo de dados parou, e um silêncio estranho recaiu sobre o grupo. Ele parecia paranoico, como se achasse que todos fossem sair correndo. E ficou aliviado quando Cinder gritou lá do sótão, rompendo o silêncio.

– Eu também não gosto dela. Por que ela remendou o telhado?

Cinder olhava por cima do beirão, segurando o boné para que não caísse.

– Não. Simplesmente não gosto.

Perry já tinha notado. Cinder sabia que os Olfativos conseguiam farejar o cheiro do Éter nele. Mas, agora, com o cheiro permanentemente no ar, ele não tinha que se preocupar com Kirra.

Twig revirou os olhos e chacoalhou os dados no copo.

– Esse garoto não gosta de ninguém.

Gren o cutucou com o cotovelo.

– Isso não é verdade. Ele gosta da Willon, não gosta, Cinder? E até parece que você pode falar, beijador de sapo.

Quando a casa estava repleta com os sons dos seis homens e um menino grasnando a plenos pulmões, Marron fechou o caderno. Antes de sair, ele se inclinou na direção de Perry e disse:

– Os líderes precisam enxergar com clareza na escuridão, Peregrine. Você já faz isso.

Uma hora depois, Perry levantou da mesa e esticou as costas. A casa estava quieta, mas, lá fora, o vento tinha aumentado. Ele ouviu o uivo baixo e viu os raios reluzentes.

Olhando para o sótão, ele procurou, em vão, pela fresta de luz que sempre estivera ali. O pé de Cinder estava pendurado para fora da beirada, remexendo, durante o sono. Perry passou por cima de Hayden e Straggler, abriu a porta do quarto de Vale e entrou.

Lá dentro estava mais fresco e escuro. Com o piso do outro cômodo lotado, não fazia sentido deixar esse sem uso, mas ele não conseguia. Nunca conseguira ficar dentro dessas paredes. Sua mãe morrera ali, e Mila também. O quarto só trazia uma boa lembrança.

Ele deitou na cama, exalou o ar lentamente, e ficou olhando as vigas de madeira do teto. Tinha se acostumado a lutar contra o impulso, mas agora não o fez. Agora se deixou relembrar a sensação de Ária deitada em seus braços, pouco antes da Cerimônia de Marcação, sorrindo, ao perguntar se ele não deixava escapar nada.

A resposta não mudara. Ele não queria deixá-la escapar e sentia muito sua falta. Sempre.

Capítulo 28
ÁRIA

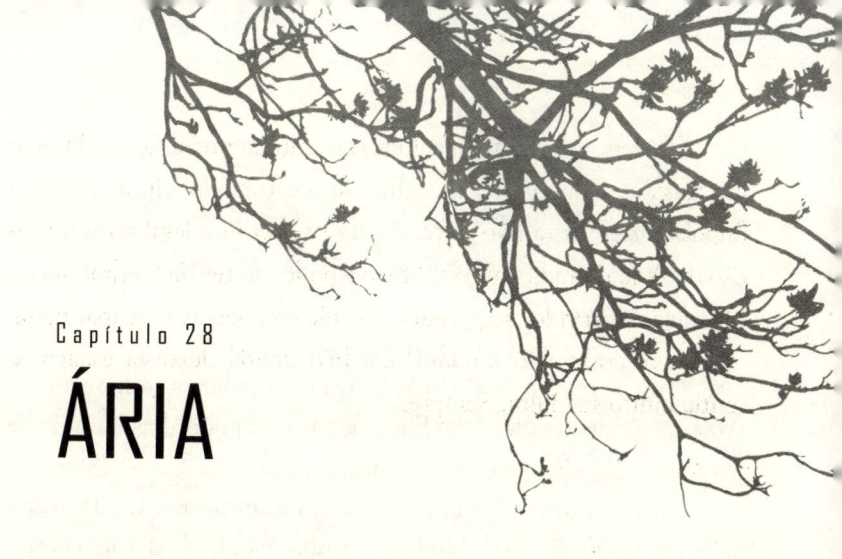

Liv alisou a seda marfim de seu vestido de noiva.

– O que acha? – perguntou. Seus cabelos pendiam em ondas despenteadas sobre os ombros, os olhos estavam inchados de dormir. – Está bom? – Elas estavam no quarto de Liv, um cômodo grande com uma varanda igual a da sala de jantar da noite anterior, algumas portas adiante, no corredor. Uma lareira crepitava de um lado, e tapetes grossos de pele cobriam o piso de tábua corrida.

Ária estava sentada na cama felpuda, olhando uma mulher atarracada prender a bainha do vestido de Liv. Ela estava cansada e desejou que ela e Liv tivessem adormecido ali, em vez de em sua cama. Uma brisa fresca matinal soprava lá de fora, trazendo o cheiro de fumaça, um lembrete da tempestade da noite anterior.

– Está ótimo – respondeu Ária. O corte simples do vestido complementava a silhueta longa e musculosa de Liv, enfatizando sua beleza natural. Ela estava deslumbrante. E nervosa. Desde que colocara o vestido, meia hora antes, Liv não tinha parado de tamborilar os dedos nas pernas.

– Pare quieta, ou vou espetá-la – disse a costureira com alfinetes presos entre os lábios e a voz abafada e irritada.

– Isso não é grande coisa como ameaça, Rena. Você já me espetou umas dez vezes.

– É porque você fica se remexendo como um peixe. Fique *quieta*!

Liv revirou os olhos.

– Vou jogá-la no rio depois que você terminar.

Rena fungou.

– Talvez eu me jogue bem antes disso, querida.

Liv estava brincando, mas ficava mais pálida a cada segundo. Ária não podia condená-la. Ela ia se casar em dois dias, unindo-se para sempre a alguém que não amava. *Sable*.

Ária deu uma olhada para a porta e sentiu um nó de ansiedade no estômago. Roar ainda não tinha ressurgido desde o jantar da noite anterior.

O som de vozes no corredor ecoava na madeira grossa. Ela estava aprendendo o caminho pelos corredores sinuosos. Os aposentos de Sable ficavam próximos. Agora que ele sabia que ela estava em busca do Azul Sereno, seria mais difícil do que nunca para que ela conseguisse se afastar e procurar informação, porém, tentaria mais tarde.

– Sabe aquilo que você disse ontem à noite, sobre o pássaro rebelde? – disse Liv, subitamente. – Concordo com você.

Ária sentou-se ereta.

– Concorda?

Liv assentiu.

– Não há como domesticá-lo... Acha que estou atrasada demais?

Atrasada para dizer a Roar que o amava? Ária quase soltou uma gargalhada de pura felicidade.

– Não. Acho que você jamais estaria atrasada. – Durante os dez minutos seguintes, enquanto a costureira terminava, estava tão inquieta quanto Liv, lutando para não sorrir. Quando Rena saiu e elas finalmente ficaram sozinhas, ela pulou da cama e correu até o lado de Liv.

– Tem certeza?

— Sim. Ele é a única coisa da qual sempre tive certeza. Ajude-me a tirar esse negócio. Eu preciso encontrá-lo. — Em segundos, ela trocou de roupa, vestindo sua calça comprida surrada, botas de couro e uma camisa branca de mangas compridas. Ela torceu os cabelos atrás e colocou um coldre de couro no ombro para guardar sua meia espada.

Elas checaram o quarto de Roar, depois o de Ária, encontrando ambos vazios. Discretamente, Liv perguntou a alguns guardas sobre Roar. Ninguém o vira.

— Onde você acha que ele está? — perguntou Ária enquanto Liv a conduzia pelos corredores.

Liv sorriu.

— Tenho algumas ideias.

Os ouvidos de Ária retumbavam conforme elas saíram e seguiram pelas ruas sombrias. Ela podia colher informação enquanto procuravam por Roar.

As pessoas notavam Liv à medida que elas iam passando, assentindo, cumprimentado. Sua altura a tornava difícil de não notar. Em alguns dias, ela seria uma mulher poderosa, uma líder, ao lado de Sable, e eles a admiravam por isso. Ária ficou pensando qual seria a sensação. Queria ficar ao lado de Perry, forte por si mesma e aceita por quem ela era.

Todos pareciam comentar sobre a tempestade da noite anterior. Os campos do sudeste de Rim ainda queimavam, e todos se perguntavam que atitude Sable tomaria. Se ele estava sofrendo sob o Éter, como todo mundo, por que ainda não tinha partido para o Azul Sereno? O que estava esperando?

— Qual é o tamanho das tribos dos Galhadas? — perguntou a Liv conforme seguiam pelo mercado lotado.

— Milhares na cidade e mais nas periferias. Ele tem colônias também, gosta de ter tudo do melhor, em grande fartura. Por isso não gosta de Ocupantes. — Ela olhou para Ária, erguendo levemente os ombros, como quem se desculpa. — Ele não pode comprar suas cidades e detesta isso. Ele despreza tudo que não pode ter.

Isso fazia mais sentido que a teoria de Wylan quanto à rusga de séculos.

A mente de Ária girava enquanto ela seguia Liv. Como Sable faria para deslocar a tribo inteira, de milhares de pessoas, até o Azul Sereno? Não somente as pessoas, mas todos os suprimentos de que precisariam, mantendo-se ágeis o suficiente para evitar as tempestades de Éter? Ela não conseguia imaginar como ele faria isso. Talvez por isso ainda não tivesse feito.

Liv parou diante de uma porta torta, com tinta vermelha descascando. Um pedaço de conversa chegou aos ouvidos de Ária.

– Se Roar estiver em algum lugar, será aqui.

Conforme elas entraram, Ária observou as mesas compridas repletas de homens e mulheres. O cheiro adocicado de mel do Luster pairava no ar abafado.

– Um bar. – Ela sacudiu a cabeça, mas teve que admitir que era um bom lugar para começar. Na primeira vez que ela encontrara Roar, ele estava com uma garrafa de Luster nas mãos. Desde então, vira a mesma coisa muitas vezes.

Roar não estava ali, mas elas o encontraram depois de duas paradas. Quando as viu, ele baixou a cabeça.

Quando Ária se aproximou, ele ainda estava cabisbaixo, os punhos fechados. Parecia arrasado.

Ela sentou de frente para ele.

– Você me deixou preocupada – disse ela, se esforçando por um tom leve. – Detesto me preocupar.

Ele ergueu os olhos vermelhos para ela, dando um rápido sorriso.

– Desculpe. – Então, olhou fixamente para Liv, que sentara ao lado. – Você não deveria estar se casando?

Liv mal conseguia ficar sem sorrir. Ela estendeu o braço e pousou a mão sobre a mão dele.

Ele deu um solavanco, afastando a mão, mas ela segurou firme. Alguns segundos passaram. Roar desviou o olhar da mão para os olhos dela, e seu rosto passou de perdido para a expressão de quem se encontrou. De partido para inteiro.

Ária sentiu um aperto na garganta e não conseguia mais olhar para ele. Do outro lado do bar pouco iluminado, um homem com uma pele amarelada a encarava, e seu olhar se estendeu demais.

– Liv – alertou ela, baixinho. Eles estavam sendo observados.

Liv recuou a mão, mas Roar não se mexeu. As veias em seu pescoço estavam saltadas, e seus olhos, cheios d'água. Ele estava na expectativa. Procurando manter o último fiapo de autocontrole.

– Você quase me matou – sussurrou ele com a voz rouca. – Eu a odeio. Odeio você.

Mas que mentira. Como isso estava longe da verdade. Ali, em meio ao povo de Sable, era tudo que ele podia dizer.

– Eu sei – disse Liv.

Perto do bar, uma mulher de rosto mais azedo desviou os olhos para Ária. Subitamente, todos pareciam estar observando e ouvindo.

– Precisamos sair daqui – sussurrou ela.

– Liv, *você* precisa sair – disse Roar, baixinho. – Agora mesmo. É muito arriscado que você fique. Ele irá saber como você se sente.

Liv sacudiu a cabeça.

– Não faz mal. Isso não vai mudar nada. Ele soube no instante em que você apareceu.

Ária se inclinou na direção deles.

– Vamos – disse ela, bem na hora em que os guardas de Sable irromperam porta adentro.

Ária e Roar tiveram suas facas tomadas e foram levados de volta pelas ruas da cidade. Quando viu que eles estavam sendo tratados como prisioneiros, Liv gritou enfurecida, quase sacando sua meia espada, mas os guardas não cederam. Disseram que eram ordens de Sable.

Ária trocou um olhar preocupado com Roar quando eles se aproximaram da fortaleza de Sable. O casamento deles era arranjado; nunca tinha sido por amor. Mas uma pontada forte de preocupação se instalou no estômago de Ária.

Eles foram levados pelo grande salão, agora vazio e silencioso, e pelos corredores até a sala de jantar, com o arranjo de mesa e as cortinas cor de ferrugem. Sable sentou à mesa, falando com um homem que Ária reconheceu. Era maltrapilho, tinha colheres e bugigangas penduradas na roupa. Seus dentes eram escassos e tortos.

Ele parecia ligeiramente familiar, como uma figura que ela vira num sonho ou pesadelo. Então, se lembrou. Ela o vira rapidamente durante a Cerimônia da Marcação. Ele era o fofoqueiro que estivera lá na noite em que ela foi envenenada e Perry perdeu parte de sua tribo.

Um único pensamento lhe ocorreu.

Esse homem sabia que ela era uma Ocupante.

Ao vê-los, Sable empurrou a cadeira para trás e levantou. Ele deu um rápido olhar para Liv e Roar, com uma expressão equilibrada, quase desinteressada, antes de virar para encará-la.

– Desculpe estragar a diversão de sua tarde, Ária – disse ele, caminhando até ela –, mas Shade estava aqui me contando alguns fatos interessantes sobre você. Parece que eu estava certo. Você é, mesmo, ímpar.

O coração dela disparou no peito quando ele parou a sua frente. Ela não conseguia desviar de seus olhos azuis perfurantes. Quando ele falou novamente, o tom cortante de sua voz lhe deu um arrepio.

– Você veio até aqui roubar o que eu sei, Ocupante?

Ela só viu uma possibilidade. Uma chance. E a pegou.

– Não – disse ela. – Estou aqui para lhe oferecer um acordo.

Capítulo 29
PEREGRINE

– Detesto isso – disse Kirra.

Perry ficou vendo Kirra bater as mãos depois de beber água de seu cantil.

– Você detesta *areia?* Eu nunca ouvi alguém dizer isso.

– Você acha ridículo.

Ele sacudiu a cabeça.

– Não, mas parece impossível... é como detestar árvores.

Kirra sorriu.

– Sou indiferente às árvores.

Ao longo das dunas, os cavalos seguiam pela vegetação marinha.

Eles tinham passado a maior parte do dia com Marron, atribuindo várias tarefas ao pessoal de Kirra. Então, Perry havia mostrado a Kirra suas fronteiras nordestes, ele também podia utilizar a vigilância do pessoal dela. Agora tinham parado para um rápido descanso na costa antes de voltarem à aldeia.

Eles precisavam voltar logo, uma tempestade estava se armando, vinda do norte, mas ele queria só mais alguns minutos sem ser Soberano de Sangue.

Kirra tinha sido mais afável durante a manhã toda. E, com trabalho de sobra a ser feito, ela tinha razão quanto a eles se entrosarem. Ele decidira lhe dar uma chance.

Ela recostou para trás, apoiando-se nos cotovelos.

– Lá de onde venho, nós temos lagos. Eles são mais silenciosos. Mais limpos. E é mais fácil farejar, sem todo esse sal no ar.

Era o contrário para ele. Perry preferia a forma como os odores eram levados pela maresia. Mas isso era tudo que ele conhecia.

– Por que você foi embora?

– Fomos forçados a sair, por outra tribo, quando eu era jovem. Eu cresci nas terras fronteiriças até que fomos acolhidos pelos Galhadas. Sable tem sido bom para mim. Sou sua predileta para missões como essa. Não reclamo. Eu prefiro estar em movimento a ficar presa em Rim. – Ela sorriu. – Agora, chega de falar mim. Fiquei imaginando como você arranjou essas cicatrizes.

Perry flexionou os dedos.

– Queimei, ano passado.

– Parece que foi feio.

– Foi. – Ele não queria falar sobre sua mão. Cinder a queimara. Ária cuidara. Não eram coisas que ele quisesse discutir com Kirra. O silêncio se alongou entre eles. Perry olhou o mar, para um lugar onde o Éter reluziu no horizonte. Agora, as tempestades eram constantes.

– Eu não sabia sobre a garota, a Ocupante, logo que cheguei – disse Kirra, depois de um tempo.

Ele resistiu ao ímpeto de mudar de assunto mais uma vez.

– Então, há algo que você não tinha ouvido a meu respeito.

Ela inclinou a cabeça para o lado, como ele.

– Acho que deixei de vê-la por pouco – disse ela. – E se nós fôssemos a mesma pessoa? Talvez, sob disfarce.

Isso o surpreendeu. Ele riu.

– Não são.

– Não? Aposto que eu o conheço melhor que ela.

– Acho que não, Kirra.

Ela ergueu as sobrancelhas.

– É mesmo? Vejamos... Você se preocupa com sua gente e é uma preocupação profunda, mais do que a responsabilidade de usar a corrente. Como se cuidar de outras pessoas fosse algo que você precisa fazer. Se eu tivesse de adivinhar, diria que proteção e segurança são coisas que você mesmo nunca conheceu.

Perry se forçou a não desviar dos olhos dela. Ele não podia culpá-la por saber o que sabia. Ela era como ele. Era a forma como eles analisavam as pessoas. Até o íntimo de suas emoções. Até as verdades mais profundas.

– Você tem um laço forte com Marron e Reef – prosseguiu ela –, mas seu relacionamento com um é mais difícil do que com o outro.

Verdade de novo. Marron era um mentor e colega. Mas Reef às vezes parecia mais um pai, uma ligação que nem sempre era fácil.

– E tem Cinder – disse ela. – Até onde notei, você não é rendido a ele, mas há algo poderoso entre vocês. – Ela parou, esperando que ele comentasse e como ele não disse nada, ela prosseguiu. – O mais interessante é seu temperamento perto das mulheres. Você é obviamente...

Perry deu uma risada engasgada.

– Tudo bem, chega. Agora pode parar. E quanto a você, Kirra?

– O que é que tem? – Ela parecia calma, mas um aroma esverdeado e vibrante chegou a ele, revolvendo de ansiedade.

– Há dois dias você vem tentando me atrair, mas hoje não está.

– Eu continuaria se achasse que teria uma chance – disse ela, simplesmente, sem desculpas. – De qualquer forma, lamento pelo que você está passando.

Ele sabia que era uma isca, mas não pôde se conter.

– Pelo que estou passando?

Ela sacudiu os ombros.

– Ser traído por seu melhor amigo.

Perry ficou olhando para ela. Kirra achava que Ária e Roar estavam *juntos*? Ele sacudiu a cabeça.

– Não. Você ouviu errado. Eles são somente amigos. Ambos tiveram que ir para o norte.

– Ah... acho que eu só concluí, já que ambos são Audis e partiram sem lhe dizer. Desculpe. Esqueça que eu disse isso. – Ela olhou para o céu. – Isso está parecendo ruim. – Ela levantou, batendo a areia das mãos. – Venha. Melhor voltarmos.

Enquanto eles cavalgavam de volta à aldeia, Perry não conseguia evitar as imagens.

Roar erguendo Ária num abraço naquele primeiro dia, em sua casa.

Roar em pé, no alto da praia, brincando, depois que Perry estivera beijando Ária. *Isso também estava me matando, Per.*

Uma brincadeira. Só podia ser brincadeira.

Ária e Roar cantando, no refeitório, na noite da tempestade de Éter. Cantando perfeitamente, como se tivessem feito isso mil vezes.

Perry sacudiu a cabeça. Ele sabia como Ária se sentia em relação a ele, e como ela se sentia em relação a Roar. Quando estavam juntos, ele *farejava* a diferença.

Kirra fizera isso com ele de propósito. Ela tinha plantado a ideia para deixá-lo em dúvida, mas Ária não o traíra. Não faria isso, nem Roar. Não foi por isso que ela partiu.

Ele não queria pensar no verdadeiro motivo e afastou a preocupação da cabeça, para o lugar onde tentava guardar havia semanas, mas não ficava. Não passava. Não o deixava em paz.

Ária tinha partido porque havia sido envenenada. Ela tinha ido embora porque ali, em sua casa, bem embaixo de seu nariz, quase fora morta. Ela tinha ido embora porque ele prometera protegê-la e não o fizera. Foi por isso.

Porque ele tinha fracassado com ela.

Capítulo 30

ÁRIA

– Isso se chama Olho Mágico – disse Ária, segurando o dispositivo com as mãos trêmulas. Ela estava sentada à mesa de jantar, com Sable, enquanto uma chuva contínua caía lá fora, na varanda de pedra. Ia caindo a noite e ela ouvia o rio Cobra, mais cheio com a chuva, fluindo abaixo.

– Ouvi falar deles – disse Sable.

Em silêncio, Liv estava sentada ao lado dele com o rosto inexpressivo. Ao fundo da sala, Roar parecia calmo, recostado à parede, mas seu olhar, calculado e intenso, desviava de Sable para os guardas próximos à porta.

Ária engoliu com a garganta apertada e seca.

– Agora eu vou tentar contato com o cônsul Hess.

Ela nunca tinha se sentido tão constrangida ao colocar o dispositivo. Até os guardas perto da porta a encaravam. Pelo menos Sable tinha mandado o fofoqueiro maltrapilho embora.

Quando fracionou, ela surgiu novamente no escritório de Hess. Ele estava perto da parede envidraçada, atrás de sua escrivaninha. Como antes, ela viu a Sede e sentiu a mesma pontada de saudade de casa.

– Sim? – disse ele impacientemente.

– Estou aqui com Sable.

– Eu *sei* onde você está – comentou Hess claramente irritado.

– Quero dizer, ele está *aqui* – falou ela. – Sable está na minha frente neste momento.

Hess contornou a mesa, subitamente focado. Alerta. Ela prosseguiu.

– Ele sabe onde fica o Azul Sereno, mas precisa de transporte. Ele está aberto a negociar.

Ária ouviu a si mesma falando, o som de sua própria voz estranhamente distante. No real, sentia o encosto da cadeira de madeira em suas costas, a sensação melancólica e distante. Ela estava na sala de jantar de Sable e no escritório de Hess, mas tudo parecia irreal. Ela não podia acreditar que isso estivesse acontecendo.

– Sable *se ofereceu* para negociar?

Ária sacudiu a cabeça.

– Não. Foi ideia minha. Tive um palpite do que ele precisava e eu sei o que temos. – Ela tinha visto o hangar perfilado de aeronaves meses antes, em Quimera, no dia em que foi deixada do lado de fora. – Segui meu instinto – disse ela. – Eu tinha que fazer isso... e estava certa.

Hess observou-a por um longo momento, estreitando os olhos.

– Transporte para onde e para quantos?

– Eu não sei – disse ela. – Sable quer falar com você diretamente.

– Quando – perguntou ele.

– Agora.

Hess concordou.

– Dê-lhe o Olho Mágico. Eu farei o restante.

Ária fracionou saindo, mas ainda não tirara o Olho. No real, Sable a olhava fixamente. Mantendo a respiração firme, ela escolheu a máscara do fantasma.

Soren falou assim que ela o encontrou, no salão de ópera.

– Estou acompanhando.

– Você gravaria a reunião? Quero saber de *tudo* que eles falarem, Soren. Eu mesma quero ver.

— Eu já disse que o faria. — Um sorriso se abriu no rosto dele. — Nada mal, Ária, nada mal.

Ária fracionou saindo e tirou o Olho Mágico, segurando-o na palma de sua mão. Seus dedos ainda tremiam, e ela não conseguia fazê-los parar.

— Está combinado — disse ela a Sable. — Hess está esperando por você.

Sable estendeu a mão, mas ela hesitou, subitamente se sentindo possessiva com o dispositivo. Ela havia, por vontade própria, ajudado Perry a entrar nos Reinos no último outono, mas isso era diferente. Era como se estivesse convidando um estranho a algo particular. Mas não tinha escolha. Sable daria a Hess a localização do Azul Sereno, em troca de transporte. Sua parte no acordo estaria concluída. Ela poderia pegar Talon de volta e ficar livre de Hess.

Ela o entregou a Sable.

— Coloque-o sobre o olho esquerdo, como eu fiz. Ele irá aderir à sua pele. Fique calmo, respire lentamente e você irá se adaptar. Hess irá levá-lo a um Reino uma vez que o dispositivo esteja ativado.

A luz das velas refletiu no dispositivo, conforme Sable o examinava. Satisfeito, ele o colocou sobre o olho. Ária viu seus ombros retraindo, conforme a biotecnologia agia, depois relaxou ao se adaptar à pressão sutil. Instantes depois, ele gemeu baixinho, com o foco ficando cada vez mais distante, e ela soube que ele havia fracionado aos Reinos. Ele estava com Hess. Não havia nada a fazer, exceto esperar.

Ária relaxou em sua cadeira e imaginou as negociações acontecendo entre Sable e Hess. Quem ficaria em vantagem? Ela veria tudo mais tarde, graças a Soren. Ela jamais poderia esperar tê-lo como aliado lá dentro.

Minutos se passaram em silêncio antes que Sable desse um solavanco, se endireitando. Ele olhou ao redor da sala e tirou o Olho Mágico.

— Inacreditável — disse ele, olhando o dispositivo em sua mão.

– O que o Hess disse? – perguntou ela.

Sable respirou algumas vezes.

– Eu disse a ele o que preciso. Ele está analisando.

– Então, nós esperamos? – perguntou Ária. – Quanto tempo?

– Algumas horas.

Ária resfolegou. Seria bem rápido. Ela não podia acreditar que o plano estava funcionando. Sentia-se como se tivesse dado o primeiro passo de volta aos Marés. A Perry.

Sable levantou da mesa.

– Vamos, Olivia – disse ele, caminhando para a porta.

Ária levantou.

– *Espere* – falou ela. – O Olho Mágico. Eu o trarei de volta, quando for a hora.

Ele se virou para ela.

– Não precisa. Vou ficar com ele.

Liv veio ao lado dela.

– Sable, é dela.

– Não é mais – disse ele, depois falou com os guardas na porta.

– Mantenha-os aqui por essa noite. Talvez eu ainda precise da Ocupante. Depois os acompanhe para fora da cidade, ao raiar do dia. – Os olhos azuis de aço desviaram para Liv. – Tenho certeza de que você entende por que seus amigos não podem ficar.

Liv deu uma olhada para Roar, que estava a alguns palmos de distância, paralisado.

– Eu entendo – disse ela. Depois seguiu Sable para fora da sala, sem olhar para trás.

Horas depois, Ária estava à mesa com Roar, observando as cortinas cor de ferrugem remexendo ao vento. A sala de jantar estava sob um manto de escuridão, e a única luz entrava pelas portas abertas da varanda. De vez em quando, ela ouvia as vozes abafadas dos guardas que estavam posicionados no corredor.

Ela esfregou os braços, sentindo-se anestesiada. A essa altura, Sable certamente teria se reunido com Hess. Ele a usara para, depois, descartá-la. Ela sacudiu a cabeça. Ele era mais parecido com Hess do que ela tinha pensado.

Lá fora, a chuva tinha parado, deixando as pedras da varanda reluzentes, refletindo o brilho do céu. De onde ela estava, dava para ver as correntes do Éter. Correntes brilhosas fluindo na escuridão. Em breve, veriam outra tempestade. Isso não a chocava mais. As tempestades acabariam vindo qualquer dia, e seria igual à União. Décadas de espirais constantes despencando pela terra, cobrindo-a de destruição. Mas não se espalharia por cima de tudo.

Em sua mente, Ária imaginou um oásis. Um lugar dourado sob a luz solar. Imaginou um longo píer, com gaivotas revoando pelo céu azul acima. Imaginou Perry e Talon juntos, pescando, contentes e tranquilos. Cinder também estaria lá, observando-os, segurando o boné para que não voasse. Imaginou, também, Liv e Roar por perto, sussurrando um com o outro, planejando algum tipo de travessura que inevitavelmente levaria alguém a ser jogado na água. E ela estaria lá. Cantaria algo suave e bonito. Uma canção que conteria o balanço das ondas, a sensação aquecida do sol. Uma canção que captaria a forma como ela se sentia por todos eles.

Isso era o que queria. Era seu Azul Sereno e o ar que ela respirava, a cada segundo, e poderia escolher lutar por isso, ou não.

Ela percebeu que não era uma escolha. Sempre lutaria.

Ária levantou e gesticulou para que Roar a seguisse até a varanda. Ao sair, o gemido fantasmagórico do vento eriçou os pelos de seus braços. Abaixo, viu o rio Cobra, suas águas negras revolvendo sob a luz do Éter. A fumaça se erguia das casas ao longo das margens, e ela pôde ver a ponte que eles tinham atravessado, ainda ontem. Na escuridão, a ponte parecia um arco pontilhado de luzes de fogo.

Roar estava a seu lado, o maxilar tenso, seus olhos castanhos apertados de raiva.

Ela estendeu o braço para pegar a mão dele.

Nós vamos recuperar o Olho. Podemos seguir pelo beiral, até a outra varanda e entrar escondido. Posso fazer com que cheguemos ao quarto de Sable. Preciso do Azul Sereno por Talon. Por Perry. Se estiver no Olho, então nós teremos o que viemos buscar. Pegaremos Liv e partiremos daqui.

Era um plano desesperado. Cheio de falhas e perigoso. Mas o espaço que tinham para agir ia diminuindo a cada minuto. Em algumas horas, eles seriam expulsos de Rim. Agora era a hora de arriscar.

– Sim – sussurrou Roar, ansioso. – Vamos.

Ária olhou por cima da mureta baixa que circundava a varanda. Um pequeno beiral ia até a varanda seguinte, a cerca de seis metros de distância. Era apenas uma pequena beirada de pedra, com meros dez centímetros de largura. Ela olhou para baixo. Não tinha medo de altura, mas seu estômago contraiu, como se ela tivesse tomado um soco. Ela calculou que a distância até o rio Cobra fosse de quase vinte metros. Uma queda dessa altura seria fatal.

Ela girou as pernas por cima da mureta e pisou no beiral. Uma rajada de vento fez sua blusa se agitar. Ela engasgou, curvando as costas com o arrepio que a percorreu. Cravando os dedos nas cavidades, respirou fundo e deu os primeiros passos, afastando-se da varanda. Depois outro passo. E mais um.

Ela deslizava as mãos por cima dos blocos de pedra, procurando frestas e beiras, enquanto mantinha os olhos nos pés. Ouvia o arrasto suave dos pés de Roar atrás dela, e o eco do riso de uma mulher em algum lugar acima. Ela desviou o olhar. Estava na metade do caminho.

Sua bota escorregou. Ela bateu a canela no beiral e se agarrou desesperadamente à pedra, virando as unhas, quebrando-as. Os dedos de Roar agarraram seu braço, equilibrando-a. Ela pressionou o rosto na parede de pedra, cada músculo de seu corpo estava retraído. Por mais que se forçasse junto à parede, não era suficiente. Ela respirou, forçando-se a afastar da cabeça a sensação de cair para trás.

– Estou bem aqui – sussurrou Roar. A mão dele estava espalmada em suas costas, firme e morna. – Não vou deixá-la cair.

Ela só conseguiu assentir. Só podia prosseguir.

Um passo de cada vez, ela foi se aproximando da varanda ao lado. Ao chegar perto, viu uma porta dupla. Estava aberta, mas, além deles, ela só via a escuridão. Esperou, contendo sua avidez por sair do beiral escorregadio, deixando que seus ouvidos lhe dissessem o que a esperava lá dentro.

Ela não ouvia nada. Som algum.

Ária pulou por cima da mureta e caiu num sofá. Ela pôs a mão abaixo, fazendo apenas uma rápida ligação com o chão firme. Roar aterrissou ao lado, sem qualquer ruído.

Juntos, atravessaram a varanda. Uma olhada rápida mostrou que a sala escurecida além das portas estava vazia. Eles entraram silenciosos, desarmados.

Somente a luz do Éter fluía através das portas e iluminava o cômodo, mas era o suficiente para ver que o espaço estava vazio, sem outros móveis, além de algumas cadeiras nos cantos. Roar logo seguiu em direção a elas. Ela ouviu dois estalos abafados. Ele voltou e entregou-lhe um pedaço de galhada. Ária testou o tato em sua mão. Era praticamente do mesmo tamanho de suas facas. Não tão afiado, mas serviria como arma.

Seguindo até a porta, eles ficaram ouvindo os sons do corredor. Saíram e se apressaram em direção ao quarto de Sable. As lamparinas tremulavam no caminho, criando piscinas de luz e sombra. Ela firmou a mão no pedaço de chifre. Havia passado o inverno praticando suas habilidades de luta com Roar. Aprendendo velocidade, oportunidade. Ação furtiva. Ela se sentia pronta, e a adrenalina em seu sangue estava no limite da avidez e do medo.

O quarto de Liv estava perto e o de Sable não estaria muito mais longe.

Ária ouviu passos. Congelou. Adiante, Roar ficou tenso. Duas passadas ecoavam até seus ouvidos. Ambas eram pesadas, e as batidas dos calcanhares eram firmes sobre a pedra. O som ecoava, num momento, à frente, no momento seguinte, atrás dela. Ela viu a incerteza nos olhos de Roar. Para onde? Não havia tempo.

Eles pularam juntos, à frente, deslizando os pés, ganhando a parede de pedra. Ou evitariam os guardas ou trombariam direto com eles.

Chegaram ao final, no instante em que um par de guardas virou o canto, depois se moveram com se tivessem ensaiado. Roar pulou no maior, mais perto dele. Ária saltou no outro.

Ela bateu com a galhada na têmpora do guarda. A batida foi sólida, com um impacto dissonante, dando um tranco no braço dela. O homem balançou para trás, perplexo. Ela arrancou-lhe a faca do cinto e empunhou, pronta para a segunda investida. Pronta para cortar. Mas os olhos dele reviraram; ele estava caindo. Ela bateu com o cabo da faca em seu queixo, apagando-o, e ainda teve tempo para agarrar a manga de seu uniforme, abrandando o som de sua queda.

Por um instante, ficou olhando o guarda, o rosto avermelhado e a boca mole, profundamente derrotado no chão, e sentiu uma confiança que a tatuagem jamais poderia lhe dar. Então, virou para ver Roar esticar o corpo do outro guarda. Ele enfiou a faca no cinto, seus olhos escuros cintilaram para ela, frios, focados. Ele projetou o queixo, gesticulando ao corredor, depois pendurou no ombro, o homem que tinha derrubado.

Ária não podia carregar o outro guarda sozinha, e não havia tempo para dúvidas. Ela saiu correndo até o quarto de Liv. Parou na porta, segurou firme na maçaneta de ferro e entrou.

A luz do corredor se espalhou no quarto escurecido. Liv estava deitada na cama, acordada, por cima das cobertas. Quando viu Ária, pulou de pé em silêncio. Estava vestida com sua roupa diária, até de botas.

Liv desviou o olhar de Ária para a porta. Depois partiu para o corredor, sem dar uma palavra. Ária partiu atrás dela. Elas passaram por Roar, carregando o guarda no ombro. Silenciosamente, Liv segurou por baixo dos braços o homem que Ária havia nocauteado. Ária o pegou pelos pés. Juntas, elas o carregaram para dentro do quarto de Liv e o colocaram junto à parede, onde Roar tinha colocado o outro homem. Ária disparou de volta até a porta aberta. Com cuidado, ela a fechou, ouvindo a fechadura suavemente clicar no lugar.

Depois virou e viu Roar e Liv abraçados.

Capítulo 31
PEREGRINE

Depois do jantar, Perry ficou sentado no refeitório, entorpecido, pensando em Ária. Ela não o traíra. Não estava com Roar. Ele não a perdera. Os pensamentos giravam por sua mente num ciclo interminável.

O Éter havia se acumulado o dia todo, deixando todos ansiosos, esperando que a tempestade chegasse. Reef e Marron estavam sentados um de cada lado, ambos quietos. Ali perto, Kirra conversava em voz baixa com seus homens, Lark e Forest.

Só Willow falava normalmente. Ela estava sentada de frente para Perry, à mesa, papeando com Cinder, sobre o dia que encontrara Flea.

– Foi há quatro anos – disse ela –, e ele era ainda mais *esculhambado* que agora.

– Esculhambado – repetiu Cinder, tentando não sorrir.

– Eu sei. Eu, o Perry e o Talon estávamos voltando da enseada quando Talon o avistou. Flea estava deitado de lado, bem ao lado da trilha. Não é, Perry?

Ele ouviu seu nome e voltou a si para responder.

– É, sim.

– Então, nós nos aproximamos, e eu vi um prego espetado em sua pata. Sabe essa parte macia entre os dedos? – Willow abriu os dedos, apontando. – Ali que estava o prego. Fiquei com medo de que ele fosse me morder, mas Perry se aproximou e disse: "Calma, pulguento. Só vou olhar sua pata."

Perry sorriu com a imitação que Willow fez dele. Não achava que sua voz fosse tão profunda. Enquanto ela continuava a tagarelar, ele olhou para a própria mão, flexionando-a. Lembrando-se da sensação dos dedos de Ária.

Será que ela o odiava? Havia se esquecido dele?

– O que está havendo? – perguntou Reef, baixinho.

Perry sacudiu a cabeça.

– Nada.

Reef olhou-o por um longo instante.

– Certo – disse ele, irritado, mas, ao levantar para sair, sua mão desceu ao ombro de Perry num afago rápido e tranquilizador.

Perry lutou contra o ímpeto de afastá-la. Não havia nada errado. Ele estava ótimo.

De seu outro lado, Marron fingiu não notar. Estava com o antigo caderno de Vale aberto na mesa, com um mapa da caverna. Quando virou a página, Perry viu a lista de comida de um ano antes, escrita com a letra do irmão. Naquela época, acharam ter tão pouco. Agora tinham menos. A carga de comida que Kirra tinha trazido não duraria para sempre, e Perry não sabia o que fazer para reabastecê-la.

Marron sentiu que ele estava olhando e ergueu os olhos, com um sorriso suave no rosto.

– Boa época para ser Soberano de Sangue, hein?

Perry engoliu. Não era pena. Não era. Ele assentiu.

– Seria pior sem você aqui.

O sorriso de Marron ficou mais terno.

– Você montou uma boa equipe, Perry. – Ele voltou ao caderno, criando três linhas e observando-as, depois suspirando. Ele fechou o caderno. – Bem, é melhor eu tentar descansar. – Ele enfiou o caderno debaixo do braço e saiu.

Sua saída inspirou outros. As pessoas foram saindo, uma a uma, até que só ficaram Reef e Kirra. Perry ficou olhando todos irem, com o coração disparado, sem um motivo que pudesse entender. Então, finalmente estava sozinho. Ele puxou uma vela para mais perto e brincou com a chama, os olhos embaçados, enquanto testava seu limite para a dor, até sumir.

Quando por fim saiu, o ar cheirava a cinza e tinha o ardor do Éter. Tinha cheiro de destruição. O céu revolvia, escuro e brilhante. Rajado e mutante. Em algumas horas, a tempestade cairia e a tribo invadiria o refeitório em busca de abrigo.

Flea veio correndo, atravessando a clareira, com as orelhas balançando. Perry abaixou e coçou o pescoço.

– E aí, pulguento. Está tomando conta das coisas para mim?

Flea ficou arfando para ele. Num lampejo, Perry se lembrou dele, do mesmo jeito, algumas semanas antes, recostado na perna de Ária. Subitamente, foi tomado pelo anseio de se sentir nítido e claro outra vez. De tirá-la da cabeça.

Disparou em direção à trilha da praia, correndo quando Flea correu também, apostando corrida com ele. Perry se forçou e pulou da última duna, sem pensar em nada, além de mergulhar no mar.

Aterrissou na areia macia e congelou.

Flea corria em direção a uma garota que estava perto da margem. Ela estava de frente para a água. Mais alta que Willow, Perry viu uma mulher de cabelos ruivos, mesmo na noite azulada.

Kirra viu Flea. Depois virou e o avistou. Ela ergueu a mão e deu um pequeno aceno.

Perry hesitou, sabendo que deveria acenar dando tchau e voltar para aldeia, mas, de repente, estava na frente dela, sem se lembrar de ter atravessado a areia ou ter preferido ficar.

– Eu estava torcendo para que você aparecesse – disse ela, sorrindo.

– Achei que você não gostasse da praia. – A voz dele soou profunda e rouca.

– Não é tão ruim com você aqui. Não consegue dormir?

– Eu... não. – Perry cruzou os braços, fechando os punhos. – Eu ia nadar.

— E agora não vai?

Ele sacudiu a cabeça. As ondas estavam imensas. Batendo na areia. Ele precisava estar lá. Dentro da água. Ou em casa, em sua cama. Qualquer lugar, menos ali.

— Quanto ao que eu disse mais cedo — disse ela. — Acho que devo cuidar do que é da minha conta.

— Não importa.

Kirra ergueu uma sobrancelha.

— É mesmo?

Perry queria dizer sim. Ele não queria ser um tolo que dera o coração a uma garota que o havia deixado. Não queria mais se sentir fraco.

Ele não respondeu, mas Kirra se aproximou mesmo assim. Mais perto do que deveria. Ele não podia mais ignorar o formato de seu corpo ou o sorriso em seus lábios.

Ele ficou tenso quando ela tocou seu braço, embora já esperasse. Kirra deslizou a mão até seu pulso. Puxando-o suavemente, ela descruzou seus braços. Então, passou-os para trás de suas costas, fechando o espaço entre eles.

Capítulo 32

ÁRIA

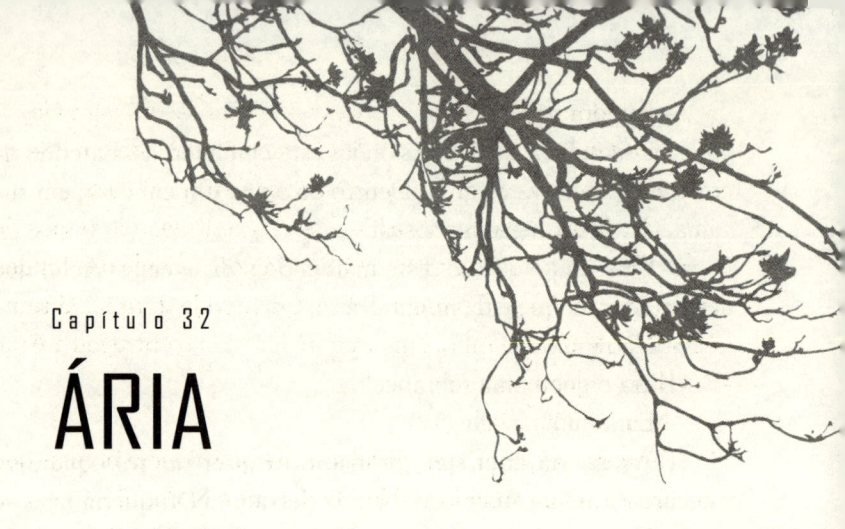

– Olivia, o que você está fazendo comigo? – falou baixinho Roar, olhando em seus olhos. – Como pôde vir para cá?

– Desculpe, Roar. Achei que eu pudesse ajudar os Marés. Achei que pudesse ir até o fim. Achei que pudesse seguir adiante, esquecer você.

Enquanto ela falava, Roar beijava seu rosto, seu queixo, sua testa. Ária saiu até a varanda, passando pelo vestido de noiva de Liv, pendurado nas portas abertas. Ela continuou andando até que suas pernas bateram na mureta baixa e seus dedos seguraram as pedras frias e ela estava olhando para a água escura, a distância.

Não queria ouvir, não queria ouvi-los, mas seus ouvidos estavam aguçados, muito mais aguçados por conta de toda a adrenalina.

A voz de Liv.

– Eu estava errada. Estava tão errada.

Depois, Roar.

– Tudo bem, Liv. Eu amo você. Independentemente de qualquer coisa. Sempre.

Então, o silêncio, e Ária fechou os olhos com o coração apertado. Ela quase sentia os braços de Perry a seu redor. Onde ele estava, agora? Será que também estava pensando nela?

Segundos depois, Roar e Liv surgiram juntos na varanda, os olhos cintilando. A meia espada de Liv estava acima de um de seus ombros. No outro, ela carregava os sacos de Ária e o dela.

– Eu ia buscá-la esta noite – disse Liv, entregando o saco de couro. Ela enfiou a mão e tirou o Olho Mágico. – Sable o escondeu em seu quarto. Eu entrei escondida enquanto ele dormia. Já tinha farejado o cheiro de pinho. Fui direto nele. – Ela o entregou a Ária.
– Vá. Use-o depressa.

Ária sacudiu a cabeça.

– Agora? – Quanto tempo levaria até que alguém notasse que os guardas tinham sumido? – Nós temos que sair daqui.

– Você precisa fazer isso agora – disse Liv. – Ele virá atrás de nós se o levarmos.

– Ele virá atrás de você de qualquer jeito, Olivia – disse Roar. – Precisamos ir.

– Ele não virá – disse Liv. – Encontre o Azul Sereno. Se não tivermos isso, não temos Talon.

Não havia tempo para discutir. Ária colocou o dispositivo, e a Tela Inteligente surgiu. Ela escolheu o ícone do Fantasma. Soren saberia se Sable e Hess tinham discutido sobre o Azul Sereno. Ela esperou, aguardando para fracionar para dentro do salão de ópera. Não aconteceu. Em vez disso, surgiram dois novos ícones, genéricos, mostrando apenas cronômetros. Soren lhe deixara as gravações.

Ela escolheu a de menor tempo de duração e foi ficando mais nervosa a cada segundo. Roar estava no quarto de Liv, perto da porta, atento aos possíveis sons no corredor.

Uma imagem se abriu na Tela Inteligente. Ela estava vendo um Reino de rascunho. Um espaço vazio, com nada além de escuridão, interrompida somente por um foco de luz vinda de cima. Sable estava num lado, Hess do outro, as linhas de seus rostos entre sombra e luz.

Hess estava vestindo seu uniforme oficial de Cônsul. Azul-Marinho, debruado de barras espelhadas nas mangas e gola. Ele estava rijo, reto, as mãos ao longo do corpo. Sable vestia uma camisa preta justa e calça da mesma cor, e o cordão de Soberano de Sangue brilhava no pescoço. Estava com uma postura relaxada, olhos entretidos. Um homem parecia perigoso; o outro, mortal.

Sable falou primeiro.

– Mundo encantador. É sempre assim, atraente?

A boca de Hess se ergueu num sorriso debochado.

– Eu não quis oprimi-lo mais cedo.

Ária percebeu que ela tinha escolhido a gravação da segunda reunião. Não havia tempo para mudar. Ela ia deixar rodar.

– Você preferiria isso? – perguntou Hess.

Numa guinada brusca, o Reino mudou. Agora estavam numa choupana de telhado de palha, aberta dos lados, posicionada sobre estacas. Havia uma savana dourada que se estendia até o horizonte, e a grama ondulava sob a brisa morna.

Hess não fazia ideia. Ele tinha dito aquilo como um insulto. Uma agressão ao homem primitivo que ele julgava ser Sable. Mas, por um longo instante, tudo que Ária conseguia fazer, tudo que Sable podia fazer, era olhar admirada para o cenário banhado pelo pôr do sol. Um jogo amplo. Um céu aberto e calmo. Uma terra calmamente aquecida, não cruelmente queimada pelo Éter.

Sable voltou seu foco a Hess.

– Eu prefiro, obrigado. O que você descobriu?

Hess suspirou.

– Meus engenheiros garantiram que a aeronave trafegará acima de qualquer tipo de terreno. Elas têm protetores, mas a eficácia é limitada. Qualquer concentração intensa de Éter irá afetá-las.

Sable assentiu.

– Tenho outra solução em mente. Qual é o total, Hess?

– Oitocentas pessoas. E isso já estará forçando a capacidade.

– Não é o suficiente – disse Sable.

– Nós nunca tivemos a intenção de deixar Quimera – disse Hess com as palavras falhando de frustração. – Não estamos preparados para um êxodo dessa magnitude. Vocês estão?

Sable sorriu.
– Se estivéssemos, não estaríamos tendo essa conversa.
Hess suspirou.
– Ou dividimos o número igualmente, ou o negócio está cancelado.
– Sim – disse Sable, impaciente. – Nós já discutimos as condições.
No real, Roar voltou à varanda.
– Temos que ir – sussurrou ele, puxando o braço dela. Ária sacudiu a cabeça. Ela não podia parar de ouvir agora.
– Com que rapidez você fica pronto? – perguntou Sable a Hess.
– Uma semana para abastecer e carregar a aeronave e organizar os... sobreviventes. Os Escolhidos.
Sable concordou enquanto olhava pensativo, vendo a planície gramada.
– Oitocentas pessoas – disse a si mesmo. Então, olhou para Hess. – O que você dirá ao restante de seus cidadãos?
O rosto de Hess ficou pálido.
– O que posso dizer a eles? Que terão de esperar pelo envio do segundo grupo.
Os lábios de Sable se ergueram num sorriso.
– Você sabe que não haverá segundo envio. É uma única passagem.
– Sim, sei disso – disse Hess, retraído. – Mas eles não saberão.
Os joelhos de Ária amoleceram. Ela bateu o ombro no de Liv. Hess e Sable iam escolher quem ia. Quem *vivia* e quem *morria*. Ela não conseguia respirar e se sentia nauseada. Enojada pela maneira tão fria como eles discutiam sobre as pessoas que deixariam para trás.
Roar apertou seu braço.
– Ária, você tem que parar!
Sons irromperam no corredor. Ela ficou tensa, apressando-se com os comandos para desligar o Olho Mágico.

– Aqui dentro! – gritou alguém.

Roar sacou sua faca. Ária ouviu uma batida de ombro contra a porta, e a madeira despencou contra a pedra. Na escuridão do quarto de Liv, viu uma rápida movimentação. Uma onda negra vindo na direção deles.

Ária andou para trás, remexendo em seu saco. Suas pernas bateram contra a mureta da varanda enquanto ela enfiava o Olho Mágico no fundo de seu saco de couro. Os passos estavam mais perto e os guardas surgiram, gritando para que se abaixassem, o aço reluzia na escuridão.

Liv sacou sua meia espada da bainha, contornando Roar.

– Liv! – gritou ele.

O guarda que estava na frente ergueu um arco, detendo-a. Ele estava a poucos passos à frente de Ária e Roar, posicionado para atirar. Os guardas de Sable entraram, formando uma parede vermelha e preta, na frente da porta. Eles estavam encurralados na varanda.

Tudo ficou imóvel, em silêncio, exceto pelos passos sem pressa que se aproximavam. Os homens de Sable abriram caminho conforme ele se aproximou. Ária não viu qualquer sinal de surpresa em seu rosto.

– A garota está com o dispositivo ocular – disse um dos guardas. – Eu a vi colocar no saco.

O olhar de Sable desviou para ela, frio e focado. Ária segurou firme a sacola.

– Eu peguei – disse Liv, ainda em sua pose de luta.

– Eu sei. – Sable deu um passo à frente, o peito estufando, enquanto farejava o ar. – Eu sabia que você tinha mudado de ideia, Olivia. Mas torci para que não agisse com base nisso.

– Deixe-os ir – disse Liv. – Deixe-os partir e eu ficarei.

Roar ficou tenso ao lado de Ária.

— Não, Liv!

Sable o ignorou.

— O que a faz pensar que quero que você fique? Você me roubou. E escolheu outro. — Ele olhou para Roar. — Mas talvez haja uma solução. Talvez você tenha opções demais.

Sable arrancou o arco da mão do homem ao lado e o mirou em Roar.

— Acha que isso vai mudar alguma coisa? — disse Roar com a voz dura. — Não importa o que você fizer. Ela nunca será sua.

— Você acha? — perguntou Sable. Ele segurou firme no arco, pronto para disparar.

— Não! — Ária pendurou o saco por cima do muro. — Se você quer o Olho Mágico, jure que não irá feri-lo. Jure na frente de seus homens, ou eu solto.

— Se você fizer isso, Ocupante, eu mato vocês dois.

Liv deu um salto à frente, girando a espada. Sable ajustou a pontaria e disparou. O dardo deixou o arco. Liv voou para trás e caiu.

Seu corpo bateu na pedra com uma batida seca e horrenda, como um saco pesado de grãos jogado ao chão. E ela ficou totalmente imóvel.

O real tinha sido rompido. Tinha uma rachadura, como os Reinos. Liv não estava se mexendo. Estava a apenas um passo dos pés de Ária. Dos pés de Roar. Seus longos cabelos louros estavam esparramados em seu peito. Através das mechas louras, Ária viu o dardo que a atingira, o sangue minando, se espalhando, vermelho, em sua camisa marfim.

Ela ouviu Roar exalar. Um som singular. Como um último suspiro.

Então, viu o que ia acontecer em seguida.

Roar atacaria Sable, mesmo não podendo trazer Liv de volta. Não importava, se meia dúzia de homens armados estavam ao lado do Soberano de Sangue. Roar tentaria matar Sable. Mas ele que seria morto se ela não fizesse alguma coisa *agora*.

Ária pulou. Pegando Roar nos braços, ela se jogou para trás, puxando os dois por cima do muro da varanda. Então, eles estavam leves, caindo, caindo, caindo na escuridão.

Capítulo 33

PEREGRINE

– Esqueça-se dela – sussurrou Kirra, olhando para ele. – Ela se foi.

O cheiro dela entrava no nariz de Perry. Um cheiro frágil de outono. Folhas quebradiças. O cheiro errado, mas ele sentiu os punhos se abrindo. Os dedos dele se esparramaram no pé das costas de Kirra. Numa pele que não tinha a sensação que ele queria. Será que ela sentia seus dedos trêmulos nas costas dela?

Uma fome voraz o percorreu. Uma dor no coração que batia em seu peito, como as ondas quebrando.

– Perry... – sussurrou Kirra com o cheiro esquentando. Ela lambeu os lábios e olhou para ele, os olhos brilhando. – Eu também não esperava por isso.

– Esperava, sim.

Ela sacudiu a cabeça.

– Não é por isso que estou aqui. Para que ficássemos juntos – disse ela. Então, pôs as mãos nele. Velozes, frias, passando em seu peito. Descendo por sua barriga. Ela se aproximou mais, apertando o corpo junto ao dele, inclinando-se para beijá-lo.

– Kirra.

– Não fale, Perry.

Ele pegou os pulsos dela e afastou as mãos.

– Não.

Ela ficou parada, olhando o peito dele. Eles ficaram assim, sem se mexerem. Sem falar. O temperamento dela era como fogo, vermelho, queimando. Ele sentia sua determinação, seu controle, enquanto ia esfriando, até ficar gélido.

Perry ouviu um latido na trilha da praia. Ele tinha se esquecido de Flea. Tinha se esquecido da tempestade que se formava acima deles. Por um segundo, tinha se esquecido como era ser deixado para trás.

Ele se sentia estranhamente calmo agora. Não importava se Ária estava a milhares de milhas de distância, se ela o magoara, se não se despediu ou qualquer outra coisa. Nada mudaria a forma como se sentia. Sem ignorar seus pensamentos sobre ela, ou o fato de estar com Kirra. No instante em que Ária pegara sua mão, no telhado de Marron, ela tinha mudado tudo. Não importava o que acontecesse, ela sempre seria a eleita.

– Desculpe, Kirra – disse ele. – Eu não deveria ter vindo aqui.

Kirra ergueu os ombros.

– Eu vou sobreviver. – Ela se virou para sair, mas parou. Olhou pra trás, sorrindo. – Mas você deve saber que eu sempre consigo o que quero.

Capítulo 34

ÁRIA

Ária já tinha voado nos Reinos. Era algo glorioso deslocar-se veloz, sem peso, sem preocupação. Voar era como se tornar o vento. Isto não era nada assim. Era horrendo, algo aterrorizante. Conforme o rio Cobra ia se aproximando, seu único pensamento, *tudo* em que ela pensava, era em *se agarrar a Roar*.

A água bateu nela, dura como uma rocha, e tudo aconteceu de uma vez só. Cada osso em seu corpo deu um tranco. Roar se soltou dela, e a escuridão a engoliu, tirando todos os pensamentos de sua mente. Ela não sabia se ainda estava ali, se ainda estava viva, até que viu uma luz tremulando no Éter, que a chamou à superfície.

Seus membros destravaram conforme ela batia as pernas, se forçando na água. O frio penetrava seus músculos e olhos. Ela estava pesada demais. Lenta demais. Sua roupa encharcada a levava para baixo, e ela sentiu a tira de seu saco enroscada em volta da cintura. Ária o agarrou e nadou. Cada braçada era difícil, como nadar na lama. Ela irrompeu na superfície e puxou o ar.

– Roar! – gritou, olhando a água. O rio parecia calmo na superfície, mas a corrente era brutalmente forte.

Enchendo os pulmões, ela mergulhou, procurando-o desesperadamente. Não conseguia enxergar mais que alguns palmos à frente, mas o avistou flutuando, ali perto, de costas para ela.

Ele não estava nadando.

O pânico explodiu dentro de Ária. Ela o atirara por cima do muro da varanda.

Se o tivesse matado...

Se ele tivesse partido...

Ela chegou a ele, agarrou-o por baixo dos braços e o puxou para cima. Eles emergiram, mas agora ela tinha que bater as pernas com mais força. O peso de Roar era imenso, e ele estava inerte em seus braços, um peso morto puxando-a para baixo.

— Roar! — resfolegou ela, lutando para mantê-lo acima da água. O frio era maior do que ela jamais experimentara, cortante como mil agulhas em seus músculos. — Roar, me ajude! — Ela engoliu água e começou a tossir. Eles estavam afundando. Ainda caindo juntos.

Ela não conseguia falar. Ária ergueu a mão, encontrando a pele nua do pescoço dele. *Roar, por favor, eu não consigo fazer isso sem você!*

Ele deu um solavanco, como se tivesse acordado de um pesadelo, arrancando-se dos braços dela.

Ária emergiu e cuspiu água do rio, lutando para respirar.

Roar nadou, mas ficou longe dela. Ela só podia estar perdendo a cabeça. Ele jamais a deixaria. Então, ela viu uma forma escura flutuando em direção a eles na correnteza. Por um segundo irracional, achou que Sable tinha vindo atrás deles até que seus olhos focaram e ela viu uma tora de madeira. Roar se agarrou a ela.

— Ária! — Ele esticou o braço para pegá-la e puxá-la.

Ária segurou, os galhos quebrados batendo em suas mãos dormentes. Ela não conseguia parar de tremer, tremia inteira. Eles passaram por baixo da ponte, velozes, passando pelas casas ao longo da margem, tudo escuro e imóvel, na noite escura.

— Frio demais — disse ela. — Temos que sair. — Seu queixo tremia tanto que não dava para entender suas palavras.

Eles foram batendo as pernas juntos em direção à margem, mas ela não sabia como conseguiram, porque quase já não sentia as pernas. Quando os pés bateram na margem do rio, soltaram o pedaço de madeira. Roar passou o braço em volta dela, e eles prosseguiram, apoiando-se um ao outro, a realidade voltando, a cada passo.

Liv.

Liv.

Liv.

Ela ainda não tinha olhado para o rosto de Roar. Temia o que iria ver.

Quando saíram da margem do rio e pisaram na terra, parecia que ela pesava uma tonelada. De alguma forma, ela e Roar subiram, carregando um ao outro, cambaleando de braços dados. Eles passaram por entre duas casas e atravessaram um campo, entrando na floresta.

Ária não sabia para onde estavam indo. Não conseguia pensar direito. Estava além do raciocínio, e seus passos eram oscilantes.

– Caminhar não faz mais frio. – Sua voz estava embolada, e ela achava que não estava fazendo sentido. Então, estava deitada de lado, sobre o mato alto. Não conseguia se lembrar de ter caído. Encolheu-se numa bola, tentando deter a dor que perfurava seus músculos, seu coração.

Roar surgiu acima dela. Ali, por um instante, depois desapareceu, e ela só via o Éter, fluindo em correntes acima.

Ária queria ir atrás dele. Não queria ficar sozinha e só sentia solidão. Ela precisava de um lugar com entalhes de falcões no parapeito. Precisava pertencer a um lugar.

Quando abriu os olhos, árvores giravam e balançavam acima, e as primeiras cores do amanhecer surgiam no céu. A cabeça dela estava repousando no peito de Roar. Um cobertor grosso e rústico os cobria, aquecido, com cheiro de cavalo.

Ela sentou, com todos os músculos do corpo doendo, tremendo de fraqueza. Seus cabelos estavam úmidos do rio. Eles estavam na dobra de uma pequena sarjeta. Roar devia tê-la deslocado enquanto ela estava dormindo. Ou inconsciente. Um fogo ardia em algum lugar próximo. As jaquetas e botas deles estavam postas para secar.

Roar dormia com um sorriso suave nos lábios. Sua pele estava pálida demais. Ela se lembrou de sua expressão. Ária não tinha certeza de quando o veria sorrir novamente.

Ele era lindo, e isso não era justo.

Ela inalou, trêmula.

– Roar – disse ela.

Ele rolou e levantou, sem dar uma palavra. Seu movimento súbito assustou-a, e ela ficou imaginando se ele estivera dormindo.

Roar ficou olhando para ela com os olhos desfocados. Olhava *através* dela. Ária se lembrou da sensação, de quando sua mãe tinha morrido. Desligada. Como se nada que ela olhasse fosse igual. Em um dia, sua vida inteira tinha mudado. Tudo, desde o mundo a seu redor, até a forma como ela se sentia por dentro, tudo se tornara irreconhecível.

Ária levantou. Ela queria abraçá-lo e chorar com ele. *Dê-me*, ela queria gritar. *Dê-me a dor. Deixe-me tirá-la de você.*

Roar desviou. Ele pegou a jaqueta, apagou o fogo e começou a andar.

Conforme eles se apressavam para deixar o rio Cobra para trás, as nuvens iam chegando, lançando a escuridão sobre a mata. O joelho direito de Ária latejava, ela devia ter torcido na queda da varanda, mas eles tinham que continuar. Sable estaria atrás deles. Tinham que se afastar de Rim e encontrar segurança. Era tudo que ela se permitia pensar. Tudo que conseguia suportar.

Prosseguiram pela mata, parando à tarde, num denso aglomerado de pinheiros. O rio Cobra serpenteava pelo vale abaixo, a água talhada como escamas. À distância, ela viu a fumaça escura subindo. Outra extensão de terra dizimada pela tempestade. O Éter estava ficando mais poderoso. Ninguém podia ter dúvida.

Roar soltou o saco e sentou. Ele não tinha falado uma única vez. Nem uma palavra.

— Vou dar uma olhada por aí – disse ela. – Não vou longe. – Ela saiu para verificar o posicionamento deles. Por um lado, estavam protegidos por uma colina. Pelo outro, por um penhasco intransponível. Se alguém viesse atrás deles, teriam um alerta razoável.

Quando ela voltou, encontrou Roar debruçado nos joelhos com a cabeça nas mãos. As lágrimas corriam por seu rosto, pingando de seu queixo, mas ele não se mexia. Ária nunca tinha visto ninguém chorar assim. Tão imóvel. Como se ele nem notasse que estava chorando.

— Estou bem aqui, Roar – disse ela, sentando ao seu lado. – Estou aqui.

Ele estava de olhos fechados. Não respondeu.

Vê-lo daquele jeito fazia com que sofresse. Fazia com que ela quisesse gritar até sua garganta doer, mas não podia forçá-lo a falar. Quando ele estivesse pronto, ela estaria ali.

Ária encontrou uma camisa extra em seu saco e rasgou em tiras. Ela enfaixou o joelho e guardou suas coisas, depois não tinha mais nada a fazer, exceto olhar o coração de Roar sangrando diante de seus olhos.

Uma imagem lhe veio à mente, de Liv sorrindo, sonolenta, perguntando: *Você é o pássaro ou é meu irmão?*

Ária colocou a mão sobre a boca e se afastou. Passou correndo pelos arbustos e árvores, precisando de distância, pois não conseguia chorar em silêncio e não podia piorar as coisas para Roar.

Liv deveria se casar amanhã ou ter fugido com Roar. Deveria ter visto Perry como Soberano de Sangue e deveria ter sido amiga de Ária. Tanta coisa tinha desaparecido num segundo.

Ária se lembrou de estar na sala de jantar com Sable. Ela estava com uma faca nas mãos e tinha a chance de dar um golpe certeiro em seu pescoço. Ela se odiava por não ter feito isso.

Com os olhos inchados, a cabeça latejando, ela voltou mancando até Roar. Ele estava dormindo, a cabeça pousada na sacola.

Ela encontrou o Olho Mágico e lutou contra uma onda de lágrimas. Se Liv não o tivesse roubado, será que ainda estaria viva? Estaria viva se Ária tivesse devolvido o Olho para Sable na varanda?

Ela ficou nauseada ao lembrar da reunião de Hess e Sable. O acordo de irem juntos para o Azul Sereno significava dar as costas para incontáveis inocentes. Pensou em Talon, Caleb e no restante de seus amigos de Quimera. Seriam escolhidos para ir? E quanto a Perry, Cinder e o restante dos Marés? E quanto a todos os outros? A União estava acontecendo outra vez, e era mais horrenda que qualquer coisa que ela imaginara.

A ideia de ver Hess fez seu estômago revolver, mas precisava fazê-lo. Ela o ligara a Sable. Tinha feito sua parte em ajudá-lo com o Azul Sereno. Agora ele precisava fazer sua parte do acordo... e, se falhasse, ela entraria em contato com Soren. Não se importava *como* aconteceria. Ela tinha de ter Talon de volta.

Com o coração disparado, ela colocou o Olho Mágico. A biotecnologia funcionou, aderindo sobre seu globo ocular. Viu que as gravações tinham sumido. Somente os ícones de Hess e Soren permaneciam na tela. Ela tentou Hess e esperou. Ele não veio.

Em seguida, ela tentou Soren. Ele também não apareceu.

Capítulo 35

PEREGRINE

Mais tarde, Perry subiu no telhado de sua casa e ficou olhando o Éter revolvendo no céu. Ele tinha mergulhado no mar depois que Kirra foi embora, precisando lavar o cheiro dela. Mergulhou nas ondas até ficar com os ombros queimando, depois voltou para a aldeia com o corpo cansado e anestesiado, a mente limpa.

Enquanto descansava a cabeça nas telhas, ele sentia o movimento do mar. Fechando os olhos, foi flutuando nas lembranças embaçadas.

Lembrou-se da vez que seu pai o levou para caçar, só os dois, na tarde em que Talon nasceu. Perry tinha onze anos. Era um dia quente, a brisa era suave como um sopro. Ele se lembrava do som dos passos do pai, pesados e determinados, enquanto caminhavam pela floresta.

As horas passaram antes que Perry percebesse que seu pai não estava farejando nem prestando atenção aos cheiros. Ele parou de um jeito brusco e ajoelhou, olhando Perry nos olhos de um jeito que raramente fazia, com raios de sol batendo em sua testa. Então, disse a Perry que o amor era como as ondas do mar, às vezes, suave e bom, às vezes áspero e terrível, mas era infinito e mais forte que o céu e a terra e tudo que existia no meio.

– Um dia – dissera seu pai –, eu espero que você entenda. E espero que me perdoe.

Perry sabia como era ser assombrado por um erro sempre que se deitava para dormir. Não havia nada mais doloroso do que magoar alguém que você ama. Por causa de Vale, Perry percebeu que ele entendeu. Por mais que tentasse, haveria momentos em que não poderia evitar que algo terrível acontecesse. A essa tribo. A Ária. A seu irmão.

Ajeitando as costas nas telhas, concluiu que *o dia* do qual o pai falou era hoje. Esta noite. Este momento. E perdoou.

A tempestade caiu antes do amanhecer, despertando-o de um sono longo e profundo. O Éter revolvia em espirais, mais brilhante do que ele jamais vira. Perry ficou de pé, a pele pinicando, o cheiro pungente e agudo era sufocante. A oeste, uma espiral descia do céu, virando em direção à terra. O som agudo rugia em seus ouvidos quando ela despencou. Ele viu outra, ao sul, depois outra. Subitamente, a noite estava viva, pulsando com a luz.

— Perry, desça daí! — berrou Gren da clareira abaixo. As pessoas saíam apressadas de casa, horrorizadas, correndo para o refeitório.

Perry correu para a escada. Na metade da descida, tudo ficou num tom branco chocante, e o ar estremeceu. Suas pernas se contraíram. Ele errou um degrau e caiu, cambaleando na terra.

Do outro lado da clareira, uma espiral de Éter estrondou, atingindo a casa de Bear. Sacudindo a terra sob seus pés. Perry olhava, sem conseguir se mover, conforme as telhas explodiam e voavam dos telhados. A espiral se ergueu novamente, e o telhado rugiu e envergou de lado. Ele ficou de pé e disparou, derrubando gente.

— Bear! — gritou. — Molly! — Ele viu uma pedra onde ficavam a porta e a janela da frente. A fumaça se erguia dos destroços. Havia fogo lá dentro.

Twig apareceu ao lado.

— Eles estão aí dentro, estou ouvindo Bear!

As pessoas se juntaram ao redor, observando em choque, conforme as labaredas lambiam, saindo pelas rachaduras do telhado torto. Perry cruzou com o olhar de Reef.

– Leve todos para o refeitório!

Hayden bombeava água do poço. O pessoal de Kirra estava atrás dela, as roupas tremulando no vento quente em rodamoinho.

– O que você quer a gente faça? – perguntou ela, já tendo esquecido os momentos que passaram na praia.

– Nós precisamos de mais água – disse a ela. – E ajude a tirar os destroços!

– Se deslocarmos isso, o resto do telhado pode cair – observou Gren.

– Nós não temos escolha! – berrou Perry. A cada segundo que perdiam, o fogo se espalhava. Ele agarrava as pedras que tinham caído da parede, arrastando-as, uma de cada vez, com o pânico se instalando conforme o calor do fogo penetrava nos destroços em suas mãos. Ele sentia seus homens e os de Kirra ao lado.

Os segundos pareciam horas. Ele olhou para cima e viu uma espiral de Éter cair no refeitório. O impacto o jogou de lado, fazendo-o cair de joelhos. Quando a espiral recuou de volta ao céu, ele ficou tonto, em alguns segundos silenciosos, recuperando o equilíbrio. Twig olhava para ele, vagamente, um filete de sangue escorria de sua orelha.

– Perry! Aqui! – gritou Straggler, a alguns passos de distância. Hyde e Hayden puxaram Molly por um buraco, em meio aos destroços.

Perry correu até ela. O sangue escorria de um corte em sua testa, mas ela estava viva.

– Ele ainda está lá dentro – disse ela.

– Eu vou pegá-lo, Molly – prometeu ele.

Os irmãos a carregaram para o refeitório, onde ela poderia ser cuidada. Para todo lado que Perry olhava, espirais atingiam o solo.

Kirra chamou seu pessoal para dentro do refeitório.

– Nós tentamos – disse ela, sacudindo os ombros, e saiu andando. Essa era a facilidade com que desistia de alguém que precisava de ajuda. Cuja vida estava em risco.

Perry virou de volta para a casa, na hora em que o restante do telhado envergou para dentro. O ar lhe escapou dos pulmões, e os gritos de terror irromperam à sua volta.

– Acabou, Perry. – Twig o agarrou pelo braço, puxando-o na direção do refeitório. – Temos que entrar.

Perry sacudiu se livrando.

– Não vou deixá-lo! – Ele avisou Reef do outro lado da clareira, correndo com Hyde. Ele sabia que o levariam.

Então, Cinder veio correndo com Willow, Flea latindo junto. Ele olhou para Perry com uma intensidade voraz nos olhos.

– Deixe-me ajudar!

– Não! – Perry não arriscaria a vida de Cinder também. – Entre no refeitório!

Cinder sacudiu a cabeça.

– Eu posso fazer alguma coisa!

– Cinder, não! Willow, tire-o daqui!

Era tarde demais. Cinder estava em outro lugar. Seu olhar era vazio, alheio ao caos à sua volta. Enquanto ele recuava, passando no meio da clareira, seus olhos começaram a brilhar, e as veias de Éter se espalharam em seu rosto e mãos. Gritos e palavrões irromperam ao redor de Perry conforme os outros viam Cinder e o céu.

Acima, o Éter se compactava numa espiral única e gigantesca. Um funil desceu, formando uma parede sólida que circundou Cinder, engolindo-o. Perry não conseguia encontrar a voz. Não conseguia se mexer. Não sabia como deter Cinder.

Uma explosão de luz provocou uma dor perfurante em seus olhos, cegando-o. Ele voou para trás, contra a terra, aterrissando de lado, protegendo a cabeça. Esperou que sua pele queimasse. Um sopro quente de vento passou por ele, empurrando-o de volta por longos segundos; então, um silêncio súbito recaiu sobre a aldeia. Ele olhou para cima e viu o Éter. O céu estava azul e calmo até o horizonte.

Olhou o centro da clareira. Uma pequena figura estava encolhida, num círculo de brasas cintilantes. Cambaleando, Perry correu até ele. Cinder estava deitado imóvel e nu, seu boné se fora, seus cabelos se foram, seu peito estava inerte.

Capítulo 36

ÁRIA

– Eu preciso encontrar outro caminho para voltarmos aos Marés – disse Ária na manhã seguinte, segurando a barriga que roncava. A armadilha que armara na noite anterior estava vazia. – Machuquei o joelho quando caímos.

Roar ergueu os olhos das chamas com um olhar sem vida. Ele ainda não tinha falado. Ela tentava se lembrar: ele tinha dito o nome dela quando estavam no rio Cobra? Ela estivera tão fora de si de frio, que agora se perguntava se havia imaginado.

– Nós podemos seguir parte do caminho de barco pelo rio Cobra – prosseguiu ela. – Isso será um risco, mas estar aqui fora também é. E, pelo menos, vai nos levar até lá mais depressa.

Ela falava baixinho, a própria voz parecia ruidosa.

– Roar... por favor, diga alguma coisa. – Ela se moveu ao lado dele e pegou sua mão. – *Estou aqui. Estou bem aqui. Sinto muito sobre Liv. Por favor, me diga que você pode me ouvir.*

Ele olhou para ela com os olhos ternos por um momento antes de se afastar.

Voltaram ao rio Cobra, seguindo a oeste, se distanciando de Rim. Naquela tarde, chegaram a uma cidade pesqueira, onde ela encontrou passagem para eles numa barcaça que seguia rio abaixo. A embarcação estava lotada de caixotes e sacos de estopa, cheios de mercadorias. Ela estivera pronta para lutar caso Sable tivesse gente à procura deles, mas o capitão, um homem de rosto enrugado, chamado Maverick, não fez perguntas. Ela pagou a passagem com uma das facas.

– Bela lâmina, joaninha – disse Maverick. Os olhos dele desviaram para Roar. – Se você me der a outra, eu lhe dou a cabine.

Ela estava ansiosa, com dor e sem paciência.

– Se me chamar novamente de joaninha eu lhe *darei* a outra.

Maverick sorriu, mostrando a boca cheia de dentes prateados.

– Bem-vindos a bordo.

Antes que eles saíssem, Ária ouviu atentamente as fofocas no cais movimentado. Sable tinha reunido uma legião de homens e estava se preparando para levá-los ao sul. Ela ouviu motivos diferentes para isso. Ele queria conquistar um novo território; estava em busca do Azul Sereno; buscava vingança contra uma Audi que tinha matado sua noiva, apenas alguns dias antes do casamento.

Ária imaginou o próprio Sable espalhando esse último boato. Ela não tinha achado possível odiá-lo ainda mais, porém, depois de ouvir isso, odiava.

Já a bordo, ela e Roar se acomodaram entre os sacos de lã, rolos de couro e produtos recuperados como pneus e canos plásticos, da época anterior à União. Ela ficou impressionada que o comércio prosseguia como o habitual. Parecia fútil, com o mundo a caminho de ser novamente arruinado.

Ela se sentia de posse de um segredo terrível. O mundo estava chegando ao fim, e, se Hess e Sable fizessem as coisas do seu jeito, somente oitocentas pessoas viveriam. Parte dela queria gritar a plenos pulmões. Mas como isso ajudaria? O que alguém poderia fazer sem a localização do Azul Sereno? Outra parte dela ainda não conseguia aceitar que o que ela tinha visto, o que ela ouvira sendo planejado por Sable e Hess, poderia ser verdade.

Ela fechou os olhos quando o barco começou a se movimentar, ouvindo as vozes dos tripulantes e o rangido da embarcação de madeira. Cada som a fazia se sentir pior por Roar.

Quando as coisas se acalmaram, Ária puxou o casaco por cima da cabeça e tentou novamente o Olho Mágico. Ela não havia desistido da esperança de conseguir contato com Hess ou Soren. Não podia desistir de tentar trazer Talon de volta a Perry.

Nem Hess nem Soren atenderam. Ela enfiou o Olho Mágico de volta no saco. Eles tinham dado as costas para ela, ou será que algo teria acontecido com Quimera? Ela simplesmente não conseguia parar de pensar nas fendas que havia nos Reinos. E se tivesse perdido contato porque o dano em Quimera piorara? E se estivesse desmoronando? Ela não podia negar essa possibilidade. Já tinha visto o que acontecera em Nirvana, no outono, quando encontrou sua mãe.

Inquieta, Ária pousou a cabeça no ombro de Roar, olhando o Éter, acima. Um vento frio soprava no rio Cobra, amortecendo suas orelhas e seu nariz. Roar passou o braço ao seu redor. Ela se aproximou, tranquilizada por esse pequeno gesto de que ele estava ali, por baixo da casca de silêncio e tristeza. Ela encontrou sua mão, falando com ele sem falar, torcendo para que a ouvisse pelo menos dessa forma.

Ela lhe disse que faria qualquer coisa para que ele sofresse menos, depois esperou que afastasse a mão. Ele não o fez. Os dedos de Roar se enlaçaram aos dela, com seu tato familiar, confortável, então, ela falava mais com ele.

Enquanto flutuavam pelo rio Cobra, ela lhe contou sobre o acordo de Hess e Sable e sobre seus temores quanto às condições de Quimera. Falou sobre os Reinos, seus prediletos e os nem tanto, e de todas as pessoas que achava que ele iria gostar. Ela lhe contou sobre sua experiência mais assustadora: era um empate, entre o momento em que achou que Perry tinha sido capturado pelos Corvos, no outono, e quando não conseguia encontrar Roar, no rio Cobra. E seu momento mais triste: quando encontrou a mãe em Quimera. Contou sobre Perry. Coisas íntimas que nunca tinha contado a ninguém. *Nunca me poupe*, Roar lhe dissera uma vez.

E agora ela não estava poupando. Nem podia, mesmo que quisesse. Perry estava sempre em seus pensamentos.

Ela pensava tanto para Roar, que isso se tornou natural, e ela parou de pensar sobre pensar, apenas fazia. Roar ouvia tudo. Ele conhecia sua mente inteiramente, abertamente, da mesma forma que Perry conhecia seu temperamento. Ela pensou que, entre os dois, ela era conhecida inteiramente.

Ela vinha procurando o conforto de um lugar. De paredes. Um teto. Um travesseiro para descansar a cabeça. Agora percebia que as pessoas que ela amava lhe davam forma, consolo e significado. Perry e Roar eram seu lar.

Dois dias depois, chegaram ao fim da jornada no rio. O rio Cobra lhes levara até bem longe, dando-lhes a chance de se curarem, mas agora ele bifurcava, seguindo a oeste, e eles teriam que caminhar o último trecho até os Marés.

– Um dia e meio, ao sul – disse Maverick a ela. – Talvez mais, se aquilo obrigá-los a ir devagar. – Ele apontou a cabeça para uma imensa tempestade de Éter se formando, à distância. Depois olhou para Roar, que esperava no píer. Maverick nunca o ouviu dizer uma palavra. Ele só vira Roar olhar vagamente para a água ou para o céu.

– Sabe, você poderia arranjar companhia bem melhor que ele, joaninha.

Ária sacudiu a cabeça.

– Não. Não poderia.

Eles viajaram bem naquele dia, parando à noite para descansar. Na manhã seguinte, Ária não conseguia acreditar que, depois de quase um mês longe, estaria de volta aos Marés naquela tarde.

Ela se sentia uma fracassada. Não tinha descoberto a localização do Azul Sereno, e eles não estavam com Liv. Seu coração estava partido ao meio ao pensar na dor de ver Perry recebendo as notícias esmagadoras que ela tinha para lhe dar.

Ária remexeu no saco em busca do Olho Mágico e o colocou. O Olho mal tinha aderido à sua pele quando ela fracionou para o salão de ópera. Imediatamente soube que havia algo errado. As fileiras de poltronas e camarotes balançavam, como se ela estivesse vendo através de uma parede de água. Soren estava a alguns palmos de distância, com o rosto vermelho e em pânico.

– Eu só tenho alguns segundos antes que meu pai me rastreie. Está acabando, Ária. Está fechando. Nós fomos atingidos por uma tempestade e perdermos outro gerador. Todos os sistemas do Núcleo estão falhando. Agora, eles estão apenas contendo os danos.

Ária sugou o ar. Ela se sentia como se tivesse levado um soco no estômago.

– Onde está Talon? – perguntou. No real, Roar estava tenso, ao seu lado.

– Ele está comigo. Meu pai tem feito contato com Sable.

– Como ele...

– Ao rastrear seu Olho Mágico, ele soube que você o havia levado, então mandou homens até Rim com outro depois que você partiu – disse Soren, interrompendo-a. – Sable e meu pai estão se preparando para partir para o Azul Sereno. Ele escolheu quem vai levar e os separou nas cúpulas de serviço. Ninguém com SDL terá permissão para ir. Ele trancou o restante de nós na Sede.

Ária tentou processar as palavras dele.

– Seu pai *deixou você*?

Soren sacudiu a cabeça.

– Não. Ele quer que eu vá, mas não consegui ir. Não posso simplesmente deixar toda essa gente aqui para morrer. Achei que conseguisse destrancar pelo lado de dentro, mas não consigo. Talon está aqui. Caleb e Rune... todos eles. Você precisa nos tirar daqui. Estamos com energia adicional. Isso não vai durar mais que alguns dias. Só isso. Então, ficaremos sem ar.

– Estou indo – disse ela. – Estarei aí. Mantenha Talon em segurança.

– Farei isso, mas *ande logo*. Ah, e eu sei para onde eles estão indo. Tenho assistido às conversas do meu pai com Sable...

Uma onda de luz a cegou, e a dor explodiu por trás de seus olhos, descendo pela coluna. Ela gritou, puxando o Olho Mágico, arrancando-o desesperadamente, até ele cair em sua mão.

Roar ajoelhou na sua frente, segurando seus braços. Os olhos dele estavam mais profundos do que ela vira nos últimos dias. A cabeça de Ária latejava, e as lágrimas escorriam de seus olhos, mas ela cambaleou, ficando de pé.

– Temos que ir, Roar! – disse ela. – Talon está em perigo. Nós precisamos ir buscar Talon agora!

Capítulo 37

PEREGRINE

Perry pegou todos os falcões entalhados no parapeito da janela e colocou num saco de pano. As coisas dele já tinham sido levadas para a caverna, mas agora ele estava arrumando as roupas de Talon, seus brinquedos e livros. Talvez fosse tolice levar os pertences de seu sobrinho, mas ele não podia deixá-los para trás.

Ele pegou o pequeno arco da mesa e sorriu. Ele e Talon costumavam passar horas atirando meias um no outro, de um lado para outro do quarto. Ele puxou a corda, testando-a. Será que o arco ainda serviria para Talon ou ele teria crescido? Ele tinha partido havia um ano e meio. A saudade de Perry não diminuíra.

Twig entrou pela porta da frente.

– A tempestade está chegando – disse, pegando um saco lotado. – Isso está pronto?

Perry assentiu.

– Já estarei lá fora.

Apenas alguns dias haviam passado, desde a última tempestade, mas outra já estava se formando, vinda do sul, uma frente maciça que prometia ser ainda pior. Foi preciso quase perder Bear para convencer os Marés a deixar a aldeia. Também quase custara a vida de Cinder, mas estavam indo.

Perry foi até o quarto de Vale e cruzou os braços, recostando no portal. Molly estava sentada numa cadeira perto da cama, olhando Cinder. O sacrifício dele deu aos Marés tempo de chegarem à caverna em segurança. Por causa dele, conseguiram cavar e tirar Bear dos destroços, ainda com vida. Agora, Cinder era de Molly, tanto quanto era de Perry.

– Como ele está? – perguntou Perry.

Molly cruzou com seu olhar e sorriu.

– Melhor. Está acordado.

Perry entrou no quarto. Os olhos de Cinder tremularam e abriram. Ele parecia cinza e frágil, e sua respiração estava fraca. Ele estava com seu boné habitual, mas, por baixo, sua cabeça estava careca.

– Eu seguirei na frente e vou me assegurar de que tudo esteja arrumado para ele – disse Molly, saindo.

– Você está pronto para ir? – perguntou Perry a Cinder. – Eu tenho mais uma viagem antes de voltar para buscá-lo.

Cinder lambeu os lábios.

– Eu não quero ir.

Perry coçou o queixo, se lembrando. A única coisa que Cinder havia dito quando veio para casa, na noite da tempestade, foi *Não deixe que ninguém me veja.*

– Willow vai estar lá. Ela está esperando para ver você.

Os olhos de Cinder se encheram de lágrimas.

– Ela sabe o que eu sou.

– Acha que ela liga porque você é diferente? Você salvou a vida dela, Cinder. Salvou os Marés. Neste momento, eu acho que ela gosta mais de você do que do Flea.

Cinder piscou. As lágrimas rolaram por seu rosto, molhando o travesseiro.

– Ela vai me ver assim.

– Eu não acho que ela vai ligar para sua aparência. Sei que eu não ligo. Não vou forçá-lo, mas acho que você deveria vir. Marron tem um lugar especial arrumado para você e Willow precisa de seu amigo de volta. – Ele sorriu. – Ela está deixando todo mundo maluco.

Os lábios de Cinder se curvaram num breve sorriso.

– Tudo bem, eu vou.

– Bom. – Perry pousou a mão no boné de Cinder. – Sou grato a você. Todos são.

Gren estava esperando do lado de fora com um cavalo.

– Eu vou ficar de olho nele – disse, entregando as rédeas a Perry.

A aldeia estava em silêncio, mas do outro lado da clareira Perry viu Forest e Lar arrumando suas coisas. Eles olharam, acenando a cabeça.

Desde a noite da tempestade, Kirra não tinha mais flertado com ele nem forçado. Ao longo de uma semana, ela tinha passado de interessada a indiferente, e ele estava bem com isso. Perry lamentava cada segundo que havia passado com ela na praia. Ele lamentava cada segundo que passara com ela.

Perry subiu na cela.

– Eu voltarei em uma hora – disse a Gren.

Marron tinha transformado a caverna. As lareiras lançavam uma luz dourada no vasto espaço, e o cheiro de sálvia flutuava pelo ar, abrandando a umidade e o sal. Tinha organizado as áreas para dormir com tendas para cada família, combinando com a disposição que tinham na aldeia. Havia lamparinas acesas do lado interno, e o material reluzia num tom branco suave. O imenso espaço no centro tinha sido deixado aberto para reuniões, com exceção de uma pequena plataforma de madeira. Nas cavernas adjacentes, havia áreas para cozinhar, lavar e até manter animais vivos e armazenar alimento. As pessoas caminhavam de um lugar para outro, de olhos arregalados, se orientando quanto ao novo lar.

Estava mil vezes mais convidativo do que Perry tinha imaginado. Ele quase conseguia se esquecer que estava sob uma rocha de montanha.

Avistou Marron, perto do pequeno palanque, com Reef e Bear, e caminhou para se juntar a eles. Bear se apoiava numa bengala, e seus dois olhos estavam pretos.

– O que acha? – perguntou Marron.

Perry esfregou atrás da cabeça. Por mais que Marron tivesse feito, ainda era um abrigo temporário. Ainda era uma caverna.

– Eu acho que tenho sorte de conhecer você – disse ele por fim.

Marron sorriu.

– Igualmente.

Bear se remexeu, olhando para ele.

– Eu estava errado em duvidar de você.

Perry sacudiu a cabeça.

– Não. Eu não conheço ninguém que não tenha dúvidas. E quero saber o que você pensa. Principalmente quando achar que estou errado. Mas preciso de sua confiança. Sempre quero o melhor para você e Molly. Para todos os Marés.

Bear assentiu.

– Eu sei disso, Perry. Todos nós queremos. – Ele estendeu a mão, dando um aperto esmagador na mão de Perry.

Bear não era o único dos Marés que tinha mudado em relação a Perry desde a tempestade. Eles não discutiam com ele. Agora, quando ele falava, sentia que ouviam e sentia a força da atenção deles. Ele se tornara Soberano de Sangue dia a dia por meio de cada atitude, cada sucesso e até por causa de suas falhas. Mas não pegando a corrente de Vale.

Perry olhou em volta e surgiu uma semente de desconfiança. Neste espaço era difícil identificar, mas eles pareciam estar em número menor. Tinha gente faltando.

– Onde está Kirra? – perguntou ele. Ele não a via, nem ninguém de seu pessoal.

– Ela não lhe disse? – perguntou Marron. – Ela partiu essa manhã, me disse que iam voltar para Sable.

– Quando? – perguntou Perry. – Quando eles partiram?

– Horas atrás – disse Bear. – No primeiro horário, essa manhã.

Isso não estava certo. Perry tinha acabado de ver Lark e Forest. Por que teriam ficado para trás?

O medo o percorreu. Ele girou e saiu correndo até o cavalo que tinha deixado com Twig. Dez minutos depois, ele chegou como um raio à sua casa. A porta da frente estava escancarada. Não via viva alma em lugar algum.

Perry entrou com o coração disparado. Gren estava deitado no chão com mãos e pés amarrados por uma corda. O sangue escorria de seu nariz, e seu olho estava fechado, de tão inchado.

– Eles levaram Cinder – disse ele. – Não consegui impedi-los.

Meia hora depois, Perry estava na praia, do lado de fora da caverna, com Marron e Reef. Ele tirou a corrente de Soberano de Sangue pela cabeça e segurou na mão fechada.

Os olhos azuis de Marron se arregalaram.

– Peregrine?

Ali perto, Reef olhava o mar, de braços cruzados, imóvel.

– Não posso levar isso comigo. – Perry não queria dizer o motivo. Com as tempestades chegando com tanta frequência e as terras fronteiriças fervilhando de dispersos, partir seria mais perigoso que nunca. – Os Marés confiam em você – prosseguiu. – Além disso, você gosta mais de joias do que eu.

– Eu vou guardar – disse Marron. – Mas o cordão é seu. Você voltará a usá-lo.

Perry tentou sorrir, mas sua boca tremia. Ele percebeu que queria usar a corrente, mais do que nunca. Não era o Soberano de Sangue que Vale e seu pai haviam sido, mas ainda assim tinha valor. Agora ele era o líder certo para os Marés. E sabia que podia suportar o peso, de seu próprio jeito.

Entregou o colar a Marron e seguiu pela praia, com Reef. Twig estava esperando na trilha, com dois cavalos. Os dois únicos que Kirra havia deixado para trás.

– Deixe-me ir – disse Reef.

Perry sacudiu a cabeça.

– Eu tenho que ir. Quando alguém precisa de mim, eu mergulho. É o que faço.

Depois de um instante, Reef concordou.

– Eu sei – disse ele. – Agora sei disso. – Ele passou a mão no rosto. – Você tem uma semana antes que eu vá atrás de você.

Perry se lembrou do dia em que ele tinha ido atrás de Ária. Reef lhe dera uma hora que durou dez minutos. Ele sorriu.

– Conhecendo você, isso significa um dia – disse ele, apertando a mão de Reef. Ele pendurou o saco no ombro, pegou o arco e a flecha. Depois montou e partiu com Twig.

A garganta de Perry se apertou conforme eles cavalgavam para longe. Semanas antes, tinha planejado deixar sua tribo para trás, mas agora era muito mais difícil do que esperava. Mais difícil do que jamais havia sido.

Conforme a tarde prosseguia, seus pensamentos se voltaram para Kirra. Ela estava o tempo todo interessada em Cinder. Suas perguntas sobre os Corvos e as cicatrizes em sua mão não eram sobre ele. Ela estava colhendo informação, esperando pela hora certa, o jeito certo, de roubar Cinder. Havia enganado Perry, como Vale fizera.

Sable estava por trás disso. Perry nem queria pensar na utilidade que tinha em mente para Cinder. Ele deveria ter confiado em sua intuição. Deveria ter mandado Kirra embora no dia em que ela apareceu.

O rastro de Kirra seguia pelo norte numa rota conhecida dos comerciantes. Eles estavam cavalgando havia algumas horas quando Perry avistou movimento ao longe. A adrenalina o percorreu. Ele cutucou seu cavalo, disparando à frente, torcendo para cortar Lark e Forest.

Seu estômago deu um nó quando ele viu que não era nenhum dos homens de Kirra.

Twig puxou seu cavalo ao lado.

– O que você está vendo?

Ondas de dormência percorreram Perry. Ele não podia acreditar em seus olhos.

– É Roar – disse ele. – E Ária.

Twig xingou.

– Está falando sério?

O impulso de Perry era gritar para eles. Eram ambos Audis. Se ele elevasse o tom de voz, o ouviriam. Era o que teria feito um dia. Roar era seu melhor amigo. Ária era sua...

O que ela era dele? O que eles eram um do outro?

– O que você quer fazer? – perguntou Twig.

Perry queria correr até Ária porque ela tinha voltado. E queria machucá-la por ela ter partido.

– Perry? – disse Twig, chamando-o de volta.

Ele incitou o cavalo adiante. Eles estavam mais perto, e chegou o momento em que Ária ouviu os cavalos. Sua cabeça virou na direção dele, mas os olhos dela permaneceram sem foco, sem enxergar no escuro. Ele observou os lábios dela formando palavras que ele não conseguia ouvir, depois ouviu a resposta de Twig ao lado.

– Sou eu, Twig. Perry também está comigo. – Ele parou, lançando um olhar preocupado para Perry.

Mensagens passadas entre os Audis. Ouvidas somente pelos Audis.

Perry ficou olhando conforme Ária olhava para Roar, o rosto ficando tenso, com uma expressão de pura tristeza. Não, era mais que tristeza. Era pavor. Depois de um mês separados, ela tinha *pavor* de vê-lo.

Ela estendeu o braço e pegou a mão de Roar, e ele soube que estavam trocando mensagens entre eles. Perry não podia acreditar em seus olhos. Achavam que ele não podia vê-los, mas podia. Ele estava vendo *tudo*.

Estava confuso quando eles se aproximaram. Ele desmontou e se sentiu como se flutuasse. Como se estivesse vendo tudo à distância.

Ele não sabia o que estava acontecendo. Por que Ária não estava em seus braços. Por que não houve cumprimento ou um sorriso no rosto de Roar. Então, o temperamento de Ária o atingiu, e era tão pesado e sombrio que ele sentiu oscilar, tomado por aquilo.

– Perry... – Ela olhou para Roar, com os olhos obscurecidos.

– O que é? – perguntou Perry, mas ele já sabia. Ele não podia acreditar. Tudo que Kirra dissera... tudo que ele tentou não acreditar sobre Roar e Ária... era verdade.

Ele olhou para Roar.

– O que você fez?

Roar não o olhava nos olhos, e seu rosto estava branco.

O ódio se acendeu dentro dele. Ele voou pra cima de Roar, batendo, xingando.

Ária saltou à frente.

– Perry, pare!

Roar foi rápido. Ele deu espaço e prendeu Perry pelos braços.

– É Liv – disse ele. – Perry... é Liv.

Capítulo 38

ÁRIA

Roar enfim falou, e o coração de Ária partiu diante de suas palavras.

– Eu não pude fazer nada. Não consegui impedir Sable. Eu lamento, Perry. Aconteceu tão depressa. Ela se foi. Eu a perdi, Perry. Ela se foi.

– Do que você está falando? – disse Perry, empurrando Roar. Ele olhou para Ária, a confusão estampada em seus olhos verdes. – Por que ele está dizendo isso?

Ária não queria responder. Não queria tornar aquilo real para ele.

– É a verdade – disse ela. – Eu lamento.

Perry olhou piscando para ela.

– Você quer dizer... *minha irmã?* – O tom da voz dele, vulnerável, sensível, a destruiu. – O que aconteceu?

Ela explicou o mais rápido que pôde, contando sobre o acordo de Hess e Sable, para encontrarem o Azul Sereno juntos, e também sobre Talon. Ela detestava fazê-lo, mas ele tinha que saber que a vida de Talon estava em perigo. Sentia-se tonta ao falar, sem ar, e desligada, da forma como se sentiu quando estava invisível, nos Reinos.

Ária não tinha falado por muito tempo, mas, quando terminou, a floresta parecia mais escura, mesclada à noite. Perry desviava o olhar dela para Roar, as lágrimas minando em seus olhos.

Ela o viu relutando consigo mesmo, lutando para manter o foco. Lutando para se manter composto.

– Talon está preso em Quimera? – disse ele finalmente.

– Talon e milhares de pessoas – respondeu ela. – Eles ficarão sem oxigênio se nós não os tirarmos de lá. Somos a única chance que eles têm.

Ele já estava indo para o cavalo antes que ela terminasse de falar.

– Vá atrás de Cinder – disse Perry a Twig.

Ária tinha se esquecido que Twig estava ali.

– O que aconteceu com Cinder?

Perry girou a perna, subindo na cela.

– Os Galhadas o levaram. – Ele montou e estendeu a mão abaixo, para ela. – Vamos!

Ária deu uma olhada para Roar. Ela podia esperar qualquer coisa hoje, menos deixá-lo.

– Eu vou com o Twig – disse ele a ela. A tensão entre ele e Perry ainda estava presente.

Ela deu um abraço rápido em Roar. Depois pegou a mão de Perry, que a puxou acima, atrás dele, e o cavalo já estava andando, antes que ela tivesse acomodado seu peso.

Ária instintivamente o enlaçou com os braços conforme o cavalo galopou floresta adentro. Liv estava esquecida por agora. Roar e Cinder também. Tudo, exceto Talon.

Ela sentia os sulcos das costelas de Perry, através de sua camisa. O movimento de seus músculos. Ele era real e estava perto, exatamente como ela o queria havia semanas, *meses*. Mas nada tinha mudado. Ele ainda continuava distante.

Capítulo 39

PEREGRINE

Perry forçava o cavalo a caminho de Quimera sob um céu noturno revolvendo com Éter. Pedaços do horizonte despontavam por entre as árvores, pulsando com a luz das espirais. Eles seguiam ao sul, direto ao coração da tempestade, mas não tinham escolha. Talon estava encurralado.

As imagens de sua irmã piscavam diante dos olhos. Coisas sem sentido. Liv prendendo-o quando eles eram pequenos, passando uma escova nos cabelos dela. Liv nos braços de Roar na praia, rindo. Liv discutindo com Vale por causa do acordo com Sable, quase partindo para briga. Ele não podia aceitar que nunca mais a veria.

Agora Talon era tudo que ele tinha. Era o único parente que restara a Perry. Ele deu uma olhada nos braços de Ária, apertados ao seu redor. Talvez estivesse errado. Talvez tivesse mais.

Conforme se aproximaram de Quimera, um cheiro forte veio numa rajada de vento, por entre as árvores. Trouxe um gosto químico à sua língua, algo que o fez se lembrar da noite em que invadira o Núcleo, no outono. Embora ainda não pudesse ver Quimera, ele sabia que estava incendiando.

Logo depois, o cavalo travou quando subiam uma colina, recuando de terror. O vale amplo que se estendia adiante era uma visão que Perry jamais tivera. Eles tinham cavalgado por horas, era perto de meia-noite, mas o Éter iluminava a planície vasta. Centenas de espirais despencavam do céu, deixando as trilhas iluminadas pelo deserto. Perry segurou firme nas rédeas enquanto o cavalo batia as patas e virava a cabeça. Não havia treinamento que aquietasse seus instintos agora.

O terror o tomou quando surgiu a visão da forma arredondada do Núcleo. Ela estava diretamente abaixo do auge da tempestade, de nuvens cuspindo fumaça negra como carvão. Havia boa parte encoberta, mas ele se lembrava do formato, de outras vezes que estivera lá. Uma cúpula imensa e central, como uma colina, cercada de cúpulas menores, que se espalhavam com raios de sol. Em algum lugar ali dentro, ele encontraria Talon.

O cavalo não se aquietava. Perry se virou para ela.

– Não podemos continuar montados.

Ária pulou no chão, sem hesitação.

– Venha!

Perry pegou seu arco e correu atrás dela com as pernas pesadas das longas horas na cela. Conforme dispararam pelo deserto, ele tentava não pensar nos riscos, correndo milhas por uma tempestade de Éter, sem abrigo, ou lugar para se protegerem.

Espirais despencavam cada vez mais ruidosas, mais próximas, lançando ondas chamuscantes em sua pele. Um uivo súbito explodiu em seus ouvidos; então, um clarão de luz o cegou. A cerca de quarenta passos, uma espiral de Éter desabou girando, rasgando a terra. Todos os músculos do corpo dele se contraíram, a dor reverberava. Sem conseguir abrandar a queda, ele bateu no chão, o ar escapando de seus pulmões.

Ária estava agachada a alguns passos de distância, encolhida como uma bola, tampando os ouvidos com as mãos. Ela estava gritando. O som de sua dor ecoava acima do Éter, penetrando-o. Ele não podia evitar. Não conseguia ir até ela. Como pôde trazê-la para cá?

A claridade subitamente diminuiu enquanto a espiral recuava acima. O silêncio rugia em seus ouvidos. Ele lutou para se levantar e foi cambaleando até ela. Ária correu na direção dele, ao mesmo tempo. Eles colidiram, agarrando-se um ao outro, recuperando o equilíbrio. Os olhos se fixaram, e Perry viu seu próprio terror espelhado no rosto dela.

Uma hora se passou num piscar de olhos. Ele não sentia seu peso. Não ouvia os próprios passos conforme corria. Clarões de luz os cercavam, e o rugir ensurdecedor da tempestade era constante.

Eles se aproximavam da forma gigantesca do Núcleo, parando a meia milha de distância. Colunas de fumaça subiam ao redor deles. Os olhos e pulmões de Perry ardiam. Ele não conseguia farejar mais nada. De onde estava, conseguia ver que grande parte do Ag 6, a cúpula que ele invadira meses antes tinha desmoronado. As labaredas se erguiam a trinta metros pelo ar. Ele tivera esperanças de entrar em Quimera por ali. Agora via que não tinha chance.

– Perry, olhe!

A fumaça se deslocava ao vento, voltando como um véu. Ele viu outra cúpula reluzindo com luz azul e avistou uma vasta abertura. Enquanto observava, duas aeronaves saíram, parecendo pequenas como pardais, em contraste com a dimensão grandiosa da cúpula. Elas seguiram caminho pelo deserto, com as luzes piscando e desaparecendo na escuridão enfumaçada.

– Só pode ser o Hess – disse Ária. – Ele está debandando.

– É nosso caminho de entrada – disse ele.

Eles corriam mais próximos, parando na lateral da abertura, que se erguia a centenas de metros de altura. Lá dentro, ele via as naves Ocupantes perfiladas e reconheceu a menor, de quando levaram Talon. Fuselagens em formato de lágrimas, brilhosas como conchas de abalone. Além delas, havia uma aeronave que se agigantava perto das outras, com sua forma segmentada como um réptil. Soldados armados se deslocavam num caos controlado, abastecendo caixotes de suprimentos, direcionando o voo de uma aeronave após a outra, na pressa de deixarem o Núcleo.

Enquanto observavam, uma aeronave próxima ganhou vida. Asas se ergueram da parte inferior, quatro, no total, como uma libélula. Luzes se acenderam em sua extensão, e o ar rugiu conforme a aeronave se ergueu do chão. Ele se retraiu quando ela passou com seu zunido ensurdecedor.

Ária cruzou com seu olhar.

– A câmara de compressão para entrar em Quimera fica na outra ponta.

Perry viu. A entrada estava a centenas de metros de distância. Ele focou num grupo de homens próximos, seu olhar encontrando as pistolas compactas em seus cintos.

– Nós podemos passar por eles, escondidos – disse Ária. Estão concentrados em partir, não em defender o Núcleo.

Perry concordou. Era a única chance que tinham. Ele apontou para um monte de caixotes de suprimentos na metade do caminho até o hangar. Havia um espaço entre eles e a parede.

– Quando a próxima aeronave for ligada, corra até aqueles caixotes e se esconda atrás deles.

Ária partiu assim que a aeronave se ergueu do solo. Perry disparou, acompanhando-a. Eles estavam quase nos caixotes quando um grupo de soldados os viu. As balas atingiram a parede atrás dele com um som baixo, comparado ao zunido das aeronaves. Ele chegou aos engradados e pegou o arco das costas.

– Nós precisamos continuar em frente! – gritou ele. Eles não podiam dar aos soldados a chance de se organizarem. Ária sacou sua faca conforme correram pelo corredor estreito.

Quando chegaram ao outro lado, ele viu um grupo de soldados entre eles e a entrada. Três homens. Dois tinham sacado suas armas; o outro estava olhando em volta, confuso. O único jeito de chegar a Talon era passando por eles.

Perry atirou enquanto eles corriam. Sua flecha atingiu o primeiro homem no peito e o fez voar ao chão. Disparos passaram por ele conforme os Guardiões revidavam. As caixas metálicas atrás dele tilintavam. Ele atirou no segundo homem, mas não foi o suficiente. Ária disparou adiante. Ela arremessou sua faca no terceiro homem, acertando-o na barriga. O homem caiu pra trás, disparando sua pistola.

— Ária!

O coração de Perry se apertou, quando a viu cair no chão. Ele acertou uma flecha que atravessou o homem que atirara nela. Depois correu até ela, agarrando-a pela cintura e erguendo-a do chão. Ela segurava o braço enquanto eles corriam, o sangue escorrendo por entre os dedos. Perry a puxou para si, abaixando-se para pegar a pistola que havia caído de um dos soldados atingidos. As pessoas gritavam no hangar, confusas enquanto um alarme soava.

Mais soldados abriam fogo contra eles, mas Perry notou que a maioria mal parava para notá-los em seu empenho de evacuação. O dedo de Perry encontrou o gatilho. Ele disparou repetidas vezes, uma parte distante de sua mente se admirou com a facilidade e a velocidade da arma.

A cada passo, Ária apoiava mais seu peso nele. Eles subiram uma rampa e entraram na câmara de compressão conforme as pessoas gritavam atrás dele, vozes que se dissipavam em meio ao alarmes. Ele bateu nos controles da porta. Ela deslizou abrindo, revelando soldados perplexos, do outro lado.

Perry passou por eles, entrando num corredor largo, os sons do alarme ficando para trás. Ele não sabia para onde estava indo. Só sabia que precisava encontrar segurança. Cuidar dela. Encontrar Talon. Ária parou de repente.

— Aqui! — Ele apertou o controle de uma porta, abrindo-a, e eles dispararam para dentro.

Capítulo 40

ÁRIA

Ária caiu para trás, contra a parede. A tontura vinha em ondas. Ela precisava recuperar o fôlego. Seu coração estava batendo rápido demais. Ela precisava desacelerar.

Perry estava junto à porta, ouvindo os ruídos no corredor. Ela tinha a sensação de que ele parecia à vontade com a arma, como se a usasse havia anos, em vez de minutos. Os gritos dos Guardiões ficaram mais altos.

– Esqueça! – Ária ouviu, lá de fora. – Eles sumiram. – Então, os passos se distanciaram.

Perry abaixou a arma. Ele olhou para ela, as sobrancelhas franzidas de preocupação.

– Fique bem aqui.

Ela fechou os olhos. A dor em seu braço era imensa, mas sua cabeça estava límpida, ao contrário de quando ela tinha sido envenenada. Estranhamente, a sensação do sangue escorrendo por seu braço e pingando de seus dedos incomodava mais. Podia funcionar com dor, mas perder sangue a deixava fraca e lenta.

A sala era um depósito de material para evacuações de emergência. Ela tinha conhecido salas como essa por conta das simulações de segurança do Núcleo. Havia armários metálicos em toda a extensão da parede. Dentro deles, via macacões de segurança. Máscaras de oxigênio. Extintores de incêndio. Material de primeiros socorros. Perry correu até o mais próximo e trouxe um estojo de metal. Ele ajoelhou e o abriu.

— Deve ter uma bisnaga azul — disse ela, ofegante —, para deter sangramentos.

Ele remexeu a caixa, encontrando o tubo e uma atadura.

— Olhe pra mim — disse ele, levantando. — Bem nos meus olhos.

Ele afastou a mão dela do ferimento.

Ária sugou o ar com a explosão de dor que desceu por seu braço. Ela tinha sido atingida no bíceps, mas, estranhamente, a pior dor era nas pontas de seus dedos. Os músculos de suas pernas começaram a tremer.

— Calma — disse Perry. — Apenas continue a respirar, devagar.

— Meu braço ainda está aí? — perguntou ela.

— Ainda está aqui. — Os lábios dele se curvaram num rápido sorriso, mas ela via a preocupação por trás. — Quando sarar vai combinar perfeitamente com minha mão.

Com movimentos firmes e eficientes, ele aplicou o coagulante e embrulhou com a atadura. Ária manteve os olhos no rosto dele. Na barba loura por fazer, no ligeiro desvio de seu nariz. Ela podia ficar olhando para ele para sempre. Podia passar a vida observando-o, apenas piscando e respirando perto dela.

Os olhos dela embaçaram, e ela não sabia se era a dor ou o pelo alívio de estar novamente com ele. Perry dava uma sensação de certeza, de algo que era certo. Ela sentia isso em todos os momentos em que estava a seu lado. Mesmo nos errados. Mesmo nos dolorosos, como agora.

As mãos de Perry pararam. Ele ergueu os olhos, e seu olhar disse tudo. Ele também sentia.

Ela sentiu um tremor reverberar nas solas das botas, depois os armários tremeram. Um som estrondoso foi aumentando. Ele continuou, ficando cada vez mais alto. As luzes se apagaram. Ária olhava a escuridão com o pânico aumentando dentro dela. Uma luz vermelha de emergência piscou algumas vezes, acima da porta, depois ficou permanentemente acesa. O barulho foi sumindo lentamente.

– Esse lugar está desmoronando – disse Perry, amarrando a atadura.

Ela concordou.

– O corredor circunda a Sede. Se nos mantivermos nele, devemos encontrar uma porta de acesso. – Ela se apoiou na parede, afastando-se dela. O sangramento tinha diminuído, mas ela se sentia tonta.

Perry olhou pela porta. O corredor estava escurecido, somente iluminado pelas luzes de emergência, a cada vinte passos.

– Fique perto de mim.

Eles correram juntos pelo corredor curvo, o uivo dos alarmes ecoando nas paredes de cimento e enchendo os ouvidos dela. Ária sentia o cheiro da fumaça e a temperatura tinha subido. Os incêndios tinham chegado ao interior do Núcleo. Ela estava perdendo as forças depressa, exatamente como temera. Sentia-se como se corresse submersa.

– Aqui – disse ela, parando nas imensas portas duplas sinalizadas com PANOPTICON. – É aqui que Hess os trancou. – Ela apertou o controle que havia ao lado. SEM ACESSO piscou na tela. Ela tentou de novo, batendo no controle com raiva. Eles não podiam chegar tão perto e não conseguir entrar.

Ela não ouviu quando os soldados de Quimera contornaram o corredor, vindo na direção deles. Os alarmes tinham engolido o som de sua aproximação. Mas Perry os viu. Uma saraivada de tiros ressoou ao lado dela conforme ele disparou. No corredor, os Guardiões caíram. Perry saiu correndo, cobrindo a distância até os soldados com uma velocidade estarrecedora. Ele arrancou um dos soldados do chão pelo colarinho e voltou com o homem relutante, que havia sido atingido na perna.

– Abra a porta – ordenou ele, segurando o Guardião diante do painel.

– Não! – O homem se retorcia para se soltar. Num lampejo, Ária viu o rosto da mãe. Sem vida, como na última vez que a vira. Ela não podia falhar de novo. Talon estava lá dentro. Milhares de pessoas morreriam se eles não conseguissem entrar.

Com seu braço bom, ela sacou a faca e passou no rosto do Guardião. Ela o atingiu no queixo, a lâmina passando junto ao osso.

– Coloque-nos lá dentro!

O homem gritou e deu um solavanco para trás. Depois apertou o painel, desesperadamente, implorando para que o deixassem ir.

As portas se abriram, revelando um longo corredor.

Ela correu, batendo os pés no chão liso, e congelou ao chegar ao outro lado, dentro da Sede. Dentro de seu lar.

Ela absorveu tudo instantaneamente, sentindo-se uma estranha. Erguendo-se no centro, como uma espiral perfeita, ficavam os quarenta andares, onde ela dormia, comia, frequentava a escola e fracionava para os Reinos.

Parecia maior e mais desolado do que se lembrava. A cor cinza, que antes quase lhe parecera invisível, era sufocante em sua frieza. Como ela pôde um dia ser feliz ali?

Então, seus olhos passaram do familiar a tudo que havia de errado. A fumaça saindo dos andares mais altos. Pedaços de concreto desmoronando, caindo onde ela e Perry estavam. *Flashes* de pessoas correndo, perseguindo umas às outras. Os gritos de terror de arrepiar os cabelos, se dissipando em meio aos alarmes. O mais difícil de acreditar eram os grupos de pessoas sentadas no átrio, sociabilizando normalmente, como se nada incomum estivesse acontecendo.

Ária avistou os cabelos curtos de Pixie e correu até ela.

Pixie se assustou quando ela chegou correndo, piscando, confusa.

— Ária? — Um sorriso se abriu em seu rosto. — Que bom vê-la! Soren nos disse que você estava viva, mas eu achei que ele só estava agindo estranho de novo.

— Quimera está caindo! Você precisa sair daqui, Pixie. Você precisa sair!

— Sair para onde?

— Para o lado de fora!

Pixie sacudiu a cabeça, com o temor estampado nos olhos.

— Ah, não... eu não vou para lá. Hess nos disse para ficarmos aqui e aproveitarmos os Reinos. Ele está consertando tudo. — Ela sorriu. — Sente-se, Ária. Você viu o Reino de Atlântida? Os jardins são incríveis nesta época do ano.

— Nosso tempo está se esgotando, Ária — disse Perry a seu lado.

Pixie pareceu notá-lo pela primeira vez.

— Quem é ele?

— Nós temos que encontrar Soren — disse Ária rapidamente. — Pode passar uma mensagem para ele por mim?

— Claro, farei isso agora. Mas ele não está longe, está no salão sudeste.

Ária se virou para Perry.

— Por aqui! — Enquanto ela corria até a outra ponta do átrio, uma explosão sacudiu o ar e a fez cambalear. Pedaços de concreto caíram em volta deles, desintegrando ao colidirem no chão liso. Ela cobriu a cabeça, o medo fazendo-a seguir em frente. A única solução, a única esperança que tinham de sobreviver, era sair dali.

Acima, ela viu um grupo correndo em sua direção. Avistou um rosto conhecido, depois, vários outros. Quis chorar ao vê-los. Caleb estava ali, com os olhos arregalados de incredulidade. Rune e Júpiter, correndo juntos. Ela viu Soren no meio do grupo, depois, o menino a seu lado.

Perry se afastou dela. Ele cobriu a distância em passos longos e determinados, pegando Talon nos braços. Acima do ombro de

Perry, ela viu um lampejo do sorriso de Talon antes que ele mergulhasse o rosto no pescoço de Perry.

Ela tinha esperado meses para ter essa visão. Queria saboreá-la, mesmo que só por um instante, mas Soren se aproximou, olhando-a fixamente.

– Você demorou um bocado – disse ele. – Eu cumpri minha parte do acordo. Agora, cumpra a sua.

Capítulo 41

PEREGRINE

– Eu estou bem. De verdade, estou bem – disse Talon. Perry o apertava com toda força possível sem machucá-lo. – Tio Perry, nós temos que ir.

Perry o colocou no chão e pegou sua mãozinha. Ele olhou o rosto do sobrinho. Talon estava saudável. E ali.

Clara, irmã caçula de Brooke, veio correndo e agarrou sua perna. O rosto dela estava vermelho, e ela estava chorando. Perry se abaixou.

– Está tudo bem, Clara. Eu vou levar vocês para casa. Preciso que você e Talon fiquem de mãos dadas. Não soltem um do outro e fiquem perto de mim.

Clara passou a manga no rosto, limpando as lágrimas, e assentiu. Perry se endireitou. Ária estava ao lado de Soren, o Ocupante com quem ele lutara, meses antes. Dúzias de pessoas vieram correndo com ele. Estavam alertas e aterrorizadas, ao contrário das pessoas entorpecidas que vira instantes atrás. Ele notou que não estavam usando Olhos Mágicos.

– Você trouxe o *Selvagem?* – disse Soren.

Do outro lado do átrio, um súbito foco de incêndio irrompeu de um corredor. Um segundo depois, a onda de calor o atingiu.

– Nós precisamos ir, Ária, agora!

– O hangar de transportes – disse ela. – Por aqui!

Eles correram de volta à porta da Sede, Soren e seu grupo vindo atrás. Ária gritava enquanto corria, alertando a quem ouvisse para que deixassem Quimera, mas o estrondo dos alarmes de incêndio e do concreto desabando engolia sua voz. As pessoas sentadas em grupo, no chão, não se mexiam. Estavam inexpressivas, alheias ao caos à sua volta. Ária parou na frente da garota com quem falara antes e agarrou-a pelos ombros.

– Pixie, você tem que sair daqui agora! – berrou. Dessa vez, ela nem reagiu. Só ficou olhando adiante, sem reação. Ária se virou para Soren. – O que há de errado com eles? Isso é SLD?

– É isso, é a partida para o lado de fora. É tudo – respondeu Soren.

– Você não consegue desligar seus Olhos Mágicos? – perguntou ela, desesperada. – Eu tentei! – disse Soren. – Eles mesmos precisam fazê-lo. Não há como convencê-los. Estão com medo. Isso aqui é tudo que já conheceram. Fiz tudo que pude.

Uma explosão ecoou nos ouvidos de Perry.

– Ária, nós temos que ir.

Ela sacudiu a cabeça, as lágrimas rolando dos olhos.

– Não posso fazer isso. Não posso deixá-los.

Perry se aproximou dela, pegando seu rosto nas mãos.

– Você precisa. Eu não vou sair daqui sem você.

Ele sentiu a verdade das palavras se instalando com frieza. Faria qualquer coisa para mudar isso. Daria qualquer coisa. Mas, independentemente do que fizessem, não poderiam salvar todos.

– Venha comigo – disse ele. – Por favor, Ária. É hora de ir.

Ela olhou acima, o olhar percorrendo lentamente o Núcleo desmoronando.

– Eu lamento... lamento – disse ela. Ele passou o braço ao redor dela, seu coração partindo por ela. Por todas as pessoas inocentes que mereciam viver, mas não viveriam. Juntos, correram para a saída, deixando a Sede para trás.

Eles correram pelos corredores de fora, liderando o bando de Ocupantes. A fumaça preta fluía pelos dutos de ar e as luzes vermelhas de emergência piscavam lentamente, fixando por um instante, apagando por um tempo maior. Perry estava de olho em Talon e Clara, mas Ária o preocupava mais. Ela segurava o braço e se esforçava para continuar.

Eles chegaram ao hangar de transportes e entraram correndo. Ele parecia abandonado, nada do fervilhar que Perry vira antes. Ele não viu nenhum soldado, e só havia um punhado de aeronaves.

– Você sabe pilotar uma dessas? – perguntou Ária a Soren. Ele perdeu a cor.

– Nos Reinos eu consigo – disse Soren. – Essas são *reais*.

As pessoas se aglomeravam ao redor deles. Através da vasta abertura, na outra ponta, o deserto ainda reluzia com a força total da tempestade.

– Faça isso – disse Perry. Ele e Ária mal tinham sobrevivido à jornada até ali. Ele não via outro jeito de levar dúzias de pessoas assustadas, Ocupantes que nunca tinham posto o pé lá fora, para dentro de uma tempestade de Éter.

Soren se rebelou.

– Eu não cumpro ordens suas!

– Então, cumpra a minha! – gritou Ária. – Ande, Soren! Não há tempo!

– Isso não vai dar certo de jeito nenhum – disse Soren, mas correu até uma das aeronaves.

De perto, a nave era imensa, o material da fuselagem sem emendas, de tom azul-claro, com um brilho perolado. Perry pegou as mãos de Clara e Talon, levando-os rampa acima.

O interior da cabine era grande, um tubo sem janelas. De um lado, através de um pequeno portal, ele viu a cabine. A outra ponta estava abastecida de caixotes metálicos. Ele percebeu que era uma aeronave de suprimentos. Embora só tivesse sido parcialmente abastecida. No meio estava vazia, mas rapidamente enchia de gente.

– Sigam direto, até o fundo, e sentem-se – instruiu-os Ária. – Segurem-se em alguma coisa se puderem.

Ele notou que os Ocupantes vestiam o mesmo macacão cinza que Ária vestira quando a conheceu. Tinham a pele clara e os olhos arregalados, e, embora ele não conseguisse farejar o temperamento, por causa da fumaça, as reações deles em relação a ele eram secas, comuns, com seus rostos perplexos.

Perry se olhou, estava com sangue e fuligem cobrindo a roupa surrada e uma arma na mão. Além disso, sabia que teria uma aparência dura e feroz, aos olhos deles, da mesma forma como pareciam suaves e aterrorizados para ele.

Ele não estava ajudando nada em estar ali.

– Aqui dentro – disse a Talon e Clara, levando-os à cabine.

Bateu a cabeça na porta ao entrar e se lembrou de Roar, que teria feito uma piada. Que deveria estar ali. A quem Perry tinha tratado terrivelmente mal antes. Ele não podia acreditar que tinha questionado a lealdade de Roar. De repente, ele se lembrou de Liv. O ar sumiu de seus pulmões, e sua barriga se contraiu. Em algum momento, ele pensaria na irmã e acabaria de joelhos, mas não agora. Agora não podia.

A cabine de comando era pequena e pouco iluminada, do tamanho do quarto de Vale, com uma janela redonda e curvada na extensão frontal. Perry viu a saída na outra ponta do hangar. Lá fora, a fumaça preta e densa acendia com o Éter, escondendo o deserto.

Soren sentou num dos assentos de piloto, xingando, ao passar a mão num painel de controle. Ele deve ter sentido a atenção de Perry, porque deu uma olhada para trás, com raiva nos olhos.

– Eu não me esqueci, Selvagem.

O olhar de Perry foi até a cicatriz no queixo de Soren.

– Então, você se lembra do desfecho.

– Não tenho medo de você.

Uma pequena voz falou ao lado de Perry.

– Soren, ele é meu tio.

Soren olhou para Talon, e sua expressão se abrandou. Então, voltou aos controles.

Perry deu uma olhada para o sobrinho, surpreso pela influência que tivera em Soren. Como isso tinha acontecido? Ele guardou a arma numa prateleira, ao lado de uma porção de outras armas e fez com que Talon e Clara sentassem junto à parede dos fundos. Depois se agachou, estudando o rosto do sobrinho.

– Você está bem?

Talon assentiu, sorrindo, cansado. Perry viu os traços de Vale no fundo dos olhos verdes e notou que os dentes da frente tinham crescido. Subitamente, sentiu todos os meses que haviam perdido e todo o peso de sua responsabilidade. Talon agora era seu.

Ele se endireitou, conforme os motores ganharam vida. O painel à frente de Soren se iluminou, e o restante da cabine caiu na escuridão.

– Segurem-se! – gritou Soren.

O som do alarme veio da cabine principal. Ária surgiu pela porta ao lado de Perry, entrando na cabine, bem na hora em que a aeronave se ergueu num impulso. Ele a pegou pela cintura, segurando-a, quando ela tropeçou. A nave arrancou à frente, empurrando Ária contra seu peito. Ele a enlaçou com os braços, segurando firme, enquanto as paredes do hangar passavam velozes e a aeronave ganhava velocidade a cada segundo. Eles dispararam para fora e mergulharam para dentro da fumaça. Perry não conseguia ver nada através da janela, mas notou que Soren navegava segundo a tela no console, à frente.

Em segundos eles irromperam no ar limpo, e ele ficou olhando admirado conforme a terra passava. Ele ganhara seu nome de um falcão, mas nunca na vida achou que fosse voar. As espirais castigavam o deserto, mas agora eram em número menor. A luz clara do amanhecer se espalhou pelo céu, suavizando a aparência do Éter. Ele sentiu o peso de Ária relaxar junto dele. E pousou o queixo sobre sua cabeça.

Conforme a aeronave seguia a oeste, ajustando seu curso, Perry avistou a frota de Hess, uma trilha de voos atravessando o vale, à distância. Ele reconheceu o formato da aeronave gigantesca que vira mais cedo. Quimera surgiu à vista, ruindo, consumida pela fumaça.

Ária observava silenciosa, em seus braços. Ele percorreu o olhar pela curva de seu ombro, o contorno da bochecha. Os cílios escuros quando ela piscava. Seu coração se encheu de mágoa. Por ela. Por ele. Ele entendia exatamente o que ela sentia. Ela também tinha perdido seu lar.

– Quando estiver pronta, Ária, talvez possa me dizer para onde estou indo.

As mãos de Perry se fecharam em punhos com o tom da voz de Soren. Ária se virou e o olhou acima, interrogativa. A atadura de seu braço tinha ficado encharcada de sangue. Ela precisaria de cuidados médicos em breve.

– Os Marés – disse ele, sem transparecer o que estava sentindo. Tinha abrigo de sobra a oferecer. E, depois do que acabara de ver, tinha a impressão de que os Ocupantes se adaptariam à caverna mais depressa que a tribo.

Os olhos cinzentos de Ária cintilavam na cabine escura.

– Os caixotes lá atrás estão abastecidos de suprimentos. Comida. Armas. Remédios.

Ele assentiu. Era uma decisão simples. Uma aliança óbvia. Eles eram mais fortes, juntos. E, dessa vez, pensou, os Ocupantes seriam bem-vindos. Perry deu uma olhada para Soren. Pelo menos, a maioria seria.

– Siga a nordeste – disse Ária. – Além da cadeia montanhosa.

Soren ajustou o controle, apontando a aeronave para o vale dos Marés. Perry deu uma olhada para baixo, ávido para finalmente trazer Talon de volta para casa, para a tribo. Os olhos do sobrinho estavam se fechando. A seu lado, Clara dormia.

Ária pegou sua mão e o conduziu até a poltrona vazia de piloto. Perry sentou e a puxou para seu colo. Ela virou e se aconchegou nele, pousando a testa em seu rosto, e, por um instante, ele tinha tudo de que precisava.

Capítulo 42
ÁRIA

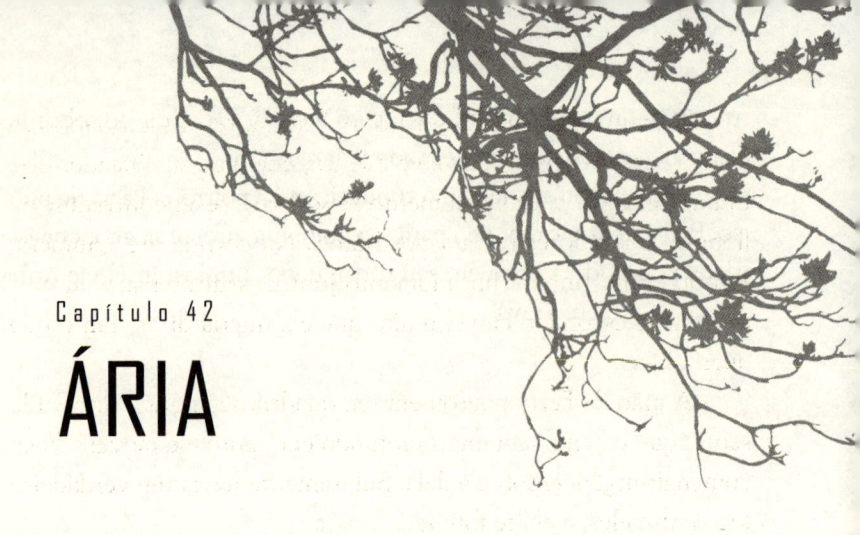

— Vocês estão tentando me fazer cair? — Soren deu uma olhada para ela da outra poltrona. A luz do painel de controle deixava suas feições mais realçadas. Mais cruéis. Mais parecido com seu pai. O olhar de Soren passou para Perry.

— Porque isso é repulsivo.

O braço de Ária latejava de dor, e seus olhos ardiam da fumaça e cansaço. Queria fechá-los e mergulhar na inconsciência, mas eles logo chegariam aos Marés. Ela tinha que manter o foco.

Ali atrás, ela ouvia o murmúrio dos outros na cabine. Caleb estava lá. Ela ainda nem tivera chance de conversar com ele. Rune e Júpiter também estavam lá, e dúzias de outros, todos eles assustados.

Eles precisavam de Ária. Ela os trouxera para fora de Quimera e sabia como sobreviver no lado de fora. Eles precisavam de sua orientação. Agora, era sua responsabilidade cuidar deles.

Perry afastou seus cabelos e sussurrou em seu ouvido:

— Descanse, ignore-o.

O som da voz dele, profunda e sem pressa, a percorreu, se instalando ternamente. Ela ergueu a cabeça. Perry a observava com o rosto preocupado. Ela passou os dedos na barba por fazer, depois os mergulhou em seus cabelos, querendo sentir todas as texturas.

— Se você não gosta do que vê, Soren, não olhe.

Ela viu o lampejo do sorriso de Perry antes de seus lábios se encontrarem. O beijo foi suave e lento, cheio de significado. Eles tinham corrido a cada momento desde que se encontraram na floresta. Quando estiveram nos Marés. Na corrida até Quimera. Agora, enfim tinham um momento juntos, sem pressa, sem precisarem se esconder. Havia muito que ela queria dizer. Tanto que queria saber.

A mão de Perry pousou em seu quadril, segurando firme. Ela sentiu que o beijo ficou mais profundo enquanto ele movia a boca com mais urgência sobre a dela. Subitamente havia um verdadeiro fogo entre eles, e ela se forçou a recuar.

Ao fazê-lo, Perry xingou baixinho. Os olhos dele estavam caídos, sem foco. Ele parecia tão dominado quanto ela.

Ária recostou perto de sua orelha.

– Vamos recomeçar quando estivermos sozinhos.

Ele riu.

– É bom que seja logo. – Ele pegou o rosto dela nas mãos e a puxou para perto, encostando as testas. Os cabelos de Ária caíram em volta, fazendo uma parede, um espaço que era só deles. Assim, pertinho, tudo que ela podia ver eram os olhos dele. Estavam vidrados, brilhando como moedas submersas.

– Você me partiu ao meio quando foi embora – sussurrou ele.

Ela sabia disso. Soube quando estava fazendo.

– Eu estava tentando protegê-lo.

– Eu sei. – Ele exalou o ar, um sopro suave em seu rosto. – Sei que estava. – Ele passou as costas dos dedos no rosto dela. – Quero lhe dizer uma coisa. – Ele sorriu, mas a expressão em seus olhos era suave e tentadora.

– Quer?

Ele assentiu.

– Já faz tempo que quero dizer. Mas vou esperar até mais tarde. Quando estivermos sozinhos.

Ária riu.

— É bom que seja logo. — Ela recostou em seu peito e não lembrava quando se sentiu tão segura.

Lá fora, as colinas passavam. Ela estava surpresa pela longa distância que eles tinham percorrido. Logo chegariam aos Marés.

— Eu juro, estou quase passando mal – murmurou Soren.

Ária se lembrou da última conversa apressada que tiveram através do Olho Mágico.

— O que foi? – disse Soren, olhando-a de cara feia. – Por que está me olhando assim?

— Você disse que sabia onde ficava o Azul Sereno. – A conexão deles tinha sido cortada pouco antes que ele pudesse dizer a ela.

Soren sorriu.

— Isso mesmo, eu sei. Vi tudo que meu pai falou com Sable. Mas não vou dizer uma palavra na frente do Selvagem.

Os braços de Perry ficaram tensos ao redor dela.

— Se me chamar assim de novo, Ocupante, será a última coisa que você vai dizer. – Ele relaxou novamente. – E você não precisa me dizer nada, eu sei onde é.

Ária ergueu os olhos para Perry. Ela se mexeu rápido demais, e a dor irrompeu em seu braço. Ela mordeu o lado interno do lábio, esperando passar.

— Você sabe onde fica o Azul Sereno?

Ele assentiu.

— Aquela frota está seguindo direto a oeste. Só há uma coisa naquela direção.

Ela percebeu antes que ele terminasse de falar.

— É no mar – disse ela.

Perry fez um som baixinho, concordando.

— Nunca estive tão perto do que quando estive em casa.

Os lábios de Soren franziram de desapontamento.

— Bem, mas você não sabe tudo.

Ária sacudiu a cabeça, sem disposição para os joguinhos de Soren.

– Apenas diga, Soren. O que você descobriu?

Os lábios de Soren se curvaram, prontos para dizer algo malicioso, mas depois sua expressão relaxou. Quando ele respondeu, sua voz estava normal, sem a amargura habitual.

– Sable disse que precisa atravessar uma parede sólida de Éter antes de chegar a céu aberto. – Ele fez um som descartando, baixinho na cabeça. – Ele diz que consegue, mas é mentira. Nenhuma aeronave pode fazer isso.

Nenhuma aeronave, pensou Ária, mas havia outro jeito. Ela falou ao mesmo tempo que Perry.

– Cinder.

Capítulo 43
PEREGRINE

A aeronave passou pela aldeia dos Marés e seguiu ao norte, pela costa. Soren precisou levá-los por cima do mar aberto para chegar à área protegida, do lado de fora da caverna. A encosta era íngreme demais. Perry notou que a viagem era mais difícil por cima da água. Enquanto Ária cochilava em seus braços, ele olhou o horizonte e sentiu uma onda de esperança. Eles não tinham Cinder, nem a força que Hess e Sable tinham juntos, mas o Azul Sereno era em algum lugar no mar, e ninguém conhecia o mar como os Marés. O oceano era território deles.

Talon e Clara acordaram quando a aeronave pousou na praia. Perry tinha uma explicação pronta para contar por que precisaram deixar a aldeia, mas, vendo os sorrisos imensos em seus rostos, decidiu que explicaria quando perguntassem.

– Diga que não acabei de pousar na frente de uma caverna – disse Soren.

Ária se remexeu em seus braços. Ela lentamente desdobrou as pernas e levantou de seu colo.

– Nós podemos nos livrar dele a qualquer momento.

– Eu gostaria que você não estivesse brincando – disse Perry. Ele já sentia falta do peso dela junto dele.

Soren empurrou o leme de comando e levantou.

— Essa é uma demonstração e tanto da gratidão por eu salvar as suas vidas. Falando nisso, de nada.

Ária sorriu. Ela estendeu a mão para ajudar Perry a levantar, mantendo o braço ferido junto ao corpo.

— Quem disse que eu estava brincando?

Perry levantou e a seguiu até a cabine principal, ignorando os resfôlegos dos Ocupantes reunidos ali. Pousando a mão no ombro de Talon, ficou ao lado de Ária quando ela apertou o comando ao lado da porta. A cabine abriu com um sopro de ar que trouxe o barulho das ondas, tocando sobre a areia.

Sob a luz da manhã, ele viu os Marés saindo da caverna, indo para a praia. Estavam boquiabertos olhando a aeronave, entre a descrença e o pânico. Atrás deles, dúzias de Ocupantes olhavam o mundo externo, com um temor palpável, forte o suficiente para sentir, mesmo com seu nariz anestesiado pela fumaça.

Perry avistou Marron e Reef. Bear e Molly. Seu olhar passou pelos irmãos, Hyde, Hayden e Strag. Passou por Willow e Brooke. Buscou Roar e Twig. O arrependimento chegou quando ele percebeu que nenhum dos dois estava ali. Ele tinha de encontrá-los, assim como a Cinder, mas primeiro ele e Ária precisavam instalar os Ocupantes em seu lar temporário. Eles formariam uma nova tribo.

Flea veio a galope até o pé da escada e ficou gemendo quando viu Talon, abanando o rabo sem parar. Abanando o corpo inteiro. Talon olhou para cima, com os olhos verdes brilhando de avidez.

— Posso ir?

— Claro – disse Perry.

Talon desceu a rampa correndo com Clara.

Ária sorriu para ele. Nos olhos dela, Perry viu um sentimento que era infinito e mais forte do que tudo.

— Será que devemos tentar isso de novo?

Perry pegou a mão dela. Com os dedos entrelaçados, eles desceram juntos até a areia.

AGRADECIMENTOS

Antes de tudo, obrigada, Barbara Lalicki, pelo seu apoio e orientação durante a criação deste livro. Você tantas vezes me manteve na direção certa com seu encorajamento e seus conselhos sábios. Tenho muita sorte por ter uma editora com a alma e o talento de uma artista. Obrigada.

Andrew Harwell me proporcionou material editorial adicional e ajudou de incontáveis outras maneiras. Andrew, você faz tudo isso com uma atitude fantástica. É um verdadeiro prazer trabalhar com você. Para Karen Sherman, minha preparadora de originais: obrigada por suas ideias e por sua minúcia. Você me tornou melhor, e eu não teria chegado aqui sem você. Minha gratidão também vai para o marketing, o design e o pessoal de vendas da HarperCollins. Há tanto trabalho nos bastidores. Agradeço o enorme esforço de vocês.

Obrigada aos meus agentes ninjas, Josh e Tracey Adams, por lidar com a parte dos negócios para que eu possa focar no lado divertido – quero dizer, *criativo* – de tudo. Vocês são maravilhosos. Obrigada também a Stephen Moore por manter tudo sob controle em Los Angeles.

Lorin Oberweger, Eric Elfman, Lia Keyes e Jackie Garlick sempre estiveram disponíveis para discutir minhas ideias, ler, criticar ou apenas me apoiar enquanto eu escrevia *Pela noite eterna*. Vocês todos são inestimáveis para mim.

Musas do YA – Katy Longshore, Talia Vance, Bret Ballou e Donna Cooner – isto não seria tão divertido sem vocês. Muito obrigada por compartilhar esta jornada comigo! Vocês são a minha equipe!

Um dos aspectos mais recompensadores de escrever é pertencer à comunidade de escritores. Obrigada, Apocalypsies, por me trazer grandes amizades e apoio no meu ano de estreia. Alguns anos atrás, o SCBWI abriu uma porta para mim. Agradeço, em particular, a Kim Turrisi. Eu espero algum dia ser como você e também poder abrir algumas portas para outras pessoas.

Minha família é meu maior tesouro. Meus pais, irmãos, irmãs, primos e primas, tios e tias, sobrinhos e sobrinhas... Eu poderia escrever uns dez livros contando a vocês o quanto os amo. Obrigada por acreditarem em mim. Para Michael, Luca e Rocky: vocês são o motivo de tudo.

Por fim, mas certamente não menos importante, para todos os blogueiros e leitores mundo afora – para *você* –, obrigada por dividir seu tempo com Perry e Ária. Muitos de vocês chegaram até mim e me comoveram profundamente com seu apoio e entusiasmo. Obrigada.

Agora, você está preparado? É hora de mergulhar no Azul Sereno...

Impresso pela Gráfica JPA Ltda., Rio de Janeiro – RJ.